La sage-femme
de Poitiers

Madeleine Rinfret Lucas

La sage-femme de Poitiers

Libre Expression

Données de catalogage avant publication (Canada)

Rinfret Lucas, Madeleine

La sage-femme de Poitiers

ISBN 2-89111-890-1

1. Poitiers, Marie-Charlotte de – Romans, nouvelles, etc. I. Titre.

PS8585.I452C42 2000   C843'.6   C00-941076-7
PS9585.I452C42 2000
PQ3919.2.R56C42 2000

Maquette de la couverture
FRANCE LAFOND
Infographie et mise en pages
SYLVAIN BOUCHER

Libre Expression remercie le gouvernement canadien
(Programme d'aide au développement de l'industrie de l'édition),
le Conseil des Arts du Canada et la Société de développement
des entreprises culturelles du soutien accordé à
ses activités d'édition dans le cadre de leurs programmes
de subventions globales aux éditeurs.

Éditions Libre Expression
2016, rue Saint-Hubert
Montréal (Québec) H2L 3Z5

Dépôt légal :
3e trimestre 2000

ISBN 2-89111-890-1

1

LES ENVIRONS d'Amiens semblaient calmes en ce début d'octobre 1658. Mais ce n'était qu'une apparence, car la guerre d'Espagne sévissait encore au nord de la France. Afin de faire face aux besoins de l'armée, le ministère des Finances s'était tourné vers le peuple, exigeant des impôts chaque fois plus lourds et n'hésitant pas à dépouiller les plus humbles comme les mieux nantis. Accablés, les paysans quittaient leur ferme. Ils erraient sur les routes du pays en quête d'une nourriture chaque jour plus rare.

Seuls les châtelains arrivaient, pour un temps encore, à garder la tête haute. Niché au creux d'un vallon, le manoir du Buisson, résidence de la famille de Poitiers, donnait cette impression de prospérité, pourtant bien illusoire.

Son imposante façade présentait un premier niveau en damier de pierres et de briques, surmonté d'un étage à colombages. Coiffant le tout, une lourde toiture à pans coupés s'animait par la percée de nombreuses lucarnes.

Les communs se cachaient partiellement derrière cette résidence à l'aspect cossu. Tout autour s'étendaient des vergers et des champs déjà labourés pour les semailles d'automne.

Le domaine offrait un contraste saisissant avec la campagne environnante, dont les maisons inoccupées et les champs abandonnés parlaient d'eux-mêmes.

La comtesse de la Russière, venue rendre visite à son amie Hélène de Poitiers, n'avait rien perçu de la situation. Depuis plus d'une heure, Hélène et sa fille Charlotte, tout en marchant dans le jardin, essayaient vainement de lui faire comprendre leurs soucis. Car, tout châtelains qu'ils étaient, les Poitiers n'arrivaient que difficilement à échapper au mal qui frappait le pays tout entier.

— J'admire, dit la comtesse, le courage qu'est le vôtre d'habiter ici, à Saint-Vaast, dans ce coin perdu de province. Que n'habitez-vous Amiens, qui n'est qu'à deux lieues? La vie y serait assurément plus plaisante.

Charlotte chassa un caillou du pied. Elle lui aurait volontiers répondu vertement. Mais sa mère lui avait si souvent reproché son manque de diplomatie! La comtesse n'aurait certainement pas apprécié une remarque désobligeante venant d'une jeune fille âgée de dix-neuf ans. Dans un effort pour conserver son calme, elle se mit à enrouler autour d'un doigt une mèche de ses cheveux bruns.

Hélène de Poitiers cligna des yeux. Au plissement de ses lèvres, Charlotte devina chez sa mère un début d'agacement comparable à celui qu'elle éprouvait elle-même.

Se dominant, Hélène entreprit de décrire la vie aisée qu'elle avait vécue sur ce domaine jusqu'à la mort de son mari.

— J'y ai vécu heureuse auprès de Pierre-Charles, dit-elle en conclusion, et nos huit enfants y sont nés.

L'émotion la gagnant, elle se tut. Elle se pencha et cueillit un brin d'herbe qu'elle enroula nerveusement autour de son doigt.

À l'évocation de son père, Charlotte frisotta ses cheveux de plus belle. Elle avait adoré cet homme, dont la disparition avait laissé un vide que rien, semblait-il, n'arriverait à combler. Elle le revoyait, le port altier malgré sa façon de pencher la tête légèrement sur le côté. Quand il lui souriait, c'était comme un rayon de soleil qui l'atteignait en plein cœur.

Tirée brutalement de ses souvenirs, elle sursauta lorsque la comtesse lui demanda d'une voix perçante :

— J'avoue ne pas comprendre davantage, mademoiselle, quel besoin vous a poussée vers ce métier de... de sage-femme.

La jeune fille se raidit avant de baisser ses yeux noirs qui risquaient de dévoiler la colère qui la gagnait. Il lui semblait entendre sa mère lui répéter qu'elle était trop impulsive. À la réflexion, Charlotte lui donnait raison. À quoi bon s'irriter contre cette personne dont la vision se trouvait obstruée par une vie de facilité menée à la cour? Comment lui expliquer les raisons profondes de sa décision, son désir d'alléger les difficultés financières de la famille? Il lui avait fallu du courage pour quitter sa famille et s'établir à Paris. Elle avait renoncé à cette vie d'oisiveté qui avait été la sienne jusque-là. Son esprit énergique et entreprenant lui avait dicté cette voie. Et c'est ainsi qu'elle avait choisi ce métier de sage-femme que la comtesse lui reprochait aujourd'hui, tout comme sa mère l'avait déjà fait à plusieurs reprises.

«Un métier, disait Hélène, où l'on œuvre de ses mains, et qui est par là même totalement déconsidéré. Réfléchissez, Charlotte! Une demoiselle ne saurait choisir une telle occupation.»

Mais Charlotte aimait ce sentiment de donner la vie et avait persévéré, malgré la consternation de sa mère qui voyait dans son choix l'anéantissement d'un avenir convenable. Car, à son avis, aucun homme de bonne éducation ne pouvait envisager de se lier à une jeune fille menant carrière et vivant seule dans une grande ville.

Et encore, s'il n'y avait eu que Charlotte! Mais Hélène s'inquiétait tout autant de ses deux aînés. Charles avait quitté les armées pour se consacrer au domaine, où il menait une lutte acharnée pour équilibrer une situation précaire, alors qu'il n'y avait plus guère d'illusions à se faire. La ruine les guettait.

Quant à Jean-Baptiste, le cadet, il jouait le rôle de précepteur dans une famille bourgeoise à Amiens. Dans ce cas aussi, ce métier lui semblait indigne de son fils. Sa culture aurait dû lui ouvrir d'autres portes.

La comtesse attendait une réponse. Saisissant le désarroi de sa fille, Hélène vint à son secours en reprenant d'une voix posée :

— Songez à notre angoisse : les Espagnols à nos portes, assiégeant Dunkerque, marchant sur Laon. Le siège d'Arras, où Pierre-Charles trouva la mort. Comme si cette guerre civile, cette Fronde n'avait pas suffi, il nous faut maintenant subir la guerre contre l'Espagne… Depuis plus de dix ans, nous ne connaissons que des calamités, et nous n'en voyons pas la fin.

Tout en parlant, les trois femmes avaient gagné le manoir. Charlotte en aurait volontiers profité pour fausser compagnie aux deux amies, mais cet entretien l'échauffait. Elle refusait de ne pas le mener à terme. Cédant à son aspiration, elle se décida à suivre sa mère et son invitée au petit salon.

La pièce conservait encore l'aspect aisé d'une époque heureuse. De part et d'autre d'une table couverte d'un tapis flamand étaient disposés des fauteuils et des chaises à torsades dont les sièges et les dossiers étaient revêtus de velours grenat. Les deux fenêtres, habillées de tentures épaisses, diffusaient une lumière feutrée sur les murs ornés de tapisseries et de quelques tableaux de famille.

Charlotte s'installa, attendant le moment où sa mère relancerait le débat. Mais au lieu de poursuivre la conversation, Hélène se taisait. Elle avait levé les yeux sur le portrait de son mari en tenue de capitaine et semblait plongée dans une profonde méditation. Le tableau occupait une place de choix sur le manteau de la cheminée. Un rayon oblique l'éclairait en partie, mettant en valeur les dorures du vêtement d'apparat ainsi que l'expression tendre des yeux bleus. C'est ainsi qu'elle avait vu son mari pour la dernière fois, alors qu'il s'apprêtait à rallier Arras.

«Courage, ma petite femme, lui avait-il dit. Les difficultés, les malheurs, tout comme l'obscurité de la nuit, ne sauraient durer indéfiniment. Le moment viendra où le jour se lèvera sur des temps meilleurs. Nous garderons la tête haute.»

Sur des temps meilleurs… La tête haute…

Arras l'avait gardé dans ses murs à tout jamais… Courage… Que restait-il des lueurs d'espoir qu'il lui avait laissé entrevoir?

La comtesse se manifesta par un léger toussotement.

– Je sais les difficultés que le royaume entier a pu connaître, fit-elle d'une voix mielleuse, et je me joins à la peine que vous occasionne la mort de votre époux. Pourtant, n'accordez-vous aucune importance à l'honneur des batailles gagnées, à la gloire des provinces conquises? Ce sont là, me semble-t-il, des valeurs de la plus haute importance.

Les mains de Charlotte se crispèrent sur les accoudoirs de son fauteuil. La rage lui montait au cœur. Comment expliquer une telle indifférence? Elle chercha à se contenir, mais sa voix la trahit.

– Hélas, dit-elle, l'honneur et la gloire ne peuvent nourrir ceux qui n'ont point de pain… Les palmes et les lauriers ne sauraient remplir un estomac vide. La vie que vous connaissez à la cour n'a sûrement rien de commun avec celle d'ici. Il règne partout une grande désolation. À la famine ont succédé les épidémies, la peste.

– Pendant cinq ans, renchérit Hélène, aucune récolte n'a été possible. Les mauvaises saisons se sont succédées. Les troupes tant espagnoles que françaises ont semé la terreur, pillant, ravageant tout, brûlant les récoltes qu'elles ne pouvaient emporter avec elles. De plus, cette année, les grandes inondations du printemps ont détruit le peu qui subsistait. Il n'y a plus rien. Et toujours surviennent de nouvelles tailles, des impôts sans cesse accrus afin de faire face aux exigences de la guerre.

— Vous ne pouvez l'ignorer, reprit Charlotte. À Amiens, comme à Paris, bien des morts n'ont point eu droit à une sépulture. L'on trouve dans les rues de la ville des cadavres qui empestent et risquent d'engendrer de nouvelles épidémies.

— Quant aux paysans, énonça Hélène, ils en sont réduits à manger des chiffons, du vieux linge… et même des cadavres.

La comtesse les regardait l'une et l'autre, étonnée par la chaleur que ses compagnes donnaient à leurs propos. D'un battement de paupières, elle se ressaisit, prenant un air désabusé.

— Tout cela est fort triste, j'en conviens, dit-elle. Mais vous me parlez là de petites gens. Dites-moi plutôt ce qui vous cause une si grande frayeur. Assurément, votre situation n'a rien de comparable à ce que vous me peignez là.

Hélène s'appuya contre le dossier de son fauteuil. Pourquoi avait-elle cru pouvoir émouvoir madame de la Russière ? C'était là une conversation bien inutile. Sans grande conviction, elle entreprit pourtant de lui répondre.

La conversation se prolongea jusqu'au moment où la comtesse trouva une échappatoire lui permettant de se lancer sur des sujets davantage à son goût. Elle parla de la vie à la cour, se délectant des ragots qui y circulaient.

Charlotte réprima un bâillement. Ni les toilettes de la reine, ni davantage les amours du roi pour Marie Mancini n'arrivaient à la captiver.

La jeune fille n'écoutait plus. Plutôt que d'entendre ce bavardage sans intérêt, elle aurait préféré retrouver ses frères et sœurs. Jean-Baptiste surtout, son aîné de deux ans et compagnon de prédilection.

Dès l'âge le plus tendre, elle avait admiré ce grand frère robuste à l'âme sensible et elle s'était attachée à ses pas. Regrettant de ne pas être un garçon comme lui, elle avait dédaigné les occupations de sa jeune sœur Antoinette et avait boudé les leçons de travaux d'aiguille. À ceux-ci, elle avait préféré les jeux plus remuants de son aîné.

Comme lui, elle avait joué au soldat, brandissant fièrement une épée de bois. Ensemble, ils avaient chevauché bocages et prairies. Jean-Baptiste disait avec orgueil que sa sœur montait comme un garçon. Aucun compliment ne la réjouissait davantage.

Plus raisonnable que sa sœur, il cherchait souvent à juguler l'espièglerie de sa cadette. Jusqu'au moment où, n'y tenant plus, il pouffait de rire, laissant percer sa propre joie de vivre.

Devenu adulte, Jean-Baptiste la fascinait. C'était maintenant un jeune homme séduisant, doté d'un corps long et souple qui lui permettait de la dominer d'une tête. Son visage ovale, coupé par une moustache, soulignait un nez peut-être un peu trop long, que rachetaient des yeux d'un brun chaleureux.

Avec le temps, leurs centres d'intérêt s'étaient modifiés. Ils avaient échangé les épées de bois contre des livres, se donnant à une égale passion pour les lettres. Avec un même plaisir, ils analysaient les œuvres les plus célèbres et ne manquaient jamais une occasion de se livrer à ces joutes littéraires qui les passionnaient.

Toute à ses pensées, Charlotte suivait d'une oreille distraite la conversation en cours.

La nuit allait tomber quand la comtesse se décida à prendre congé.

— Ouf! s'exclama Charlotte. J'ai craint que vous alliez devoir lui offrir l'hospitalité pour la nuit!

Hélène ne put retenir un rire bref.

— Rassurez-vous, ma fille. Elle ne reviendra plus. Son ambition lui interdira de se lier à une noblesse… déchue, il faut bien le reconnaître.

— J'en suis désolée, mère.

D'un geste de la main, Hélène chassa cette dernière remarque.

— Il n'y a vraiment pas lieu. La perte de cette amitié n'est pas de nature à m'émouvoir. J'ai bien d'autres préoccupations en tête. Par exemple, les prochaines épousailles d'Antoinette avec Jehan Gourguenchon.

Saisie par cette nouvelle, Charlotte marqua sa stupéfaction.

— Quoi! Antoinette et Jehan?

Hélène écarta les bras, marquant son impuissance.

— Mais oui! Elle en est amoureuse et ne veut rien entendre d'autre.

Charlotte demeura consternée. Elle n'arrivait pas à voir quelle attirance sa cadette pouvait éprouver pour ce jeune homme qu'elle trouvait ignorant et mal dégrossi.

Hélène laissa échapper un soupir.

— Je connais votre opinion sur son fiancé. Cependant, il ne convient pas de se montrer dédaigneux. Nous sommes plus instruits, certes, et nos manières sont plus raffinées, je vous l'accorde. Mais, malgré les apparences, ne sommes-nous pas des paysans nous-mêmes? Des paysans privilégiés, sans doute, mais sans employés… À quoi bon nier l'évidence?

Charlotte s'étonna d'une telle résignation. Ce mariage lui apparaissait comme une grave erreur, confia-t-elle à sa mère.

Hélène acquiesça.

— C'est bien ce qui me soucie. Pourtant, réfléchissez, Charlotte. Qu'avons-nous de mieux à lui proposer? Où trouver un gentilhomme séduisant et fortuné qui accepterait une situation comme celle d'Antoinette, et surtout sans dot?

Charlotte dut admettre que les circonstances n'étaient pas des plus favorables.

— Rien ne se déroule tel que je l'aurais désiré, se plaignit Hélène. Charles qui a dû quitter les armées! Et Jean-Baptiste! Lui qui est instruit et qui parle l'anglais, le hollandais et le latin! Comme je ne cesse de le lui répéter, il pourrait mener à bien une carrière dans un ministère du royaume. Mais il refuse de m'écouter. Il semble croire en un avenir certain, rempli de promesses. J'ignore lequel. Lorsqu'il y fait allusion, il en parle en des termes si évasifs qu'il me laisse dans la confusion la plus complète. Et les petits, Philippe, Hortense, Catherine et Anne. Quel avenir les attend? Ils n'auront pas, comme vous, suivi des études régulières, malgré les louables efforts de Jean-Baptiste pour remédier à cette lacune. Enfin vous, Charlotte…

La jeune fille eut un geste de surprise.

— Mais oui, vous aussi, Charlotte. Vous n'en faites qu'à votre tête. Ce métier qui vous avilit… et ce logement à Paris. Cela ne convient pas, je vous le répète. Aucune jeune fille de bonne famille ne doit vivre ainsi seule, loin des siens. C'est… c'est une honte! Et pour couronner le tout, voilà que vous vous intéressez aux lettres. Sachez-le, il est préférable qu'une femme ne soit point trop savante. Et vous l'êtes. Savante, sage-femme et sans dot. Quel gentilhomme pourrait vouloir d'un tel parti? Votre avenir m'inquiète au plus haut point. Je déplore votre esprit d'indépendance. Charlotte, vous courez à votre perte.

La jeune fille se mordit les lèvres. Elle hésita, puis, pour la première fois, elle expliqua à sa mère les raisons qui l'avaient décidée à prendre ce travail.

Émue par ces aveux, Hélène la serra dans ses bras.

— Votre générosité me confond, ma fille. Je ne vous fais aucun reproche. C'est à cette époque malheureuse que j'en

15

veux, à cette période qui bouleverse tout. Je ne vous blâme pas. Mais on ne peut pas empêcher les élans d'une mère. Mon vœu le plus cher reste de vous voir heureuse.

2

VERS LA FIN DE L'HIVER, Charlotte de Poitiers vint à nouveau passer quelques jours au Buisson, ce qui fut une source de joie pour toute la famille. Par sa bonne humeur et sa vivacité, elle avait la faculté de réchauffer les cœurs et de faire renaître l'espérance là où il n'y en avait plus.

Elle s'occupait tout particulièrement d'Anne, sa sœur préférée. Elle l'emmenait en de longues promenades, l'obligeant à gambader, à sautiller, à prendre un rythme propre aux neuf ans de la petite. Elles escaladaient un talus pour en redescendre en courant, marchaient sur le tronc d'un arbre abattu en cherchant à conserver leur équilibre. Ou encore, elles se roulaient dans le foin entassé dans la vieille grange.

Ce jour-là, cependant, Charlotte elle-même se sentait le vague à l'âme. Le mauvais état du domaine ne prouvait que trop bien la déroute dans laquelle la famille se trouvait plongée. Elle était envahie par la mélancolie, par un désarroi qui pesait sur ses épaules.

Elle se redressa brusquement. Il fallait réagir.

Dans un effort pour chasser sa tristesse, il lui prit l'envie de se promener dans la campagne, hors du domaine. Le soleil était encore haut, ce qui lui en laissait le temps. Elle se leva et se dirigea vers la Somme, dont elle aimait les rives tranquilles.

Le fleuve se partageait en plusieurs bras qui venaient mourir dans les terres, formant des étangs bordés d'une mousse épaisse et souple. Elle marcha sous les saules qui y poussaient et s'arrêta au bord de l'eau. Elle huma l'air, heureuse de retrouver ce paysage qu'elle aimait. Elle se laissa gagner par le calme, la sérénité qui émanait de cet endroit. Peu à peu, la douceur de ce décor lui apporta la paix qu'elle avait espéré.

Sur le chemin du retour, elle s'accorda un crochet qui la conduisit du côté de Saint-Vaast. Elle regarda le paysage autour d'elle, cherchant à repérer les mille et un détails qui lui étaient familiers, mais elle ne vit que désolation. Dans les champs retournés à l'état sauvage, elle aperçut de pauvres gens cueillant les herbes folles pour les dévorer sur place.

Soudain, un léger bruit la porta à regarder derrière elle. Elle se rendit alors compte qu'un homme la suivait, un homme dont l'aspect la troubla. Ses vêtements en lambeaux cachaient mal ses membres décharnés. L'expression de son visage, surtout, l'alarma. Dans les yeux de l'homme dansait une flamme peu rassurante, tandis qu'un rictus découvrait des dents clairsemées.

À Paris, Charlotte avait à plusieurs reprises croisé de sinistres individus comme celui-ci. Mais cette fois, en pleine campagne, elle se sentait brusquement très exposée et se reprocha son imprudence. Elle pressa le pas tout en se retournant de temps à autre.

Malgré ses efforts, elle n'arrivait pas à distancer l'homme. Bien au contraire, celui-ci marchait à pas précipités qui le faisaient trébucher. Et cette démarche chancelante ne l'empêchait pas de gagner du terrain.

Autour de Charlotte, la campagne était déserte; personne ne pourrait se porter à son secours. Jetant un regard par-dessus son épaule, elle vit l'homme si près qu'il aurait pu la toucher.

Un cri angoissé lui échappa, puis elle accéléra, en continuant de regarder derrière elle fréquemment. Il tendait une main, semblant l'implorer. Ce geste ne faisait qu'ajouter au désarroi de la jeune fille. Elle n'en doutait plus, il allait s'emparer d'elle.

Elle entendait son souffle rauque. Il approchait. Elle ne pouvait plus lui échapper. Enfin, il s'accrocha à son fichu tout en émettant des sons inarticulés. Prise de panique, elle lui abandonna ce vêtement et courut jusqu'à la grille du Buisson, qui ne se trouvait plus qu'à quelques pas. Elle courut encore jusqu'au manoir et s'y engouffra en claquant la porte derrière elle. Puis elle s'y adossa, tremblante d'émotion.

Cherchant à remettre de l'ordre dans ses pensées, Charlotte en vint à se reprocher son affolement. Sans doute ce malheureux ne désirait-il rien d'autre qu'un vêtement pour se couvrir. Elle dut reconnaître que, dès qu'il avait eu son fichu entre ses mains, il avait cessé de la poursuivre. Quoi qu'il en soit, son émotion restait entière.

Elle gagna le petit salon et s'effondra sur la première chaise venue.

Charlotte s'y trouvait depuis un bon moment, quand Jean-Baptiste la découvrit dans une attitude figée qui l'étonna. Elle était assise, les mains serrées l'une contre l'autre, visiblement plongée dans des réflexions profondes.

— Vous semblez soucieuse, ma sœur.

Elle leva vers lui un regard chargé de gravité.

— Il y a vraiment matière à l'être, dit-elle.

La pénombre avait envahi la pièce sans qu'elle y prenne garde. Jean-Baptiste saisit un briquet à pierre et entreprit d'allumer des bougies.

Charlotte enchaîna :

— J'ai fui la capitale pour quelques jours, espérant trouver ici, à la campagne, des conditions de vie un peu plus acceptables. Mais ce que je viens de voir n'est guère de nature à me rassurer.

Les bougies allumées, Jean-Baptiste s'installa sur un coin de la table dans une attitude détendue qui lui permettait de balancer un pied dans le vide. Un sourire incrédule au coin des lèvres, les yeux pétillant de malice, il posa une question :

— Et qu'avez-vous donc vu?

— La pauvreté, une misère si lamentable que j'en suis encore toute retournée.

Jean-Baptiste arrêta le balancement de son pied.

— Où ça? Ici, au Buisson?

Charlotte secoua la tête et lui expliqua sa promenade du côté de Saint-Vaast.

Le jeune homme remplaça son regard ironique par une expression sérieuse.

— Je comprends votre émoi, dit-il. Ici, comme à Amiens, je suis chaque jour témoin de scènes affligeantes.

Charlotte poussa un soupir profond.

— Sûrement moins qu'à Paris! La situation y est dramatique! Il n'y a pas de ville plus boueuse, plus sale. Ses fanges sont noires, puantes, d'une odeur insupportable qui prend à la gorge et se fait sentir plusieurs lieues à la ronde. On ne peut marcher dans la ville sans revenir crotté et les vêtements imprégnés de cette odeur. Il coule dans les rues des ruisseaux fétides.

«Ajoutez à cela que l'on y manque de tout. On y meurt de faim autant que de maladie. On rencontre des hommes si faibles qu'ils n'ont même plus la force de chercher leur nourriture. Ils dorment dans des trous à rats et n'ont plus le courage de se défaire de la vermine qui les dévore.

«Vous ne pouvez savoir ma peine, quand, pour assister une femme en couches, je pénètre dans un intérieur où le seul ameublement consiste en une paillasse dans un coin et une planche mal équilibrée posée sur des rondins de bois, où l'on doit manger assis à même le sol. J'éprouve un chagrin profond à voir naître un pauvre innocent appelé à souffrir des vices d'une société qu'il n'a point choisie. »

Charlotte se tut, le regard fixe, perdu dans le souvenir de scènes qui l'obsédaient.

Jean-Baptiste l'observait, respectant son silence. D'une main, il se mit à tortiller les poils de sa moustache, indice d'une réflexion profonde. Il s'interrogeait sur la vie que menait sa sœur, mais n'osait pas la questionner, persuadé qu'elle ne lui dirait pas toute la vérité. Par ailleurs, il la savait suffisamment intrépide pour faire face aux situations, même les plus sordides.

De son côté, sans avoir pris conscience des pensées intimes de son frère, Charlotte enchaîna de façon inattendue :

— Mais ici, Baptiste, la situation est plus grave que je ne le croyais. J'ai vu de nombreux champs non labourés et revenus à l'état sauvage… J'ai vu de pauvres gens manger des écorces et fouiller la terre en quête de racines. La faim rend voleur et criminel, dit-on. Tout en marchant dans le voisinage, j'ai été inquiétée par la mine d'un homme qui me suivait, par son regard posé sur moi, un regard de… de rapace.

— C'est normal, Charlotte, nous sommes les châtelains. On envie l'aisance qu'on croit être la nôtre.

— Notre aisance! Pauvres châtelains que nous sommes! s'exclama-t-elle. Quelle piètre figure nous offrons! J'en suis à redouter une issue funeste. Croyez-vous que Charles saura se tirer d'une situation aussi aléatoire?

Jean-Baptiste esquissa une grimace exprimant le doute.

— Je l'ignore, dit-il. S'il n'y arrive pas, ce ne sera pas faute d'avoir essayé. J'ai le plus grand respect pour son entreprise et j'admire son courage. J'avoue que je ne saurais en faire autant. D'ailleurs, je reconnais que je n'ai guère d'attirance pour la terre. L'odeur même qui se dégage de Charles lorsque nous nous retrouvons autour de la table me soulève le cœur.

Charlotte esquissa un sourire. Comme son frère, elle n'éprouvait pas d'attrait pour les activités liées à l'exploitation du domaine. Cependant, elle se sentait profondément attachée à cette demeure, jusque dans ses moindres détails. Elle en aimait le craquement des vieux murs les jours de grand vent, le gémissement des lames de parquet sous ses pieds. Le son du vent dans les arbres contre le manoir l'enchantait, ainsi que l'odeur de fumée qui, à la suite des nombreuses soirées d'hiver passées près d'une cheminée, avait imprégné chaque pièce de la maison.

Elle s'y sentait bien comme dans un nid douillet. La vieille résidence exerçait sur elle un tel ascendant, qu'elle en venait à se demander si ce n'était pas elle, Charlotte, qui lui appartenait plutôt que l'inverse. La simple idée de perdre un jour ce domaine la bouleversait, si bien qu'elle se sentait prête à tous les sacrifices pour le conserver. Pourtant, elle s'en rendait compte, la vente de la propriété se profilait à l'horizon envers et contre tout.

Elle fit part de ses sentiments à son frère.

— Je sais, répondit celui-ci d'un air sombre.

Puis, relevant la tête, il ajouta :

— C'est bien pour cela que je pense partir en Nouvelle-France.

— Vous y songez toujours?

— Plus que jamais.

Depuis plusieurs mois, Jean-Baptiste de Poitiers nourrissait ce projet qu'il n'avait confié à personne d'autre qu'à sa sœur. Mais aujourd'hui, Charlotte fut frappée par le ton déterminé de sa voix.

— D'après ce qu'on m'en dit, reprit-il, celui qui s'occupe de la traite des pelleteries est assuré d'une fortune rapide et facile. Mon intention est de me rendre dans ce pays, d'y amasser le magot que je suis persuadé d'y trouver et de revenir en

France sitôt ma mission accomplie. Je profiterai alors de mes gains pour rembourser nos dettes et racheter les hypothèques.

— Un joli conte de fées auquel j'aimerais croire, dit Charlotte. J'admire votre enthousiasme, mais je redoute la déception qui pourrait être la vôtre. Êtes-vous sûr, Baptiste, que les pelleteries soient un si bon commerce?

— Tout à fait certain! Je me suis confié à notre ami Charles Aubert de la Chesnaye. Comme vous le savez, il séjourna en Nouvelle-France, il y a quelques années, et il projette de retourner s'y installer cette année même.

Charlotte hocha la tête en souriant. Charles Aubert était un ami d'enfance qui avait partagé leurs jeux et, plus tard, leurs confidences d'adolescents.

— Il m'a conforté dans mes intentions au-delà de toutes espérances, reprit Jean-Baptiste. Par son entremise, j'ai pu prendre contact avec le sieur Bourdon, qui se trouve être procureur au Conseil de la colonie et dont j'ai là une lettre. Il est également l'un des membres les plus importants de la Compagnie des Cent-Associés dont l'activité est justement celle des pelleteries.

Il expliqua alors à sa sœur comment monsieur Bourdon, arrivé en Nouvelle-France simple gentilhomme, s'y était taillé une fortune des plus intéressantes grâce au commerce des pelleteries. Il s'était acheté des terres, sur lesquelles il avait établi une véritable seigneurie. D'après Charles Aubert, il y vivait grassement.

Enfin, dépliant la lettre, Jean-Baptiste lut les passages où le sieur Bourdon lui promettait un emploi bien rémunéré à ses côtés, et s'engageait à lui trouver un logement dont il pourrait profiter dès son arrivée.

Baptiste replia la lettre en affichant un air triomphant.

— Vous voyez que tout est au point et bien réglé.

— Vous êtes donc décidé à partir, observa sa sœur.

— Tout à fait, dit-il d'un ton assuré.

— Et il est pour quand, ce départ?

— Dans quelques mois, au début de l'été. Sans doute au mois de mai.

Charlotte étudia l'expression de son frère. Ses yeux bruns et veloutés exprimaient la détermination tranquille de celui qui est sûr de son fait. De son côté, elle réfléchissait, lissant d'un doigt machinal le bord de sa jupe. Son frère s'était montré convaincant. Si monsieur Bourdon pouvait l'aider à réaliser ses ambitions, peut-être le conte de fées deviendrait-il réalité, après tout. Et s'il n'arrivait pas à atteindre le but final de sa démarche, il pourrait sans doute s'installer dans ce pays, plus confortablement, du moins, qu'il ne pouvait l'espérer en restant en France. Mais Charlotte connaissait peu de choses au sujet de la colonie.

— Parlez-moi de ce pays, dit-elle. Qu'en savez-vous au juste?

— J'en sais à peine davantage que ce que m'a révélé Charles Aubert. Je sais que le climat y est rude, la vie aussi, assurément, mais cela ne m'importe guère. Je saurai m'en accommoder. Il semblerait qu'il existe une vie communautaire qui étonne, pour une si petite colonie. On y trouve quelques commerçants : marchands de tissus, ébénistes, menuisiers, charrons, bouchers, et d'autres encore. L'agriculture se développe de plus en plus. Tout compte fait, on y vit plutôt bien. La description qu'on m'en brosse de tous côtés est très belle… Les possibilités de chasse et de pêche illimitées, les vastes espaces, tout contribue à donner l'image d'un pays rempli de promesses.

Charlotte se laissait séduire par les propos de son frère. Cependant, un dernier point l'inquiétait encore.

— Et les Indiens? questionna-t-elle.

Jean-Baptiste haussa les épaules avec indifférence.

— Il existe bien quelques Peaux-Rouges belliqueux. Mais les autres, qui sont nos alliés, sont doux comme des agneaux et se montrent d'un abord amical.

Charlotte continuait à lisser le bord de sa jupe. La douceur des autochtones évoquée par son frère la laissait perplexe. Ne se laissait-il pas emporté par son optimisme? Mais s'il avait raison…

Une idée toute nouvelle s'imposait à son esprit. Un pays neuf, à la vie rude, mais remplie d'espérance. Ne plus avoir peur de songer à l'avenir… Comme cela devait être agréable!

Elle hésita, puis dit d'une voix calme :

— Et si je vous accompagnais dans cette aventure?

Surpris par cette question inattendue, Baptiste bondit sur ses pieds.

— Vous, Charlotte! s'exclama-t-il.

Narquoise, elle rétorqua :

— Moi, monsieur, oui! Et pourquoi cet étonnement?

— C'est que je vous croyais tout à fait hostile à ce voyage.

— Hostile? Non, mais, jusque-là, moins persuadée que vous de la fortune que vous pensez trouver.

— Et vous me croyez, maintenant?

— Cela se pourrait, mais ce n'est pas la fortune qui m'attire.

Penchant la tête sur le côté, Jean-Baptiste afficha une expression ironique.

— L'amour, alors? Est-ce que, par hasard, la présence de Charles Aubert serait la cause d'une telle décision?

La jeune fille éclata de rire.

— Charles? Allons donc! Je le connais depuis bien trop longtemps. C'est pour moi un frère, mais en aucune façon un amoureux!

Jean-Baptiste reprit sur un ton insidieux :

— Il me semblait pourtant qu'à une époque…

Prise en défaut, Charlotte rougit. Comment avait-elle pu oublier cet amour de jeunesse? L'ami d'enfance se transformait alors en un charmant jeune homme, élancé malgré les épaules carrées, aux cheveux châtain clair et aux yeux gris. Son physique avenant tout comme sa gentillesse avaient su la séduire. Elle se rappelait leurs mains qui se cherchaient, se trouvaient pour s'étreindre. Les baisers d'adolescents, furtifs et souvent maladroits. L'éveil de ses sens... Elle conservait une impression de bonheur de ce premier amour pourtant de courte durée.

Charlotte hocha la tête.

— Non, Baptiste, Charles demeure un ami très cher. Il n'en sera jamais autrement.

Elle marqua une pose avant de reprendre :

— Puisque nous parlons de mon avenir, soyons honnêtes : mes chances de faire un mariage heureux sont très minces. Quel gentilhomme voudrait d'une femme comme moi qui travaille et n'a point de dot? Non, vraiment, rien ne me retient ici.

La situation n'était pas brillante, il fallait le reconnaître, mais elle semblait si injuste que le jeune homme se refusait à l'admettre.

Jean-Baptiste prit une chaise qu'il plaça face à sa sœur et s'y installa.

Il la contempla un instant. Elle était de taille moyenne, ni trop grasse ni trop mince, et avait une gorge agréablement épanouie. Ses manières étaient élégantes et distinguées. La lumière des bougies allumait des reflets bleutés sur ses cheveux sombres. Dans son visage aux traits fins s'ouvraient des yeux noirs largement fendus en amande, deux puits profonds au regard ardent où perçait une pointe d'humour. Une bouche pleine, facilement souriante, ainsi qu'un cou long et gracieux achevaient un tableau délicieux.

La regardant ainsi, il se demanda quel homme ne serait pas sensible à tant de charmes.

— Je refuse, dit-il à voix haute, de croire qu'aucun homme, quel qu'il soit, ne vous offre un jour un avenir heureux et digne de vous.

— Faudrait-il, alors, que j'épouse un Gourguenchon? Non, Baptiste. Si je dois un jour me marier, ce sera par amour et avec l'assurance que cet amour durera toujours.

Charlotte s'arrêta net, une blessure au cœur. Ce mariage d'amour, elle y avait cru à peine quelques semaines plus tôt.

Elle avait fait la connaissance d'Octave Périllac, médecin encore à ses débuts, à l'Hôtel-Dieu, et avait immédiatement été attirée par ce grand jeune homme blond, au sourire tendre. Auprès de lui, elle avait découvert la passion : le sentiment d'appartenir à quelqu'un, le besoin d'entendre la voix aimée, de sentir un corps près du sien. Une ardeur réciproque les avait liés. Le souvenir de sa bouche fiévreuse sur la sienne lui brûlait encore les lèvres. Oui, elle avait cru à cet amour, jusqu'au moment où Octave avait décidé d'épouser celle que ses parents lui avaient choisie.

Désemparée, elle sentait le vide se creuser en elle. Tout son être réclamait la présence de cet homme qu'elle n'arrivait pas à oublier.

Ses yeux s'étaient mouillés de larmes sous le regard étonné de Jean-Baptiste. Répondant à la question muette de son frère, elle se confia à lui. Celui-ci l'écouta avec une compassion grandissante, pour enfin s'exclamer :

— Quel goujat!

Que l'on puisse infliger un pareil traitement à sa sœur le mettait hors de lui. Une seule conclusion s'imposait : cet homme ne pouvait être qu'un scélérat.

— Il ne vous méritait pas, Charlotte, lança-t-il d'un ton vif.

Puis, prenant conscience du désarroi de sa sœur, il se fit compatissant.

— Pourquoi ne pas m'en avoir parlé plus tôt?

Charlotte fit un effort pour chasser les larmes qui se pressaient sous ses paupières.

— Je crois que je n'en aurais pas eu la force, dit-elle. Aussi, ne me parlez point d'amour. C'est encore trop tôt. Au fond, ce voyage en Nouvelle-France vient au bon moment. Il m'aidera à oublier.

— C'est entendu, dit-il. Une question, cependant, reprit-il après une courte hésitation. Êtes-vous pleinement consciente de tous les risques que cette aventure peut représenter? Vous sentez-vous disposée à affronter les difficultés d'une vie en colonie?

Charlotte sursauta, indignée.

— Vous me posez la question? Enfin, Baptiste, ne me connaissez-vous point?

L'interpellé sourit en reconnaissant que sa sœur avait retrouvé non seulement son aplomb, mais aussi son naturel intrépide.

Comme Charlotte continuait de protester avec véhémence, son frère dut user de diplomatie pour lui demander de quelle façon elle envisageait cette nouvelle forme de vie.

— Voilà, répondit-elle après une courte réflexion. J'ai ouï dire, à l'Hôtel-Dieu, que l'on recherche des femmes soignantes pour la Nouvelle-France. Je ne suis point infirmière, mais je saurais me rendre utile, sans compter que des enfants y naissent assurément comme ailleurs. Par mon travail, je pourrais subvenir à nos besoins, ce qui vous permettrait d'économiser la totalité de votre revenu.

Jean-Baptiste bondit sur ses pieds.

— Quelle merveilleuse idée! Charlotte, vous êtes extraordinaire!

3

CHARLOTTE et Jean-Baptiste s'étaient lancés avec enthousiasme dans les démarches devant leur permettre de
mettre leur projet à exécution.

Il s'agissait, d'une part, de garantir le travail que Charlotte
pourrait accomplir sur place et, d'autre part, de trouver un
navire en partance pour la Nouvelle-France. Sur ce dernier
point, les recherches de Jean-Baptiste furent couronnées
de succès lorsqu'il apprit que le *Saint-Louis* devait quitter
La Rochelle vers le milieu du mois de mai, avec un certain
nombre de passagers à son bord, en direction de cette colonie.
Il ne leur resta plus qu'à s'engager comme recrues auprès de
la Compagnie des Cent-Associés, celle-ci devant leur assurer
la traversée.

De son côté, Charlotte n'eut aucun mal à obtenir auprès
des Hospitalières de Paris une lettre destinée à lui ouvrir les
portes de l'Hôtel-Dieu à Québec.

Ces formalités terminées, les jeunes gens se sentirent
remplis d'allégresse. Une aventure merveilleuse s'ouvrait
devant eux. Il leur semblait toucher du doigt un avenir qui
les enthousiasmait chaque jour davantage.

Pourtant, il leur restait à prévenir leur mère, car Hélène
ignorait encore tout de ce projet que le frère et la sœur avaient
préparé dans le plus grand secret. Conscients de la peine qu'ils
allaient lui causer, ils redoutaient cet instant et l'avaient

reporté le plus longtemps possible. Mais la date de leur départ approchait et ils ne pouvaient plus en repousser l'échéance.

En les écoutant, Hélène de Poitiers fut d'abord étonnée. Puis, très vite, elle sentit naître et grandir en elle un chagrin profond. Elle désirait le bonheur de ses enfants, mais cette séparation d'un caractère si définitif la consternait. Elle apprécia les intentions de Jean-Baptiste, de même que la générosité dont il faisait preuve. Cependant, elle doutait de la réussite de sa mission ainsi que de la rapidité de leur retour, contrairement à ce que son fils lui affirmait. Elle avait davantage de mal à comprendre les raisons qui poussaient Charlotte à suivre son frère. Et le prétexte concernant leurs finances lui semblait peu convaincant. Elle craignait que sa fille ne s'engage dans une voie qui en ferait une aventurière.

Lorsqu'ils eurent fini leur récit, Hélène demeura assommée par cette nouvelle. Les paroles lui manquaient.

— Je n'ose y croire, murmura-t-elle enfin. Vous songez réellement à quitter tout ce qui vous est cher et familier? Quant à vous, Charlotte, quelle sera votre vie là-bas? Je tremble de vous voir prendre une mauvaise direction. Soyez prudente, ma fille. Je vous prie instamment de ne pas oublier les bons préceptes que je vous ai enseignés.

Charlotte fit de son mieux pour rassurer sa mère et, de son côté, Jean-Baptiste lui répéta que ce n'était là qu'une séparation temporaire.

— Je crains que cette entreprise, une fois commencée, ne vous retienne… indéfiniment.

Jean-Baptiste expliqua en détail les raisons de son choix, et les avantages uniques que présentait cette colonie, sans oublier le rôle de la Compagnie des Cent-Associés qui, chaque année, était tenue de financer le transport de nouveaux colons.

Devant la détermination de son fils, Hélène se sentit désarmée. En son for intérieur, elle maudit cette époque qui conduisait son fils et sa fille à s'éloigner d'elle.

— Mes enfants, dit-elle d'une voix étouffée, jamais plus je ne vous reverrai.

Plus émue qu'elle ne voulait l'admettre, Charlotte se mordit la lèvre en baissant les yeux.

Se tournant vers son fils, Hélène ajouta :

— Jean-Baptiste, je vous confie votre sœur. Protégez-la et veillez sur elle, comme l'eût fait votre père s'il vivait encore.

Le projet des deux jeunes gens fit sur leurs frères et sœurs des impressions diverses. Antoinette, toute au bonheur de son récent mariage, ne se permit aucun commentaire. Charles, pour sa part, haussa les épaules et montra un certain dépit pour ce qu'il qualifia de chimères nées d'un esprit livresque et dépourvu de sens pratique.

Parmi les plus jeunes, Philippe manifesta de l'enthousiasme pour cette entreprise qu'il aurait volontiers partagée avec ses deux aînés. Mais son âge encore tendre faisait obstacle et sa mère le lui interdit sans autre forme de procès.

Anne fut de loin la plus émue. Elle portait à Charlotte un amour profond, et la perspective de cette séparation la bouleversait. Dès lors, elle s'attacha aux pas de sa sœur, la suppliant sans cesse de revenir sur sa décision. Elle la suivit partout, ne la quittant que pour dormir.

Les préparatifs de départ furent rapidement exécutés. Charlotte et Jean-Baptiste ne possédaient que peu d'effets personnels, si ce n'est une mallette remplie de livres dont Jean-Baptiste refusait de se séparer.

Le jour du départ, Charlotte se leva de grand matin. À vrai dire, elle n'avait guère fermé l'œil de la nuit. Elle se sentait partagée entre l'excitation du voyage qu'elle allait entreprendre et la douleur de quitter sa famille. Son enthousiasme du début ne métissait malgré elle de mélancolie.

Sitôt habillée, elle se glissa hors du manoir afin de parcourir, une dernière fois, le jardin et les terres du domaine.

Elle contourna les communs puis les bâtiments de la ferme, et gagna ensuite les champs. Elle regarda les jeunes pousses de blé encore vertes, caressa du doigt les bourgeons naissants du verger, embrassa du regard le paysage tout entier. Elle contempla les arbres, les buissons, les champs et les vallons, cherchant à les fixer dans sa mémoire. Jamais elle n'oublierait, non, jamais.

Ces adieux champêtres, elle aurait voulu les prolonger indéfiniment. Mais le temps manquait désormais. À contre-cœur, elle revint au manoir à pas lents.

Après un dernier repas familial, au cours duquel personne n'osa ni parler ni lever les yeux de son assiette, les deux voyageurs allèrent rassembler leurs affaires.

Charlotte caressa du regard la chambre de son enfance. Une pièce toute simple, dont l'ameublement constituait tout l'ornement. Le coffre qu'elle amenait avec elle avait laissé des marques sombres sur le parquet au pied du lit. Ses yeux s'attachèrent à ces taches, comme si elle eût voulu les effacer.

Une dernière fois, Charlotte détailla chaque objet avec amour. Elle referma la porte en douceur et gagna la tête de l'escalier, où elle s'arrêta. La jeune fille cherchait à se composer un visage serein pour faire face à cette ultime entrevue familiale. Elle caressa le bois lisse de la rampe aux balustres ouvragés.

« Je reviendrai, se jura-t-elle en silence. Je reviendrai et je verrai à nouveau cette demeure et toute ma famille. »

Elle allait descendre quand Jean-Baptiste se joignit à elle. Ses yeux cernés de traces violacées soulignaient la pâleur de son visage. Malgré son attitude qui cherchait à faire preuve d'assurance, une certaine nervosité trahissait ses pensées. Charlotte comprit qu'il éprouvait des sentiments comparables aux siens.

Il posa la main sur son bras.

— Allons, Charlotte, c'est l'heure.

Ensemble, ils descendirent l'escalier.

Tous les membres de la famille s'étaient regroupés devant l'entrée du manoir, où Charles avait arrêté la carriole qui devait les conduire à Amiens.

Hélène regardait la voiture, sans arriver à croire qu'elle allait emmener ses deux enfants loin d'elle. Il lui semblait rêver; ce ne pouvait être qu'un cauchemar qui l'accablait ainsi.

La séparation fut difficile. Hélène maîtrisait mal ses larmes et Anne s'accrocha au cou de sa sœur, la suppliant de ne pas les quitter. Charlotte lui promit de lui rapporter mille belles choses qu'elle n'avait jamais vues.

— Je ne veux pas de ces mille belles choses, dit la petite en pleurant. Je veux que vous ne partiez point.

La gorge serrée, la jeune fille ne trouva rien à répondre. Elle dénoua les bras qui l'enserraient et monta dans la carriole, où ses frères avaient déjà pris place.

Charles fouetta les chevaux qui avancèrent lentement, en balançant leur tête sous l'effort. Charlotte se sentit soulagée par le départ du véhicule, qui lui permettait enfin de laisser couler les larmes qu'elle avait voulu cacher jusque-là. C'est le regard brouillé qu'elle vit le manoir du Buisson s'éloigner d'elle.

4

JEAN-BAPTISTE et Charlotte se rendirent d'abord à Amiens, où trois autres voyageurs se joignirent à eux pour prendre une chaise de poste en direction de La Rochelle.

Il s'agissait d'un couple du nom de Fourqueux et d'un certain monsieur Cormier. Madame Fourqueux, une dame opulente aux bijoux tapageurs, regardait son entourage d'un air hautain. Quant à son mari, maigre et sec, il gardait obstinément la tête tournée vers l'extérieur. Enfin, monsieur Cormier, dont l'embonpoint et le visage rouge donnaient l'impression qu'il allait étouffer, ne semblait guère plus avenant.

Après de brèves présentations, Jean-Baptiste tenta de lancer la conversation, mais sans succès. Tous les trois se cantonnaient dans un mutisme résolu. Les deux jeunes gens échangèrent un regard consterné à la perspective de subir cette compagnie pendant les quelque deux semaines à venir.

Devant cette présence peu divertissante, Charlotte choisit de se distraire en regardant le paysage. Si elle connaissait bien la route entre Amiens et Paris, elle ignorait tout des régions situées au sud de la capitale. Aussi observait-elle avec intérêt les villes et la campagne qu'ils traversaient.

La Sologne la déçut par ses étendues de sable et de marécages. À une route empierrée qui engendrait des nuages de poussière succédait un chemin bourbeux. La chaise de poste accusait un mouvement des plus désagréables. Elle se berçait d'un côté à l'autre, freinait brutalement dans les ornières, pour enfin s'enliser. Il fallait alors descendre, les pieds dans la boue. Et tandis que le cocher égrenait un chapelet de jurons, les hommes devaient pousser et tirer le véhicule.

Le voyage se révéla éprouvant. Et les étapes dans les relais de poste n'apportaient que rarement le repos espéré. Les parois trop minces des chambres n'arrivaient pas à isoler des ronflements d'un voisin ou du mouvement constant dans les couloirs. Le confort du couchage laissait également à désirer. Car la vermine, qui trop souvent habitait les literies, accueillait ses hôtes d'une nuit par une succession de piqûres qui rendaient le sommeil impossible. Et après une mauvaise nuit, il fallait reprendre la route, chaque jour plus harassante que la veille.

Après la traversée d'Orléans, on avait longé la Loire, dont la vallée s'ouvrait large et verdoyante. Les maisons en pierres blanches et aux toits d'ardoise auraient apporté une note riante, si Charlotte n'avait décelé les signes d'une pauvreté comparable à celle de la Picardie.

Le château d'Amboise qu'ils aperçurent de l'autre côté du fleuve laissa la jeune fille muette d'admiration. Et lorsqu'ils passèrent sous les murs de Blois, elle ne put retenir une exclamation devant la splendeur de la résidence royale qui les dominait. Ce qui lui attira un regard indigné de la part de madame Fourqueux, qui de toute évidence considérait le comportement de Charlotte comme une marque d'inconduite. Indifférente à la réaction de sa voisine, la jeune fille contempla la masse imposante du bâtiment largement décoré de sculptures.

— C'est encore plus beau que le Louvre, murmurat-elle tandis que sa compagne haussait les épaules d'un air dédaigneux.

Peu après qu'ils eurent franchi la Loire aux Ponts-de-Cé, une paysanne du nom de Jeanne Cerisaie vint occuper la dernière place disponible dans le véhicule. Avec précaution, elle posa à ses pieds un panier couvert d'un linge blanc.

— On vient de tuer le cochon, expliqua-t-elle d'une voix claironnante. J'en apporte à ma sœur. Chez elle, ils sont moins bien lotis que nous et ils seront bien contents de se mettre un peu de viande sous la dent.

La pauvre femme n'allait pas tarder à regretter ses confidences. Après la pause de midi, Jeanne Cerisaie poussa un hurlement en trouvant son panier vide.

— Mes saucisses, mon pâté, mon boudin! s'écria-t-elle. Il n'y a plus rien! Qui a fait ça?

Les passagers la regardèrent avec des yeux ronds, affichant la plus parfaite innocence.

La brave femme se lamentait.

— Vous n'auriez pas dû laisser votre panier dans la chaise, intervint Jean-Baptiste. Peut-être un chien errant…

— Un chien aurait mangé le pâté, mais il n'aurait pas pris la terrine, rétorqua la fermière.

Charlotte essaya de la consoler, mais se trouva rapidement à court d'arguments. Jeanne essuya une larme du revers de la main en gémissant :

— C'est pas bien de voler le pauvre monde.

Cet intermède laissa, parmi les voyageurs, une impression de malaise qui persista après le départ de Jeanne Cerisaie, arrivée à sa destination.

Enfin, on atteignit La Rochelle. Les jeunes gens quittèrent leurs compagnons, non sans éprouver un certain soulagement. Après les péripéties du voyage, la ville leur fit, en comparaison, l'impression d'un havre de paix.

Charlotte admira le port, impressionnée par le nombre de navires. Les vaisseaux les plus variés s'alignaient le long des quais : chalutiers, galiotes, bricks ou goélettes. Des bâtiments plus importants, navires de commerce ou de guerre, mouillaient à l'ancrage. Ces derniers étalaient avec arrogance une débauche de sculptures dorées et des mâts atteignant une hauteur spectaculaire. Fermant le port, les tours de la Chaîne et Saint-Nicolas, petites forteresses aux chemins de ronde crénelés, donnaient à l'ensemble un charme indéniable.

Pour sa part, Jean-Baptiste était impatient de trouver le *Saint-Louis*. Aussi, laissant Charlotte à sa contemplation devant le port, il se mit à questionner les uns et les autres. Personne n'avait de réponse pour lui. Puis un marin, se détachant d'un groupe, s'approcha.

— Le *Saint-Louis*? Partira pas avant une semaine.

— Pas avant une semaine! s'exclama Jean-Baptiste avec étonnement. Mais pourquoi ce retard?

— Ça, je ne pourrais point vous le dire. Mais tel qu'il est en ce moment, partira pas avant une semaine. Et encore, seulement si le vent est bon.

Inquiété par cette nouvelle contrariante, Jean-Baptiste chercha une source d'information plus sérieuse. Enfin, il repéra le capitaine du port, qui ne fit que confirmer les dires du marin, précisant que le *Saint-Louis* se trouvait en cale sèche où l'on procédait à la réparation d'une avarie.

Le jeune homme en tira un vif dépit. Il rejoignit sa sœur et la mit au courant de ce qu'il venait d'apprendre, tout en manifestant sa mauvaise humeur.

Mais force était de se résigner et de trouver où se loger en attendant de pouvoir embarquer sur le navire. Après quelques recherches, ils louèrent deux chambres dans une auberge face au port, ce qui allait grignoter d'autant leurs économies. Il s'agissait pourtant de pièces sous les combles, si exiguës que Charlotte pouvait à peine circuler entre le lit étroit et la table qui constituaient l'unique ameublement. Ils s'installèrent tant bien que mal et s'apprêtèrent à profiter le mieux possible de ce séjour forcé.

Ils prirent plaisir à circuler dans la ville. La Rochelle grouillait de marins et de commerçants en provenance des quatre coins du globe. On y parlait toutes les langues, tandis que des hommes aux vêtements bigarrés animaient les rues. Des marchandises exotiques et des plus variées s'étalaient à l'envie devant les yeux ébahis des deux jeunes gens. Ils ne se lassaient pas d'écouter et de regarder.

Le soir venu, chacun des deux se murait dans sa chambre, fuyant l'ambiance peu recommandable du port. Les marins, dans un état d'ébriété semi-permanent, y provoquaient régulièrement des rixes et des incidents parfois graves, ou pour le moins regrettables. L'aubergiste lui-même leur avait recommandé de ne pas sortir la nuit.

Après une semaine d'attente, on les informa qu'ils pourraient s'embarquer le lendemain. Une brise légère et continue se montrait de bon augure et on pouvait espérer lever l'ancre dès le chargement terminé.

En apprenant cette nouvelle, Charlotte s'était sentie plus émue qu'elle ne s'y attendait. Bien malgré elle, ce départ la tourmentait.

Aussi, pour ce dernier soir, elle ne se résignait pas à se retirer dans sa chambre sous les toits. Elle voulait une dernière fois marcher librement sur la terre de France et en savourer chaque instant.

Tout doucement, elle s'était dirigée vers les galeries commerçantes de la ville. Le soleil baissait rapidement et les lourdes arcades de ces passages couverts accentuaient la pénombre qui peu à peu s'étendait sur la ville. Les boutiquiers ayant fermé leurs étalages, il n'y avait plus rien à voir. Mais ce n'était pas ce que Charlotte recherchait. Elle marchait droit devant elle, en proie à des sentiments contradictoires.

Malgré elle, ses pensées s'envolaient vers Saint-Vaast. Elle revoyait sa mère, ses sœurs et ses frères dans la vieille demeure familiale. Une impression de culpabilité persistante la tenaillait. Bien sûr, son absence allait les priver de la part de son revenu qu'elle avait réussi à leur verser jusque-là. Mais n'était-ce pas justement pour leur venir en aide qu'elle partait en Nouvelle-France? Ces notions si opposées l'obsédaient.

Par ailleurs, Charlotte se laissait gagner par l'aspect irréversible de ce voyage, et cette perspective la hantait.

Elle se tourna vers une allée qui, elle le savait, conduisait au port. Une forêt de mâts se dressait devant elle. Plus avant dans la petite rade, trois navires reposaient à l'ancrage, dont le *Saint-Louis*. Elle l'examina comme s'il eût pu apporter une réponse à ses questions.

Les derniers rayons du soleil éclairaient l'or des superstructures ouvragées. Le vaisseau, qu'elle voyait par la poupe, présentait un château arrière chargé de dauphins jouant dans des vagues irréelles et encadrés de volutes gracieuses. Cet ensemble sculpté protégeait un petit balcon sur lequel ouvraient des fenêtres et une porte. Dominant le tout, la lanterne, déjà allumée, projetait un halo doré qui s'ajoutait aux derniers feux du soleil couchant.

Ce n'était là ni une caravelle ni une frégate, mais une flûte. Depuis le premier jour, Charlotte s'amusait de cette dénomination qui aurait dû désigner un navire long et mince. Or, il n'en était rien. Bien au contraire, le *Saint-Louis*, comme toutes les flûtes, était un bâtiment trapu, au profil ventru.

Une ombre s'approcha d'elle, mais, toute à ses pensées, elle ne s'en rendit pas compte. Elle fut d'abord alertée par une haleine avinée. Puis un bras maladroit lui enlaça la taille.

— Alors, ma belle, on prend l'air?

Charlotte sursauta. Un individu édenté, les cheveux gras, la fixait d'un regard luisant de convoitise. Au dégoût qu'elle éprouva s'ajouta un début d'affolement. La peur aidant, elle réussit à se dégager avec énergie. Déséquilibré, l'homme recula de quelques pas chancelants.

— Bon! Fallait le dire!

Il pencha la tête de côté, la contemplant avec curiosité avant de lui offrir un sourire édenté.

— Tu es pourtant bien jolie, articula-t-il, après quoi il s'éloigna en titubant.

La jeune fille poussa un profond soupir. Elle ressentait un net déplaisir à cette intrusion qui avait interrompu le fil de ses pensées, mais il fallait se rendre à l'évidence : si elle avait pu aisément se défaire de cet importun, le suivant serait peut-être plus coriace. À regret, elle tourna les talons et se dirigea vers l'auberge.

Il faisait déjà nuit lorsqu'elle pénétra dans la grande salle. Elle s'arrêta sur le pas de la porte, regardant autour d'elle. Dans un coin, un homme à la mine triste était attablé devant une fricassée et une chopine de vin. Plus loin, deux commerçants discutaient avec animation. Au-delà, un groupe de marins parlaient en gesticulant sous l'œil vigilant de l'aubergiste. Le ton montait de façon d'autant plus inquiétante qu'il fallait contourner ce groupe pour atteindre l'escalier.

L'ayant aperçue, l'aubergiste vint se poster à ses côtés.

— Vous n'êtes pas prudente, mademoiselle, gourmanda-t-il tout en essuyant un verre. Allez-y, je vous accompagne.

Rassurée par cette présence, Charlotte traversa la salle et monta rapidement à l'étage supérieur. Elle longea le couloir et, en approchant de sa chambre, s'étonna de voir un pâle filet de lumière sous sa porte. Sans doute Jean-Baptiste l'attendait-il. Elle entra. En effet, son frère était assis sur l'unique chaise de la pièce, le coude sur la table, la tête appuyée sur la main. À sa vue, il se redressa.

— Enfin, vous voilà! Où étiez-vous donc? Voilà plus d'une heure que je vous attends.

En souriant pour cacher son trouble, la jeune fille lui expliqua son escapade.

— Vous n'êtes pas raisonnable! s'exclama-t-il. Ne savez-vous pas combien peu sûres sont les rues la nuit?

Elle se mit à rire.

— Si, à Paris, il m'avait fallu attendre que les rues soient sûres avant de porter secours à une future mère…

Combien de fois n'avait-elle pas été alarmée par des individus à l'aspect louche? En une occasion, elle s'était trouvée aux prises avec deux personnages dont elle n'aurait pas su se défaire sans l'intervention d'un jeune homme qui était venu à son secours. Depuis cette aventure, elle n'avait plus osé sortir le soir sans porter un poignard caché sous sa cape.

Mais Jean-Baptiste ne l'écoutait pas. Il semblait préoccupé, ce qui intrigua sa sœur.

— J'ai à vous parler, Charlotte, commença-t-il. Une mauvaise nouvelle.

Elle crut d'abord qu'il s'agissait d'un nouveau retard du *Saint-Louis*. Mais Baptiste enchaîna :

— J'ai là une lettre de Saint-Vaast.

Charlotte prit subitement conscience de la mine ravagée de son frère, que la lumière vacillante de la bougie lui avait cachée jusque-là. Elle porta la main à ses lèvres.

— Qu'y a-t-il, Baptiste?

Le jeune homme sortit la lettre de sa poche. Avec des gestes d'une lenteur étonnante, il la déplia et la posa à plat sur la table devant lui. Afin de se donner une contenance, il lissa le parchemin qu'il n'arrivait pas à lire. Ses yeux se brouillaient, l'écriture d'Antoinette dansait sous son regard.

Brusquement, il balaya la lettre du revers de la main.

— Charlotte, dit-il d'une voix altérée, notre mère n'est plus.

Sous le choc et la surprise, la jeune fille se laissa choir sur le bord du lit. Bouche bée, elle fixa son frère, incapable d'admettre une fin si soudaine. Au moment de leur départ, leur mère lui avait semblé en parfaite santé. Comment un tel changement pouvait-il s'être produit en si peu de temps?

Baptiste lui fit part des détails mentionnés dans la lettre d'Antoinette. Atteinte d'une maladie qu'elle avait voulu cacher afin de ne pas gêner ses enfants dans leur projet, Hélène de Poitiers avait succombé peu de jours après leur départ.

La réalité de cette nouvelle s'infiltra peu à peu, laissant Charlotte désemparée. Levant la tête, elle adressa à son frère un message silencieux, chargé de tristesse. N'y tenant plus, le frère et la sœur s'abandonnèrent à leur chagrin.

Charlotte se ressaisit pourtant.

— Nous ne pouvons pas partir, Baptiste. Il faut retourner à Saint-Vaast.

Jean-Baptiste secoua la tête.

— Cela ne servirait à rien, répondit-il en brandissant le parchemin au-dessus de la table. Voilà plus d'une semaine que cette lettre est partie... Il est trop tard.

Trop tard... Ces mots résonnèrent cruellement aux oreilles de la jeune fille. Elle se rendait soudainement compte que plus jamais elle ne verrait sa mère. Et à cette constatation s'ajoutait le chagrin de ne pas avoir pu l'assister dans ses derniers moments : recueillir ses dernières paroles, lui adresser un sourire, poser un ultime baiser sur son front...

Refoulant le flot de larmes qui montait de nouveau à ses yeux, elle revint à la charge.

— Et les petits, il faut s'occuper d'eux.

— C'est inutile, Charlotte. Antoinette est auprès d'eux, ainsi que Charles. Ils n'ont nul besoin de nous.

Nerveusement, la jeune fille se mit à enrouler une mèche de cheveux autour d'un doigt. Elle n'arrivait pas à se résigner.

— Nous ne pouvons pas les abandonner tous à un moment pareil, insista-t-elle.

— C'est pourtant ce qu'il nous faudra faire. Pour quelques instants de réconfort, ce serait la ruine de tous nos projets. Je crois fermement que par mon labeur en Nouvelle-France je pourrai un jour leur venir en aide. Et cette aide sera infiniment plus précieuse que des paroles de consolation. Il faut partir.

Ils discutèrent encore longuement. Baptiste avait réponse à tout. Charlotte reconnaissait que les arguments de son frère demeuraient bien fondés. Mais il lui était pénible de se soumettre à une décision qui lui semblait si profondément égoïste. Elle se révolta, plaida, puis enfin se résigna.

Jean-Baptiste la quitta alors en lui conseillant de prendre un peu de repos.

Lorsqu'elle fut seule dans sa chambre, elle commença par écrire une lettre à l'adresse d'Antoinette. Puis elle s'allongea sur le lit, les yeux grands ouverts. Tout se bousculait dans son esprit : le départ à bord du *Saint-Louis*, la mort de sa mère, ses frères et sœurs à Saint-Vaast.

Quand enfin elle s'endormit, elle plongea dans un sommeil agité qui ne lui procura que peu de repos.

* * *

Le *Saint-Louis* avait fière allure avec ses trois mâts, sa parure noir d'ébène rehaussée de dorures et sa figure de proue représentant une licorne. Le navire se berçait doucement au bout de son ancrage, tandis que régnait à son bord une grande animation.

Embarqués de bon matin, Charlotte et Jean-Baptiste surveillaient les opérations. La jeune fille n'avait pas le cœur à rire, mais son frère, d'un naturel curieux, l'avait entraînée sur le gaillard d'arrière. De cette position en hauteur, ils voyaient aisément toutes les manœuvres. Le vent étant favorable, il était convenu que le *Saint-Louis* prendrait la mer le jour même.

On avait d'abord chargé les barils de vin, d'eau fraîche et d'alcool qui, rangés au fond de la cale, devaient procurer le lest nécessaire au navire. On embarqua des vaches, des moutons et des caisses remplies de canards, sans oublier le fourrage et les grains pour l'alimentation de ces animaux. Après le chargement de malles et de colis de toutes sortes suivit celui de tonneaux de viande et de poissons séchés ou salés, de légumes secs et de boîtes de ces biscuits de mer destinés à remplacer le pain impossible à conserver sur les flots.

De temps à autre, une chaloupe s'approchait, transportant de simples gens comme eux ; de futurs colons pour la Nouvelle-France.

L'agitation devenait intense. Les marins couraient sur les ponts en criant. Du fond de la cale, les vaches beuglaient leur mécontentement de se trouver ainsi enfermées, tandis que les canards ponctuaient le tout de leur tapage.

Du haut de la dunette, le capitaine donnait des ordres brefs. Il avait l'allure d'un seigneur, portant un justaucorps bleu roi agrémenté de galons dorés. Sous le chapeau orné de plumes blanches, ses cheveux bruns retombaient sur les épaules en ondulant. Mais ce bel apparat cachait mal son air de vieux loup de mer, confirmé par le visage buriné et les yeux perçants auxquels rien n'échappait.

Les marins s'activaient maintenant de tous côtés, fermant les écoutilles, enroulant les cordages. Ils grimpèrent dans les haubans avec une agilité qui arracha une exclamation aux passagers, puis s'alignèrent sur les vergues, perchés comme un rassemblement d'hirondelles en automne.

Le départ semblait imminent.

Quatre marins à la carrure imposante se placèrent entre les bras du cabestan, qu'ils tournèrent lentement, enroulant un câble gros comme le bras au bout duquel l'ancre apparut.

On hissa la grand-voile et le *Saint-Louis* glissa tout doucement vers les deux tours qui marquaient l'entrée du port.

Ils allaient passer la tour de la Lanterne, à l'extrémité de l'avant-port, quand un bruissement suivi de claquements secs se fit entendre. On venait de hisser la totalité des voiles, déployant une blancheur éclatante sous le soleil de ce début d'été. La flûte frémit, puis, obéissant au vent qui la poussait, accéléra son allure et doubla la vieille forteresse.

Dès qu'il eut quitté la protection du port, le navire accusa un tangage plus marqué. Instinctivement, Charlotte s'agrippa à la lisse. Elle gardait les yeux rivés sur La Rochelle qui rapidement diminuait, s'estompait, ne devenait plus qu'un vague trait grisâtre. La jeune fille ressentait fortement l'impression d'une coupure définitive entre elle et sa terre natale, que chaque mille gagné sur la mer accentuait.

Jean-Baptiste, au contraire, considérait que le spectacle du départ était consommé. Les paysages ayant déjà été témoins du chargement et des manœuvres de sortie du port, que restait-il à voir? Semblant confirmer cette impression, le capitaine avait quitté la dunette après avoir retiré son chapeau et son justaucorps. «La mascarade est terminée», songea le jeune homme.

Il se pencha vers sa sœur.

— Venez, Charlotte. Il n'y a plus rien à voir.

— Si, dit-elle d'une voix sourde. Cette ligne grise à l'horizon, c'est la terre, c'est la France.

À cet instant lui revinrent les paroles de sa mère : «Jamais plus je ne vous reverrai.»

Ses yeux se mouillèrent. Une larme glissa sur sa joue et tomba sur son corsage, y laissant une marque sombre.

La terre était désormais à peine perceptible.

Une vague plus haute que les autres camoufla un moment l'horizon. Dans le creux qui suivit, les yeux de Charlotte se posèrent sur l'eau, de l'eau à perte de vue…

5

CÉDANT aux instances de son frère, Charlotte se décida à le suivre. Ils trouvèrent les coffres et les caisses qui leur appartenaient entassés devant la chambre qui leur était destinée, sous le gaillard d'arrière, ou plutôt sous son prolongement, un étage sous la dunette.

Ils poussèrent la porte, découvrant une pièce plongée dans l'obscurité. À tâtons, Jean-Baptiste alluma une bougie qu'il plaça à l'intérieur d'une petite lanterne accrochée au mur. La lumière glauque qui s'en répandit révéla une cabine aussi étroite qu'un réduit.

L'inventaire en fut rapidement effectué. Dépourvue de fenêtre et basse de plafond, la pièce ne contenait que l'essentiel. De part et d'autre de la porte, deux banquettes appelées à servir de lits s'adossaient aux cloisons. Au bout de l'espace qui les séparait, une simple tablette supportait une bassine et un broc à eau.

À l'exception des deux lanternes qui y étaient fixées, les murs blanchis à la chaux étaient dénués de toute décoration. Sur les banquettes, des draps rugueux et des couvertures grossières étaient soigneusement pliés. L'ensemble paraissait d'une propreté absolue en dépit d'une vague odeur de moisissure.

Charlotte s'était arrêtée dans l'embrasure de la porte, enregistrant ce qui allait former leur habitat pendant ce long voyage. Son frère, lui, s'activait déjà. Il saisit une caisse, cherchant où la ranger.

Ensemble, les jeunes gens s'efforcèrent d'entasser les divers colis qui contenaient leurs effets. Faute d'espace, cette tâche était malaisée. Ils réussirent à glisser les coffres sous les banquettes, mais le reste de leurs bagages dut être empilé au pied des couchettes. Cette opération terminée, il ne leur restait plus pour circuler qu'un étroit couloir entre les banquettes. Si l'un d'eux désirait traverser la pièce, l'autre devait s'asseoir afin de lui céder le passage. Le plafond était si bas que Jean-Baptiste ne pouvait pas redresser la tête lorsqu'il se tenait debout.

Charlotte jeta un regard circulaire sur leur installation.

— Quel charmant petit placard! s'exclama-t-elle en riant. Dites-moi, Baptiste, combien de temps peut durer cette traversée?

— Quelque deux mois, si je ne me trompe, répondit-il.

— Eh bien, mon frère, je crois que je passerai la meilleure partie de mon temps sur les ponts!

Tous deux éclatèrent de rire. Jean-Baptiste s'assit sur la banquette, ce qui lui permit de redresser la tête.

— Notre arrangement n'est pas du plus grand confort, admit-il en se frottant le cou. Mais sachez que nous sommes pourtant hautement privilégiés.

— Privilégiés? s'étonna-t-elle. De quelle manière l'entendez-vous?

— L'ensemble des passagers n'a pas comme nous la chance de posséder ce… ce placard, comme vous le nommez.

— Vraiment? Mais comment sont-ils donc logés?

— Dans la sainte-barbe.

— La sainte-barbe, répéta-t-elle sans comprendre. Mais que désignez-vous de ce nom étrange?

— D'après ce qu'on m'a dit, la sainte-barbe se trouve sous le gaillard d'avant, expliqua son frère. En temps normal, cet espace sert d'entrepôt aux munitions. Mais pour entreprendre un voyage tel que le nôtre, on désarme partiellement le navire pour ne garder que un ou deux canons, comme vous l'avez peut-être remarqué. Les munitions étant ainsi réduites, on les range dans la cale, ce qui permet d'installer les passagers dans la sainte-barbe. Et c'est là qu'ils devront dormir et manger. La promiscuité qui est la leur atteint un point dont vous ne pouvez vous faire une idée.

— Sont-ils nombreux?

— Une cinquantaine, sans compter les membres de l'équipage.

Charlotte n'en croyait pas ses oreilles.

— Vous prétendez que tous ces gens devront vivre de la sorte tant que nous serons en mer?

— Je ne vois pas comment il pourrait en être autrement.

— Et que nous vaut l'honneur de ce traitement particulier?

Jean-Baptiste considéra la question tout en tortillant les poils de sa moustache. Charlotte n'aimait pas cette manie qui lui donnait l'impression de ne jamais savoir ce que pensait son frère.

— Mais lâchez donc votre moustache! lui dit-elle sur un ton suppliant.

Jean-Baptiste lui lança un regard ironique.

— J'arrêterai quand vous cesserez de frisotter vos cheveux.

La jeune fille eut un rire bref tout en secouant ses boucles noires.

— En réponse à votre question, reprit Baptiste, j'avoue mon ignorance. Il faudra demander au capitaine.

À l'heure de l'angélus, passagers et équipage se regroupèrent sur le pont pour la prière du soir, qui était de rigueur, tout comme celle du matin. Les passagers se reconnaissaient aisément à leurs mines effarées et à leurs positions maladroites pour contrer le roulis du bateau. Les marins par contre, pour la plupart de solides gaillards, ne montraient aucune difficulté à se tenir droits.

Le capitaine lut une courte oraison. On récita un *Pater* et trois *Ave*, après quoi les matelots entonnèrent *l'Ave Maris Stella*, chant devenu rituel sur tous les navires français et considéré comme une invocation protectrice.

Charlotte fut frappée par la ferveur de ces marins à la physionomie endurcie. Elle scruta leurs visages. Pas un seul ne semblait indifférent. Ils priaient et chantaient comme si leur vie en dépendait. Elle ignorait que ces robustes individus redoutaient de rencontrer l'un de ces monstres marins qui, à leur avis et selon une longue tradition, hantaient les eaux de l'Atlantique, si bien qu'aucune prière ne leur semblait superflue. Cela tenait davantage de la superstition que de la ferveur.

La cérémonie terminée, le groupe se dispersa. Les jeunes Poitiers, pour leur part, gagnèrent le gaillard d'avant et s'arrêtèrent contre le beaupré. La mer, inondée de soleil, les aveugla. Charlotte se pencha par-dessus la lisse. D'où elle se tenait, elle voyait tout l'avant du bateau. L'étrave fendait les flots, soulevant des gerbes d'écume blanche qui jaillissaient sur la coque avant de se répandre dans l'eau d'un beau vert profond. Ce spectacle la fascinait, mais elle dut bientôt s'en arracher, l'heure du repas étant arrivée.

Le souper réunit les Poitiers ainsi que trois autres personnes dans la cabine du capitaine, qui occupait une place de choix sous la dunette, dans une grande pièce à l'arrière du navire. Celle-ci servait à la fois de chambre au premier officier à bord et de salle commune pour les repas des personnes privilégiées. La décoration était sobre, mais les fenêtres de la poupe éclairaient la pièce, mettant en valeur des boiseries sombres au ton chaud. Une porte ouvrait sur un petit balcon que le maître de céans mit généreusement à la disposition des personnes présentes.

49

Henri de Liercourt, capitaine du *Saint-Louis*, plaça chacun autour de la table et fit les présentations.

Charlotte était assise à sa droite. Tout au bout, en face de lui, le visage anguleux, Antoine Bourgery, deuxième officier à bord, parlait peu, se contentant d'approuver les dires de son supérieur en hochant la tête d'un air précieux, ce qui donnait à sa personne un aspect de rigidité un peu compassée. Entre celui-ci et Charlotte, un petit homme malingre, au regard fuyant et répondant au nom de Thomas Jarou, était appelé à jouer le rôle de soigneur.

Jean-Baptiste prit place à la droite de monsieur Bourgery, et à côté de lui se trouvait un simple passager du nom de François Guyon Després, au visage ouvert et éclairé par de larges yeux bruns et vifs. Ses manières simples et directes attirèrent immédiatement la sympathie de Charlotte et de son frère.

Henri de Liercourt s'assit à la tête de la table. D'un physique agréable, il alliait une taille haute, très droite et musclée à un visage aux traits vigoureux et au regard chaleureux. Il avait la réputation d'être un officier sévère, mais toujours juste, ce qui lui valait un équipage aussi docile que pouvait l'être un groupe d'hommes facilement querelleurs. Charlotte prit note de tous ces détails, et lui trouva un aspect plutôt séduisant.

Il savait également se montrer courtois, ce qu'il prouva en questionnant les uns et les autres. Se tournant vers les Poitiers, il lança :

— Vous allez donc vous établir en Canada.

C'était là davantage une constatation qu'une question, et Baptiste confirma.

François Guyon le considéra d'un regard soutenu.

— Vous y trouverez sûrement satisfaction, dit-il enfin. Je n'irais pas jusqu'à affirmer que la vie y est aisée, mais, avec du courage et un esprit quelque peu inventif, au moins n'y manque-t-on de rien.

— Dois-je comprendre que vous connaissez la Nouvelle-France? demanda Jean-Baptiste.

François Guyon eut un sourire amusé.

— En effet, je la connais puisque j'y suis né et que j'y ai toujours habité.

Cette remarque fit sensation et l'intérêt de Jean-Baptiste en fut aiguisé.

— Vous êtes assurément le premier colon à être né en Nouvelle-France! s'exclama-t-il.

— À peu de chose près, admit-il.

Aussitôt intéressé, Jean-Baptiste entreprit de le questionner sur la vie à Québec. Le jeune Guyon lui brossa rapidement un tableau agréable, dont l'absence de précision n'arriva cependant pas à satisfaire son interlocuteur.

De son côté, Charlotte, ayant écouté un instant ces explications, tenta de s'entretenir avec Thomas Jarou qui jusque-là avait obstinément gardé son long nez pointu penché sur son assiette dans un mutisme absolu. À ses questions sur son rôle de soigneur, elle ne reçut que des réponses évasives qui lui laissèrent une impression de malaise et d'incertitude quant aux compétences de cet individu qui se prétendait médecin.

Henri de Liercourt, qui n'avait pas manqué un mot de cet échange, se pencha vers sa voisine et lui dit à mi-voix :

— Si j'en juge par votre air étonné, j'en conclus que vous connaissez la médecine.

— Je suis sage-femme, répondit-elle. J'ai exercé souventes fois à l'Hôtel-Dieu de Paris. Je ne puis prétendre à une connaissance médicale. Cependant, j'ai vu à maintes reprises appliquer des soins qui m'ont éclairée.

— À la bonne heure! murmura-t-il. Vous pourrez donc conseiller notre soigneur.

Son regard conservait l'expression enjouée d'une plaisanterie partagée. Amusée par la tournure de sa phrase, Charlotte en déduisit que le capitaine du *Saint-Louis* n'accordait que peu de talent à monsieur Jarou.

Profitant de l'occasion, la jeune fille s'informa des raisons qui leur permettaient, à elle et à son frère, de jouir d'une chambre individuelle.

— Sachez, répondit le capitaine, qu'il est coutumier de loger des personnes de marque ou des religieux dans des alcôves aménagées dans la sainte-barbe. Il se trouve que le *Saint-Louis* ne dispose pas de ce type d'arrangement. Par contre, il dispose de deux chambres que j'ai choisi de vous accorder, à vous, à votre frère et à monsieur Guyon, en me basant simplement sur les noms que vous portez.

— Je vous en sais gré, dit-elle aussitôt.

— Ne me remerciez pas, coupa le capitaine. Je préfère tout bonnement m'entourer de personnes qui ont de la culture.

Cette dernière remarque plut à Charlotte, qui sentit poindre en elle un élan de sympathie envers monsieur de Liercourt.

Dès le repas terminé, les jeunes Poitiers, fatigués par cette journée pleine d'émotions après une mauvaise nuit, se retirèrent dans leur chambre. Et malgré la dureté de la banquette, ils s'endormirent aussitôt.

Au réveil, lorsque Charlotte voulut faire sa toilette, elle eut la surprise de trouver de l'eau de mer dans le broc destiné à cet effet. Comme elle devait rapidement l'apprendre, l'eau douce était considérée comme une denrée trop précieuse pour l'utiliser à laver quoi que ce soit. Sa seconde surprise fut provoquée par le morceau de savon qu'elle avait apporté. Mis en contact avec l'eau salée, il refusait obstinément de mousser et ne lui était d'aucune utilité.

Elle dut se contenter de s'asperger de cette eau qui lui laissa la peau poisseuse tout en la desséchant. Elle songea que deux mois de ce régime sans même pouvoir laver son linge allaient être une rude épreuve.

Mais ce n'était là qu'un aspect du manque d'hygiène à bord. Le plus détestable était assurément le sombre réduit à l'avant du navire où l'on faisait ses besoins sur des caillebotis. Une odeur nauséabonde ne tarda pas à s'en dégager et à se répandre à travers les ponts en partie à claire-voie, seule possibilité d'aérer de manière quelque peu efficace. L'on y versa de l'eau parfumée, sorte de désinfectant, dont la senteur ne fit que s'ajouter à la première odeur sans pour autant l'effacer.

Les marins, cependant, faisaient preuve d'un souci de propreté. Chaque jour, une partie du temps était occupée par les corvées de rinçage des ponts. Ce qui avait comme premier résultat d'augmenter l'humidité ambiante.

Malgré ces inconvénients, Charlotte s'habitua à sa nouvelle vie. Elle marcha sur les ponts en quête d'exercice et se divertit en contemplant le mouvement des vagues soulevées par la coque du navire, dont elles s'éloignaient en de longs rouleaux marbrés de blanc.

Les repas dans la cabine de monsieur de Liercourt ponctuaient agréablement les journées, malgré une nourriture d'une monotonie accablante et totalement dépourvue d'aliments frais tant en fruits et légumes qu'en poissons et viandes, ces deux derniers étant conservés sous forme séchée ou salée. Seule exception à cette règle : le canard dont la table du capitaine pouvait profiter de temps à autre.

Jean-Baptiste passait de plus en plus de temps avec François Guyon dont il appréciait la compagnie. Celui-ci répondait à ses questions et décrivait la colonie ainsi que la vie en Nouvelle-France avec infiniment plus de détails qu'il ne l'avait fait le premier jour.

En apprenant que le but de Jean-Baptiste était de faire fortune avec les pelleteries, François hocha la tête d'un air entendu avant de commenter :

— Ah! Les fourrures… Nous faisons plus ou moins tous la traite des peaux, sans pour autant gagner des fortunes.

— Tous? Mais, dans ce cas, qu'en est-il du monopole de la Compagnie des Cent-Associés?

François dévisagea son compagnon non sans une pointe d'amusement.

— Vous avez encore tout à apprendre sur cette colonie, mon ami. Un monopole peut toujours être contourné… Quoi qu'il en soit, sachez que pour obtenir un bon résultat il faut se rendre là où se trouvent les fourrures et prendre contact avec les Indiens dans leurs campements.

Jean-Baptiste écouta cette explication avec attention. Il n'avait nulle envie de se lancer dans les bois et pas davantage d'entrer en relation avec des Indiens. Mais il ne laissa pas pour autant ternir son optimisme, nourri comme il l'était par la conviction que sa fortune était facilement assurée.

Aussi préféra-t-il interroger son compagnon sur sa propre vie. François lui révéla qu'il possédait un commerce général qu'il avait hérité d'un certain Pierre Chicoine et qu'il tenait conjointement avec Justine Chicoine, veuve de ce dernier.

Puis il lui expliqua longuement que son propre père avait été l'un des premiers Percherons à répondre à l'appel du seigneur Robert Giffard et que, grâce à celui-ci, il avait obtenu une importante concession sur la Côte-de-Beaupré. Il lui vanta la beauté de cette propriété, récemment partagée entre les six fils de la famille. Il lui confia enfin que son plus grand désir était d'acheter les parts de ses frères afin de reconstituer le domaine et de s'y installer.

Tout naturellement, les ambitions si voisines de l'un et de l'autre n'allaient pas tarder à sceller leur amitié naissante.

Ainsi, les jours s'écoulaient sur une mer paisible.

Un matin cependant, voulant poser le pied hors du lit, Charlotte eut l'impression que le sol se dérobait sous elle. La jeune fille comprit aussitôt que le navire accusait un tangage inhabituel. Son frère et elle s'habillèrent tant bien que mal, les mouvements du bateau rendant la position verticale malaisée.

Un peu inquiets, ils sortirent sur le pont. Le vent soufflait fortement, poussant d'épais nuages gris qui obscurcissaient le ciel, tandis que des vagues d'une hauteur impressionnante partaient à l'assaut du navire.

Ce jour-là, le capitaine ne fit qu'une courte apparition au déjeuner. Il expliqua brièvement que, redoutant une tempête, ils avaient viré au sud dans l'espoir de la contourner. Malgré ses efforts, il cachait mal son appréhension, que partagea rapidement son entourage.

Après son départ, les personnes présentes demeurèrent tendues. Thomas Jarou s'essuya les lèvres en tremblant. Charlotte et Jean-Baptiste échangèrent un regard inquiet avec François Guyon. Celui-ci tenta pourtant de les rassurer par un sourire, qui se figea dès qu'un tangage plus marqué les obligea à s'agripper pour conserver leur équilibre.

Plusieurs heures s'écoulèrent ainsi, sans la moindre amélioration. Tous les passagers restaient prudemment enfermés à l'intérieur. Charlotte se sentait gagnée par une angoisse exacerbée par l'ignorance de ce qui se passait à l'extérieur. N'y tenant plus, elle se dirigea vers le gaillard d'arrière afin de se rendre compte de la situation.

La flûte naviguait à la cape, ce qui ne l'empêchait pas de tanguer et de rouler comme un bouchon sur l'eau. Le navire engageait profondément son étrave dans les vagues pour ensuite gîter de façon dangereuse.

Hurlant pour couvrir le vacarme, un marin dit à Charlotte :

— Allez dans votre chambre, mademoiselle. Vous pourriez vous faire emporter.

Déjà fortement impressionnée, Charlotte n'hésita pas à suivre ce conseil et alla retrouver son frère dans leur cabine. À la limite de l'épouvante, elle lui expliqua ce qu'elle venait de voir. Jean-Baptiste essaya de la rassurer, tout en tirant fébrilement sur sa moustache.

— Rien ne sert de s'alarmer, dit-il en conclusion. Nous ne pouvons rien faire d'autre que d'attendre.

Ils s'allongèrent sur leurs couchettes. Le navire craquait et gémissait de toute sa membrure. Les objets ne tenaient plus en place. Les caisses entassées au pied des banquettes s'effondrèrent dans un grand vacarme. Ni l'un ni l'autre ne songea à les relever. Ils demeurèrent cloués sur place, figés par l'angoisse, incapables de la moindre parole ou du moindre geste.

À un moment, le navire se pencha sur le côté, conservant cette position pour un temps qui sembla une éternité.

«Il va chavirer», songea Charlotte. Mais, après une succession de soubresauts, il se redressa comme à regret.

Il vint alors à Charlotte une pensée terrifiante. Si le navire faisait naufrage, Jean-Baptiste et elle resteraient sans doute enfermés dans leur chambre. Elle se demanda quel danger était le plus grand : le risque de se faire emporter par une lame sur le pont ou celui de rester prisonniers sous l'eau dans ce réduit.

Elle n'eut pas le temps de s'interroger longtemps. Une secousse plus forte encore la projeta hors de sa couchette avec une telle violence qu'elle crut que le *Saint-Louis* avait heurté un récif. Il n'en était rien, ce qu'elle comprit quand la flûte reprit le rythme de ses mouvements désordonnés.

En tâtonnant, car les bougies s'étaient éteintes, elle se plaça à nouveau sur la banquette, le corps raidi dans l'attente de ce qui allait suivre.

Les à-coups succédaient aux roulements. Les jeunes gens s'agrippaient au bord de leurs lits afin d'éviter d'en être éjectés. Les yeux dilatés par la peur, l'oreille tendue, ils cherchaient à comprendre, dans le vacarme, quelles étaient les réactions du navire et à saisir de quel côté viendrait le danger. Le temps semblait s'être arrêté. Ils ne sentaient ni fatigue ni faim et auraient été bien incapables de dire quelle heure de la journée il était.

Chaque seconde gagnée contre la furie de la mer prenait l'allure d'une victoire. Le moment à venir restait en suspens, chargé d'une angoisse qu'accentuaient les craquements sinistres du vaisseau.

La tourmente dura encore toute la nuit et la journée du lendemain. Il fallut bien, alors, se résigner à se nourrir. Le simple fait de se rendre à la cabine du capitaine se révéla un exercice périlleux. Puis, pour réussir à manger, il fallait s'entraider, chacun tenant l'assiette de son voisin pour empêcher qu'elle ne verse.

La tempête sévissait depuis trois jours quand Jean-Baptiste et sa sœur constatèrent que le vent s'affaiblissait et que le roulis diminuait.

Incrédules, les deux jeunes gens se soulevèrent sur leurs couchettes, s'attendant à tout moment à sentir à nouveau le bateau soulevé par une de ces lames monstrueuses qui les avaient tant inquiétés. Rien ne se produisit. Le calme revenait graduellement.

— C'est fini! s'exclama Jean-Baptiste.

— C'est fini, reprit Charlotte, et nous sommes vivants!

Dans leur soulagement, ils s'étreignirent.

D'un commun accord, le frère et la sœur gagnèrent le gaillard d'arrière où ils trouvèrent François appuyé contre la lisse. Tous trois se félicitèrent de la fin heureuse de cette tempête et échangèrent leurs impressions sur ce qu'ils venaient de vivre.

L'état du navire en disait long sur la bataille qui s'était livrée contre les éléments déchaînés. La misaine, qui s'était fendue, pendait lamentablement au bout de sa vergue. Sur le pont régnait le plus grand désordre. Tout avait été bousculé. Des caillebotis avaient été arrachés et le sol était jonché de débris que les marins s'activaient déjà à faire disparaître.

Henri de Liercourt discutait avec son second, lui transmettant les consignes. Tout en parlant, il passa près des jeunes gens sans les voir. N'ayant pas fermé l'œil depuis le début de la tempête, le capitaine faisait peine à voir. Les vêtements souillés, le menton noirci par une barbe de plusieurs jours, la mine terreuse et les yeux injectés de sang, il semblait ne tenir sur ses pieds que par un immense effort de volonté. Puis il s'éloigna, se dirigeant vers sa chambre pour un repos bien mérité.

Charlotte le suivit des yeux. Une vague de pitié la submergea devant cet homme manifestement éprouvé. Sans oser se l'avouer, une certaine émotion la gagnait.

L'heureux dénouement de cette aventure déliait les langues, chacun tenant à marquer son admiration pour le capitaine. Sentiment décuplé par la distribution d'une ration d'alcool, comme le prouva la conversation entre deux matelots qu'entendit Charlotte.

— Le pacha, c'est un homme, dit l'un. Pas toujours commode, mais, pour mener un bateau, il sait y faire.

— Ça, c'est vrai, dit l'autre. Il connaît la mer comme sa poche. Pour sûr qu'un autre nous aurait conduits par les bas-fonds.

— T'oublies pas qu'il y en a un qui y est, dans les bas-fonds.

— Pour sûr que j'oublie pas.

Le silence flotta un instant, puis il reprit :

— N'empêche qu'on pourrait tous y être.

Le premier poussa son compère du coude en clignant de l'œil.

— Eh bien, on n'y est pas! Et puis goûte un peu cette gnôle qu'il nous fait passer, le pacha, quand il est content!

6

APRÈS LA TEMPÊTE, les marins avaient réparé les diverses avaries, dont certaines se révélèrent assez graves. Le charpentier avait dû colmater plusieurs brèches. On avait vidé l'eau de la soute et on avait remplacé la voile de misaine. Petit à petit, le *Saint-Louis* avait repris une allure normale, et les passagers avaient retrouvé leurs occupations.

Fuyant les odeurs d'excréments, devenues intolérables, Charlotte se réfugiait régulièrement sur le balconnet de la poupe, qui échappait à cette puanteur. Elle s'y sentait à l'aise et s'abandonnait à la rêverie.

Son esprit se tournait chaque jour un peu plus vers cette terre lointaine qu'elle allait aborder. Elle s'interrogeait, cherchant à imaginer le caractère de ce continent, ses coutumes, les agréments qu'il pouvait offrir, mais aussi les inconvénients. Elle se perdait en conjectures, sans parvenir à une conclusion. Trop d'aspects lui échappaient encore.

Une certitude lui demeurait : la conviction d'y trouver une existence meilleure. Il lui tardait d'arriver et de s'engager dans cette vie nouvelle.

Au début de la traversée, Charlotte s'était plongée dans la contemplation des vagues. Mais aujourd'hui, le temps lui semblait long. Ajoutant à son impatience, le navire restait immobile sur la mer. Plusieurs jours s'étaient écoulés sans le moindre souffle. Le *Saint-Louis* s'était coiffé de la totalité de sa voilure, depuis les trois focs du beaupré jusqu'au perroquet de fougue sur le mât d'artimon. En vain; les voiles demeuraient flasques et inertes.

Cherchant à tromper son ennui, elle se mit à lire quelques-uns des livres que Jean-Baptiste apportait avec lui. Parmi ceux-ci, *Le Dépit amoureux* et *Les Précieuses ridicules* de Molière. Elle apprécia l'accent que cet auteur mettait sur l'amour, ce sentiment si longtemps bafoué. En jouant de la dérision, il bouleversait les principes selon lesquels les jeunes filles devaient choisir entre le voile et une triste vie aux côtés d'un vieux barbon. La passion remise à l'honneur, la liberté de décision, voilà autant de notions qui s'accordaient avec les siennes.

De temps à autre, Henri de Liercourt rejoignait Charlotte sur le balconnet. Il arrivait en souriant timidement. Au début, elle avait été gênée par ce sourire qui ressemblait si peu à l'image qu'il donnait dans son rôle de capitaine. Puis, au fil des conversations, elle avait découvert un être rempli de sensibilité et de tendresse qu'il cachait sous ses airs bourrus. Cette dualité l'émouvait et contribuait à développer chez elle un sentiment qu'elle se plaisait à qualifier d'amitié.

De son côté, Henri de Liercourt en était arrivé à se confier à elle, ce qui ne lui était pas coutumier. Un jour, il en vint même à lui livrer son affliction causée par la disparition de l'un de ses hommes, disparition qu'il ressentait douloureusement comme une faute personnelle. La mort de ce marin le hantait comme chaque fois qu'il perdait un membre de son équipage. Jamais, précisa-t-il, il n'arriverait à accepter cet aspect d'une vie qui par ailleurs le passionnait. Car il aimait la mer, cette mer parfois si cruelle.

Il fixa la masse d'eau lisse aux reflets huileux. Le mystère profond de ces eaux sombres l'attirait et l'inquiétait tout à la fois.

— J'aurais dû éviter cette tempête, avoua-t-il à Charlotte.

Celle-ci le considéra avec compassion tout en cherchant les paroles qui le soulageraient.

— Vous vous reprochez la mort d'un marin, dit-elle, alors que le navire tout entier aurait pu sombrer.

Il l'observa avec étonnement.

— Est-ce bien là le fond de votre pensée?

Elle posa sur lui ses yeux noirs remplis d'une sereine conviction.

— Je crois sincèrement que vous êtes un excellent capitaine. Et je ne suis pas la seule, si j'en juge par ce que disent certains de vos marins.

Liercourt esquissa un sourire.

— Voilà que vous écoutez les conversations de mes hommes?

— En effet. J'ai surpris les paroles de deux matelots alors qu'ils étaient très occupés à déguster la *gnôle* offerte par le *pacha*.

Ces derniers mots, prononcés avec humour, amusèrent le capitaine qui éclata de rire.

— Ce sont là des propos bien étranges dans la bouche d'une demoiselle!

Henri de Liercourt appréciait de plus en plus ces échanges de propos qui lui apportaient un peu de sérénité.

De son côté, Charlotte aimait ces conversations et, s'il se passait un jour sans que son compagnon vienne la rejoindre sur le balconnet, elle se sentait privée d'un plaisir. Elle prenait goût chaque jour davantage à ces rencontres, sans réaliser que, bien au-delà de l'agrément de leurs dialogues, c'était à la personne du capitaine qu'elle s'attachait.

Pourtant, l'inaction prolongée pesait à l'officier, qui fit part de ses inquiétudes à Charlotte.

— Vous ignorez tout, déclara-t-il, des dangers réels pouvant découler d'un retard dans une navigation au long cours comme celle-ci.

— En quoi ces quelques jours d'arrêt peuvent-ils être graves? s'étonna-t-elle.

— La situation est plus sérieuse qu'il n'y paraît.

Liercourt se pencha sur la lisse comme pour examiner les flots, puis, se redressant, scruta la jeune fille. Il connaissait bien les hommes, dont il était venu à anticiper les réactions. Mais celles des femmes lui échappaient, le laissant dans l'incertitude. La jeune Poitiers, cependant, lui semblait d'une nature différente des autres femmes qu'il avait rencontrées jusqu'à ce jour. Misant sur ce qu'il croyait déceler dans le tempérament de Charlotte, il lui confia ses appréhensions.

— Tels que nous sommes, nous dérivons constamment vers le sud-ouest, entraînés par un courant dont nous n'avons aucun moyen de nous sortir. Si le vent ne se lève pas, nous nous trouverons bien en dessous de la Nouvelle-Angleterre.

— Et s'il revient?

— S'il revient! Il faut compter le temps de regagner notre route, ajouté à celui qui aura été perdu durant la tempête et le calme plat actuel, ce qui, dans le meilleur des cas, représente un retard sérieux.

«Nous risquons de manquer de provisions. Déjà, une grande partie des réserves de biscuits a été abîmée ou perdue dans la tempête. La famine peut à son tour engendrer des épidémies.

«Enfin, la navigation dans les eaux de la Nouvelle-Angleterre augmente les chances de rencontrer un navire anglais. Et ce ne sont pas nos deux malheureux canons qui nous permettraient de nous défendre contre un vaisseau bien armé.»

Il arrêta son exposé, les yeux perdus sur l'horizon, son visage reflétant une expression amère.

Le regardant, Charlotte comprit le tourment de cet homme dont l'unique ambition était de mener tous ses passagers à bon port. Elle éprouva un élan de compassion et regretta de ne pouvoir alléger la responsabilité qui pesait sur ses épaules.

Au cours de la nuit qui suivit, Charlotte s'éveilla avec une impression insolite. Il lui fallut quelques instants pour comprendre que le vent s'était enfin levé. La flûte se berçait doucement tandis que les vagues chantaient à nouveau sur la coque du navire. Elle se sentit aussitôt soulagée d'un poids qu'à son insu elle avait partagé avec monsieur de Liercourt. Détendue, elle retrouva un sommeil bienfaisant.

Avec le vent, la vie à bord reprit un rythme semblable à celui du début du voyage. Pourtant, un singulier danger guettait les passagers du *Saint-Louis*. Au bout de six semaines, l'eau vint à manquer. Non qu'il n'en restât plus, mais elle était perdue. Le tonnelier avait eu beau y jeter des pierres chaudes et même faire brûler des mèches de soufre, l'eau avait croupi et s'était peuplée de gros vers blancs. On ne pouvait plus cuisiner de potages ou de légumes secs autrement qu'à l'eau de mer. Quant à la viande et au poisson, sans eau douce pour les dessaler, leur consommation devenait presque impossible si on ne voulait pas mourir de soif. La ration alimentaire en fut sérieusement réduite, et le capitaine s'assombrit.

Un jour, alors que tous les convives habituels étaient réunis à sa table, Liercourt s'inquiéta de la mine attristée de son second.

— C'est aujourd'hui l'anniversaire de ma fille, expliqua celui-ci. Elle fête ses vingt ans. Au moment de partir, reprit-il après une pause, voyant son chagrin, je lui ai dit de mettre un couvert à ma place vide à la table, afin qu'elle sache que mes pensées l'accompagnaient.

Conscient que, pour les marins, rien n'était plus douloureux que ces longues absences les séparant de leurs familles, Liercourt demanda aussitôt au matelot qui faisait le service de dresser une place à côté de monsieur Bourgery.

— Les pensées de votre fille vous accompagnent assurément depuis votre départ, lui affirma-t-il.

Le second officier cacha son émotion en baissant les yeux.

On allait commencer le repas quand un marin se présenta devant le capitaine.

— Qu'y a-t-il, Périn? s'enquit celui-ci.

— Monsieur, dit-il, je viens vous prévenir que Gastrin ne pourra pas assurer le service aujourd'hui. Il est malade.

Liercourt étudia le marin d'un regard intense.

— Ses jambes sont enflées, au point de ne pouvoir se déplacer qu'à grand-peine, précisa Périn.

— Saigne-t-il des gencives?

— Oui, monsieur, ainsi que d'ailleurs. Sa bouche est comme toute pourrie; il perd la chair et les dents. Et monsieur Viminges, un des passagers, se trouve dans le même état.

— Le scorbut, murmura le premier officier, dont les épaules s'affaissèrent, indiquant combien cette nouvelle l'atterrait.

Puis il s'adressa à Thomas Jarou.

— Monsieur, dit-il, quelle est, à votre avis, la meilleure médecine pour combattre le scorbut?

L'interpellé leva la tête.

— Du jus de citron, répondit-il.

Le médecin faisait allusion à une récente découverte. On venait de comprendre que ce fruit pouvait jouer un rôle important dans la guérison des personnes atteintes du scorbut. De là, on en était arrivé à la conclusion que l'acidité avait un pouvoir curatif, si bien que les bateaux transportaient généralement non seulement des citrons, mais aussi d'autres aliments auxquels on attribuait les mêmes effets, tels que le vin, la bière et la choucroute. Dans leur conviction, certains capitaines allaient jusqu'à faire boire du vinaigre aux malades.

La remarque anodine du soigneur eut pour effet de déchaîner la colère de l'officier, qui, déjà, n'avait guère d'estime pour cet homme.

— Sacrebleu! tonna-t-il en frappant la table de son poing. Où diable croyez-vous que je puisse trouver du citron? Et d'où tenez-vous que je pourrais conserver des fruits frais sur ce navire de malheur?

Le petit homme piqua du nez.

— Alors, monsieur Jarou? rugit le capitaine. Je vous écoute.

Le soigneur sursauta.

— Tout ce qui est acide combat le scorbut, précisa-t-il.

— Acide! Faut-il donc que je fasse boire du vinaigre à l'équipage et aux passagers?

Mal à son aise, monsieur Jarou se trémoussa sur sa chaise.

— À défaut de viande et de légumes frais, ajouta-t-il en hésitant, la bière donne de bons résultats, ainsi que la choucroute, si vous en avez.

— Voyez si la choucroute n'est pas fermentée, dit le capitaine au marin qui attendait. Servez-en une ration générale ce soir. Préparez du canard pour les malades et soignez-les également à la bière.

Quelques autres cas de scorbut se déclarèrent dans les jours suivants. Puis la dysenterie apparut à son tour, rapidement suivie d'une épidémie de furoncles.

Bientôt, monsieur Jarou se plaignit de ne point suffire à la tâche. Sans hésiter, Charlotte proposa son aide.

— Je ne saurais vous conseiller une telle imprudence, lui dit monsieur de Liercourt. Au scorbut peuvent succéder d'autres maladies, telle la fièvre pourpre, dont vous n'ignorez pas le danger.

— J'accepte le risque, répondit-elle, bien résolue à soulager les malades au mieux de sa compétence.

En pénétrant dans la sainte-barbe, Charlotte fut saisie à la gorge par une odeur nauséabonde. La promiscuité des passagers leur interdisait les règles d'hygiène les plus élémentaires.

Par pudeur, ils ne se déshabillaient jamais, ni pour dormir ni davantage pour une toilette intime. Aussi les vêtements maculés grouillaient-ils de vermine. Des paillasses tachées ainsi que des hardes souillées et des balluchons jonchaient le sol. Une crasse immonde avait gagné jusqu'au moindre recoin. L'ensemble se montrait si répugnant qu'elle s'étonna qu'on puisse y rester ne serait-ce qu'un instant. Elle comprit alors pourquoi les passagers dormaient souvent à la belle étoile.

Monsieur Jarou enjamba les paillasses et les balluchons. Charlotte dut faire un effort pour dominer son dégoût et poursuivre sa mission.

Le soigneur se pencha sur Denis Gastrin après lui avoir désigné Louis Viminges. C'était un homme déjà âgé, à la chevelure grise et d'une maigreur effrayante malgré l'enflure de ses jambes, de ses bras et de ses épaules. Les narines pincées, les lèvres décolorées et le regard vide n'indiquaient que trop clairement l'état du malade. Il posa son regard sur elle et d'une voix faible demanda :

— Sommes-nous encore loin ? Ne pourrai-je voir les côtes de la Nouvelle-France ?

Charlotte sentit un pincement au cœur.

— Cela ne saurait tarder maintenant, dit-elle d'une voix aussi rassurante que possible.

— Il y a bien longtemps que je n'ai vu mon fils, ajouta-t-il. Il a quitté l'Acadie et se trouve à Tadoussac.

— Reposez-vous, monsieur Viminges. Votre fils sera si heureux de vous voir.

Une lueur d'espoir illumina les yeux pâles, qui se détournèrent ensuite.

Les autres malades présentaient des cas moins avancés. Il y avait plusieurs hommes, deux femmes et une enfant de dix ans. Charlotte changea des pansements maculés de sang, nettoya des plaies et distribua des paroles encourageantes.

L'état lamentable de ces malades la bouleversait. Plus que tout, elle ressentait profondément l'insuffisance de son action.

Lorsqu'elle se pencha sur la fillette, sa pâleur et son immobilité l'émurent. Le petit visage amaigri semblait tout entier dévoré par les immenses yeux noirs qui se posaient sur elle avec gravité.

— Comment te nomme-t-on? demanda Charlotte.

— Marion, répondit la petite.

— Où se trouve ta mère?

L'enfant indiqua une femme allongée sur une paillasse. Une veine noircie courait sur sa main, tandis que sa peau se mouchetait de taches de sang. En la voyant, Charlotte songea qu'elle n'avait pas échappé à la misère. Le *Saint-Louis* la transportait dans ses flancs.

Elle chercha des paroles propres à égayer la fillette.

— Bientôt, tu seras à Québec et tout ira bien.

Le petit visage s'anima enfin.

— Mère m'a dit que lorsque nous serons en Nouvelle-France je pourrai manger autant de pain qu'il me plaira.

— Bien sûr, confirma Charlotte en offrant à l'enfant un tendre sourire, après quoi elle entreprit de la soigner.

Cette tâche terminée, elle quitta les lieux. La vue de ces malades allongés sur de pauvres couches, au milieu d'un délabrement défiant l'imagination, l'avait ébranlée.

Elle s'arrêta sur le premier pont et respira l'air goulûment, se purifiant les poumons après l'air malsain de l'entrepont.

Les jours suivants, elle continua à prodiguer des soins aux malades. Gastrin et Viminges s'affaiblissaient de façon alarmante. Chaque jour, ce dernier lui demandait: «Sommes-nous loin?» ce qui lui serrait la gorge.

Elle s'attardait auprès de la petite Marion, cherchant à la distraire, lui offrant un ruban, un fichu… Elle réussit même à lui fabriquer une poupée de fortune avec un vieux jupon.

Le capitaine s'étonnait de sa ténacité. Il aurait voulu lui dire toute son admiration, mais les paroles lui faisaient défaut. S'il lui arrivait de frayer avec des filles au hasard d'une escale, son métier lui interdisait de fréquenter des salons où il aurait pu rencontrer des demoiselles. Charlotte appartenant à cette bourgeoisie qu'il méconnaissait, il redoutait de la heurter et encore plus de se ridiculiser à ses yeux. Il hésitait, bafouillait, puis partait sans rien dire, tout en se reprochant sa maladresse.

La jeune fille ne s'expliquait pas ce nouveau comportement qu'elle prenait pour de l'indifférence. Et elle regrettait vivement la perte de cette amitié qu'elle avait crue sincère.

Louis Viminges et Denis Gastrin ne prirent jamais du mieux. Ils s'éteignirent au cours de la même nuit sans avoir posé les yeux sur les côtes américaines.

La cérémonie funèbre eut lieu sur le pont devant tous les passagers et les membres d'équipage. Monsieur de Liercourt, qui avait revêtu son justaucorps, lut l'oraison appropriée. Des marins basculèrent les deux planches sur lesquelles reposaient les morts. Lorsque les corps glissèrent dans la mer, un frisson parcourut l'assistance.

Charlotte se sentit vivement émue par la disparition de ces hommes qu'elle avait soignés. Liercourt, pour sa part, se détourna brutalement. De sa place, la jeune fille put voir des larmes perler à ses yeux.

Personne ne vit le capitaine de la journée, pas même à l'heure des repas.

Le soir venu, Charlotte réalisa qu'elle avait oublié son fichu dans la cabine du capitaine au moment du souper. Comme le temps fraîchissait, elle y retourna pour le récupérer. Cette fois, monsieur de Liercourt s'y trouvait et il l'accueillit d'une façon étonnante.

– Bienvenue à bord, mademoiselle, claironna-t-il.

À ses vêtements mal ajustés et à sa mine débraillée, Charlotte comprit que le capitaine du *Saint-Louis* était ivre.

— Je bois à la santé de la plus jolie demoiselle sur ce navire, ajouta-t-il.

Charlotte sourit, attendrie par la faiblesse passagère de cet homme qui accusait le coup d'une rude traversée.

Il la regarda longuement, détaillant les yeux noirs, la bouche finement ourlée, puis s'arrêta sur la gorge agréablement gonflée. Il se leva et, contournant la table vint s'y appuyer, face à Charlotte.

— Je me réjouis de cette visite nocturne, dit-il, bien que je ne sois point en bon état. Votre audace m'étonne, à vrai dire. Ne vous a-t-on point dit de vous méfier des réactions d'un homme tel que moi?

La situation dérivait et Charlotte préféra ne pas prolonger l'entrevue davantage.

— J'espère que je n'aurai pas à m'en plaindre, dit-elle, et me contenterai de reprendre le fichu que j'ai laissé ici un peu plus tôt.

— Alors faites, dit le capitaine en faisant un geste du bras.

Il lui tourna le dos et s'appuya sur la table des deux mains, la tête basse, dans une attitude qui émut Charlotte. Mais elle ne prit pas le temps de s'apitoyer. Saisissant son fichu, elle se retira.

Elle ferma la porte soigneusement tout en hochant la tête. Un léger sourire flottait sur ses lèvres. Le capitaine allait sans doute se sentir honteux d'un comportement qu'elle-même était toute prête à oublier.

Dès le lendemain matin, alors qu'elle revenait de la sainte-barbe, monsieur de Liercourt l'approcha, bien décidé à s'expliquer. Il posa sur elle des yeux de braise.

— Quelle femme étonnante vous êtes! lui dit-il. Qui aurait pu croire, en vous voyant monter à mon bord, qu'un tel esprit d'entreprise puisse s'allier à une beauté comme la vôtre?

Charlotte resta sans voix. L'homme timide se transformait en don Juan! Un instant, elle se demanda s'il n'était pas encore ivre. Mais son regard ferme prouvait le contraire. Cette déclaration la déconcertait tellement qu'elle ne savait plus quelle attitude adopter.

Se méprenant sur la surprise de la jeune fille, Henri de Liercourt balbutia quelques paroles anodines et regagna la dunette, persuadé d'avoir fait preuve de maladresse.

Songeuse, Charlotte le suivit des yeux. Elle ne pouvait ignorer l'évidence : le capitaine du *Saint-Louis* lui faisait la cour. Leur relation ne l'avait pas préparée à une telle éventualité, se dit-elle. Et pourtant… Ces hésitations, ces silences… En un éclair, elle comprit : ce qu'elle avait pris pour de l'indifférence dissimulait en fait un sentiment amoureux.

Cette révélation la laissa désemparée.

Ses propres sentiments se dessinèrent à leur tour, d'abord tout doucement, puis se précisèrent pour enfin s'imposer sans équivoque. Henri de Liercourt lui plaisait. Elle aimait sa force et la tendresse qu'il cachait sous cette robustesse. Octave Périllac avait quitté ses pensées et le vide laissé par le jeune médecin s'était comblé sous un charme nouveau. Elle ne pouvait plus le nier, une forte attirance la liait au capitaine.

Comment n'avait-elle pas compris cela plus tôt? Son esprit était-il à ce point préoccupé par son installation en Nouvelle-France? Ou les bons principes, selon l'expression de sa mère, lui avaient-ils interdit d'envisager ce qui ressemblait à une aventure?

Un bruit insolite vint interrompre ses pensées.

Levant la tête, elle vit un goéland aux longues ailes argentées qui suivait le navire et se laissait porter au gré du vent. Il semblait immobile. Seule sa tête marquait quelques mouvements. De temps à autre, il se laissait glisser sur l'aile pour reprendre une position plus favorable. Charlotte s'avisa qu'elle n'avait pas vu d'oiseaux de mer depuis le départ de La Rochelle.

Au même instant retentit du haut de la grande hune le cri de la vigie tant espéré :

— Terre! Terre!

Le cri se répandit comme une traînée de poudre sur le navire. Déjà, sur la dunette, monsieur de Liercourt vissait une lunette à son œil. Charlotte se joignit aux passagers qui s'accrochaient à la lisse, se bousculant, s'interpellant joyeusement. Même les plus faibles se traînaient jusque sur le pont pour voir ce qu'ils attendaient depuis deux mois.

Tous écarquillèrent les yeux, mais en vain. Rien n'était visible, sinon de l'eau à perte de vue. On eût pu croire à une fausse alerte s'il n'y avait eu la lunette du capitaine et la simple directive qu'il formula à voix basse à l'intention de son timonier.

Il fallut attendre un long moment avant que n'apparaisse à l'horizon une mince ligne bleutée.

Un frisson parcourut Charlotte de la tête aux pieds, tandis qu'une immense allégresse lui gonflait le cœur. C'est avec un soulagement mêlé de joie qu'elle murmura :

— La terre… La Nouvelle-France!

7

SOUS LES YEUX émerveillés des passagers, le *Saint-Louis* s'était approché des côtes. Le rivage s'était précisé, révélant une longue bande rocheuse.

Le bonheur se lisait sur tous les visages tournés vers la terre promise. Les regards reflétaient l'espérance enfin récompensée.

Le navire avait pris un nouveau cap, présentant par tribord les rives qu'il s'apprêtait à longer. Jean-Baptiste s'était alors approché de sa sœur. Il rayonnait.

— Nous y sommes, Charlotte, nous touchons au but.

Sa voix couvrait mal son excitation et ses yeux brillaient d'enthousiasme.

— J'ai peine à y croire, avait-elle murmuré, le cœur battant.

Leurs regards s'étaient accrochés, disant mieux encore que des paroles les sentiments qu'ils partageaient. D'un commun élan, ils s'étaient embrassés.

Pourtant, après quelques jours de navigation côtière, ces instants de joie intense s'étaient estompés, cédant le pas à une torpeur que l'air vif n'arrivait pas à dissiper.

L'insuffisance des rations alimentaires se faisait cruellement sentir et un état de faiblesse générale gagnait l'ensemble des gens à bord du *Saint-Louis*.

Comme tous les passagers, Charlotte subissait des étourdissements et de fortes nausées qu'elle s'efforçait de ne pas laisser paraître, en particulier lorsqu'elle se rendait dans la sainte-barbe.

La petite Marion dépérissait rapidement. La maladie lui avait déjà fait perdre dix dents. Naïvement, elle avait demandé :

— Mes dents repousseront-elles quand je serai guérie ?

— Ne crains rien, lui avait répondu Charlotte, la gorge serrée. Avec des yeux comme les tiens, même sans dents tu seras jolie.

Cette réponse avait rassuré la fillette. Cependant, Charlotte, qui s'était attachée à l'enfant, constatait avec inquiétude les progrès alarmants du mal qui la terrassait. Si seulement elle avait pu lui donner un peu de viande! Elle savait qu'avec des aliments frais la maladie serait vaincue. Mais le dernier canard avait été saigné depuis plusieurs jours. Il ne restait plus que du poisson et des légumes secs, et encore, en quantité bien insuffisante.

Charlotte comprenait maintenant les inquiétudes du capitaine dans la zone de calme. Encore avaient-ils évité la fièvre pourpre. Mais pendant combien de temps pourraient-ils résister à ce régime?

La flûte devait faire relâche à Tadoussac. Aussi le nom de ce poste de traite devenait-il synonyme d'espoir. On ne vivait plus que dans l'attente de jeter l'ancre dans ce petit port.

La fatigue la gagnant, la jeune fille avait perdu son bel enthousiasme du début. Même les rives qui aux premiers jours lui avaient semblé remplies de promesses lui paraissaient maintenant mornes et tristes. Jusqu'à l'eau sur laquelle ils naviguaient, qui avait échangé sa belle couleur vert de jade contre une teinte brunâtre.

Ne pouvant s'expliquer ce dernier phénomène, Charlotte avait interrogé le capitaine à l'heure du dîner. Un peu étonné par la nature de cette question, celui-ci avait répondu :

— C'est que nous naviguons désormais sur le Saint-Laurent.

— Sur le Saint-Laurent? avait-elle repris avec étonnement.

— Vous n'êtes pas sans savoir que la Nouvelle-France est traversée par un important cours d'eau.

La jeune fille était demeurée stupéfaite.

— Je ne l'ignore pas, mais nous ne voyons qu'une seule côte, avait-elle insisté.

— Ce fleuve est trop large pour en voir les deux rives, avait répondu le capitaine sur un ton neutre qui avait peiné Charlotte.

À la vérité, ses relations avec monsieur de Liercourt s'étaient modifiées depuis quelques jours. Celui-ci se montrait moins disponible. Certes, la navigation côtière l'accaparait davantage. Cependant, la jeune fille croyait discerner une raison tout autre à ce nouveau comportement. Elle craignait de l'avoir froissé lors de leur dernier entretien. Charlotte avait espéré une explication, mais Henri de Liercourt n'était jamais seul.

Après réflexion, elle avait conclu que son attachement envers lui, bien que réel, n'allait pas jusqu'à atteindre la passion. Il s'agissait plutôt d'une vive inclination, d'un désir non dépourvu de chaleur, mais qui ne lui permettait pas d'envisager un avenir commun. Une franche mise au point s'avérait nécessaire, alors qu'il semblait la fuir.

Tout en méditant sur cette situation, Charlotte étudiait avec attention les bords du Saint-Laurent lorsque François Guyon vint s'accouder à la lisse à ses côtés. Sans dire un mot, elle continua son inspection. Le littoral ne montrait aucun intérêt, constitué en grande partie de falaises sablonneuses surmontées de plateaux à la végétation sauvage. Ce premier contact la décevait.

— Est-ce donc là les splendeurs de la nature dont vous vantiez les mérites? demanda-t-elle à son compagnon.

— Patience! répondit celui-ci. Ce n'est qu'un début. Vous ne tarderez pas à découvrir la beauté unique de cette contrée; les immenses forêts de résineux, le fleuve empreint de douceur. Vous verrez des automnes lumineux, des printemps tardifs qui se développent comme une explosion de la nature. Et si vous recherchez une émotion forte, je vous montrerai, non loin de Québec, des cataractes d'une hauteur et d'un volume tels que vous n'en avez jamais vues de semblables. Tout, dans ce pays, prend une dimension hors du commun.

Devant tant d'enthousiasme, Charlotte demeura muette. Elle scruta le plateau; pas une habitation, pas le moindre signe de vie. Il lui tardait de retrouver quelques traces de civilisation. Aussi, malgré elle, la jeune fille murmura : «Tadoussac», puis, à mi-voix, presque en aparté, elle ajouta :

— Quand donc atteindrons-nous Tadoussac?

— Je l'ignore, répondit François. Vous devriez questionner votre ami le capitaine.

— Je ne le vois plus guère, maintenant, dit-elle.

François Guyon la regardait avec un sourire malicieux au coin des lèvres, ce qui agaça Charlotte. Ce compagnon de voyage, tout comme son frère, s'était déjà permis trop de railleries. Elle lui lança donc sur un ton plus vif qu'elle ne l'aurait voulu :

— Vous avez tort de le prendre comme sujet de plaisanterie. Monsieur de Liercourt est un homme brave et fier, mais aussi rempli de sensibilité et de chaleur. J'ai la plus haute estime pour lui.

— Dans ce cas, je m'incline, fit-il, moqueur.

Contrariée par ce sarcasme concernant une situation qu'elle n'arrivait pas à tirer au clair, Charlotte préféra s'éloigner. Elle décida de se rendre à la sainte-barbe pour soigner les malades, toujours aussi nombreux.

Une grande partie des passagers étaient allongés sur des paillasses, ne trouvant plus le courage de se lever. Charlotte distribua des paroles encourageantes tout en se dirigeant vers l'endroit où gisaient Marion et sa mère. Leur état s'était aggravé. Il devenait évident que, si on n'atteignait pas Tadoussac rapidement, les deux malades ne se rendraient jamais jusqu'à Québec.

À son approche, la mère de Marion tourna la tête vers elle. Ses lèvres remuèrent faiblement. Elle n'avait plus la force de parler, mais Charlotte comprit l'appel des yeux et se pencha sur la malade, s'approchant de son visage afin de mieux comprendre les paroles.

Dans un souffle, la pauvre femme murmura :

— Prenez soin de Marion… quand je serai partie.

La jeune femme lui offrit un sourire rassurant.

— N'ayez crainte, tout ira bien. Votre fille ne manquera de rien.

Charlotte avait adopté une voix ferme afin de cacher l'émotion qui l'étreignait.

De son côté, la petite gisait immobile, le regard absent. En la voyant ainsi, elle qui avait accueilli chacune de ses visites avec joie, attendant son passage avec impatience, Charlotte sentit un vif pincement au cœur. De toute évidence, le mal avait fait des progrès plus rapides encore qu'elle ne l'avait supposé.

Elle changea les pansements d'autres malades et nettoya de son mieux les paillasses souillées avant de retourner auprès de la fillette.

Elle avait pris l'habitude de la divertir ou de lui narrer un conte. Mais cette fois, constatant le regard vide de l'enfant et son absence de réaction, elle renonça à une telle entreprise. Une forme de révolte la tenaillait, relativement au sort que la vie avait réservé à cette enfant de dix ans. Elle aurait voulu la libérer de cette maladie, l'arracher à cette misère qui l'engloutissait. Il lui vint alors l'idée de la sortir de cet endroit malsain et de lui faire respirer l'air pur de l'extérieur.

— Je vais te montrer la Nouvelle-France, lui dit-elle à voix basse.

Elle enroula la petite dans une couverture et la souleva. Tenant Marion contre elle, elle enjamba les paillasses et les corps allongés pour gagner le deuxième pont.

Le corps fluet pesait à peine dans ses bras, pourtant cet effort suffit à l'épuiser. Elle s'appuya contre le grand mât, le front humide.

Ayant retrouvé son souffle, elle gravit l'escalier raide et atteignit le premier pont où elle étendit Marion à même le sol. Elle lui fit remarquer la côte toute proche et les goélands, maintenant nombreux. La fillette s'anima un instant et sourit faiblement en suivant du regard le vol des oiseaux blancs. Charlotte se mit à lui parler doucement, décrivant tout ce qui les entourait : l'eau, la terre, les oiseaux, et aussi ce qui allait venir : Tadoussac et enfin Québec.

La petite ferma les yeux, se laissant bercer par la voix de son ange gardien. Sous la caresse de la brise, elle s'abandonna...

Ne la voyant plus bouger, Charlotte s'interrompit. Elle crut d'abord que l'enfant dormait. Il lui fallut quelques secondes pour comprendre que Marion ne respirait plus. Elle s'était éteinte tout doucement, comme une bougie au bout de sa mèche...

La jeune femme caressa le petit visage amaigri. Marion ne verrait pas Tadoussac. «Au moins la mère n'en saura rien», songea-t-elle, consciente que celle-ci ne survivrait guère à sa fille.

La cérémonie funèbre eut lieu le lendemain.

Debout sur le pont, Charlotte fixait des yeux le petit corps raidi par la mort, allongé aux côtés de sa mère. La petite semblait dormir. En la regardant, la jeune femme se berçait de l'illusion que, d'un instant à l'autre, elle allait remuer les lèvres et réclamer un des contes qu'elle aimait tant.

Toute à ses pensées, Charlotte n'entendit pas les paroles de l'oraison. Mais lorsque des marins s'approchèrent des deux corps, elle se détourna. Elle ne voulait pas voir la mère et l'enfant disparaître à tout jamais dans les flots.

À ce moment, ses yeux rencontrèrent ceux du capitaine. Son regard chaleureux l'enveloppait tout entière, la scrutant, étudiant ses réactions. «Bien sûr, se dit-elle. Lui, il sait, il comprend, mieux que quiconque ici.»

Après la cérémonie, elle s'isola sur le gaillard d'arrière. Incapable de rester en compagnie des autres passagers, elle demeura debout, face à la terre qu'elle regardait sans la voir. Discrètement, monsieur de Liercourt vint se poster à ses côtés. Charlotte ravala ses larmes. Elle avait espéré cette rencontre, mais son chagrin la laissait désemparée. L'attitude du capitaine lui permettait de discerner sa compassion. C'est pourtant sur un tout autre sujet qu'il attaqua.

— Demain, Tadoussac, dit-il à voix basse.

— Demain…, répéta-t-elle comme un écho.

Charlotte hocha la tête.

— Quelle injustice, murmura-t-elle.

— Je sais, répondit-il.

Il posa sa main sur la sienne et la serra légèrement.

— Il est des sentiments qu'on ne peut pas taire, commença-t-il. Je vous aime, Charlotte. Mais je n'ai rien à vous offrir. La vie d'un capitaine au long cours n'a rien de séduisant pour une femme.

— Henri, vous m'êtes infiniment précieux, mais…

Elle hésita, cherchant ses paroles. La voyant dans l'embarras, il continua :

— Je respecte votre choix de vous établir en Nouvelle-France et je ne ferai rien pour vous en éloigner.

— Dans ce cas, ne me fuyez plus.

Il porta sa main à ses lèvres et lui sourit.

— C'est promis.

* * *

Tadoussac fit aux passagers du *Saint-Louis* l'effet d'une étoile flamboyante dans un ciel sans lune.

On jeta l'ancre au large, à l'abri d'une petite baie de faible profondeur. La distance qui séparait le bateau de la rive n'était pas propice à un débarquement. Aussi, tandis que les marins faisaient provision d'eau douce et de viande fraîche, Charlotte, son frère et François Guyon se contentèrent de regarder Tadoussac de loin.

Un fortin, une chapelle et quelques cabanes regroupées formaient un minuscule hameau au bord de l'anse à l'Eau. Jean-Baptiste s'étonna qu'on ait pu faire tant de cas d'un endroit si peu important.

— Mais qu'espériez-vous? s'exclama François. Ce n'est qu'un poste de traite!

À bord du *Saint-Louis*, ce soir-là, il régna une atmosphère de fête. Pour la première fois depuis longtemps, on mangea de la viande fraîche et comme dessert des baies ressemblant fort à des myrtilles et auxquelles François Guyon donna le nom de bleuets. À la table du capitaine, on put même déguster du vrai pain. Se souvenant avec quelle joie la petite Marion se promettait de manger du pain à son arrivée à Québec, Charlotte ne put se résoudre à toucher le sien. Ce qui passa inaperçu, car l'instant était à la bonne humeur.

— Ainsi, vous allez collaborer avec monsieur Bourdon, lança François à son ami.

— Le connaissez-vous? demanda Jean-Baptiste.

— Je le connais… de nom, bien sûr, et de réputation. On ne peut l'ignorer à Québec. Arpenteur, cartographe et ingénieur de monsieur le Gouverneur, qui plus est procureur général au Conseil souverain, sans parler du rôle qu'il tient au magasin de la Compagnie, ses fonctions sont multiples. Ses affaires sont prospères, mais beaucoup prétendent qu'elles ne sont pas… ce qu'elles devraient être.

79

— Qu'entendez-vous au juste? questionna Jean-Baptiste.

— L'honnêteté ne va pas toujours de pair avec la traite des fourrures, se contenta d'énoncer le jeune Guyon.

Charlotte sentit poindre en elle un début d'embarras et s'interrogea sur ce qu'ils allaient trouver à Québec, mais préféra ne pas s'y arrêter.

Le lendemain, de bon matin, Charlotte sortit sur le pont. Tadoussac était drapé dans une brume légère qui s'étirait comme de longs cheveux impalpables et mystérieux. Cette nébulosité se désagrégeait en une pluie fine et fraîche.

La jeune fille resserra son écharpe. Fermant les yeux, elle bascula la tête, offrant son visage à cette eau qui tombait du ciel. Ses yeux et ses cheveux se couvrirent de minuscules gouttelettes, et ses joues se colorèrent. Après quelques minutes sous la pluie, elle s'essuya de façon sommaire et gagna la table du déjeuner.

— Eh bien, mais d'où venez-vous? s'exclama Jean-Baptiste. Vous êtes mouillée comme un chat de gouttière!

— Je trouve que cela lui va à ravir, remarqua Henri de Liercourt en admirant le teint rosé de la jeune fille.

Charlotte lui adressa un sourire chaleureux qui fit briller les yeux de l'officier, tandis que Jean-Baptiste et François échangeaient un regard entendu.

— Dans quelques instants, nous levons l'ancre, annonça le capitaine, dès que la marée commencera à monter.

— La marée! Et pourquoi attendre la marée montante? s'étonna la jeune fille. Ne sommes-nous pas suffisamment au large pour éviter les écueils?

— Très juste, fit Liercourt, en appréciant la pertinence de la question. Mais sachez que, dès notre départ de Tadoussac, nous passerons devant l'embouchure de la rivière Saguenay. Or ce cours d'eau se déverse avec une telle force que le courant se fait sentir jusqu'à l'île Minigo[1] près de la rive sud, à

1. Île Minigo : actuelle île aux Basques.

plusieurs lieues d'ici. Si nous ne voulons pas être emportés par ce courant, il est souhaitable d'attendre la poussée de la marée montante qui nous permettra de franchir cet obstacle sans difficulté.

Un court moment plus tard, les trois jeunes gens se retrouvèrent sur le pont. La pluie avait cessé, mais la brume continuait à s'accrocher aux arbres de la falaise dominant Tadoussac. Le *Saint-Louis* leva l'ancre et les passagers regardèrent une dernière fois le petit poste de traite qui leur avait permis de se ravitailler en eau et en viande. Le navire glissa doucement jusqu'au confluent du Saguenay et du Saint-Laurent.

Soudain, le soleil transperça les nuages, éclairant un paysage d'une grande beauté. Le Saguenay prenait l'aspect d'un fjord d'une dimension impressionnante, enserré par des montagnes formant des murailles colossales. Volant très haut dans un mouvement tournant, des goélands atteignaient les sommets couverts de verdure.

Charlotte contempla ce décor grandiose avec ravissement.

8

Il régnait à bord du *Saint-Louis* une agitation enfiévrée. Dans quelques instants, on allait aborder Québec. Tous les passagers s'étaient massés sur les ponts, silencieux, le visage tendu.

Pendant les derniers jours de ce voyage, le Saint-Laurent s'était rétréci, si bien qu'on en voyait maintenant les deux rives. Le littoral nord, que l'on suivait depuis Tadoussac, s'était montré d'une exceptionnelle beauté. L'eau se mariait aux montagnes plongeantes qui poussaient de grands caps dans le fleuve en créant de multiples anses. Aux falaises succédaient les chutes impressionnantes des cours d'eau, puis la douceur des baies encaissées.

François prenait soin de désigner chaque endroit au fur et à mesure de leur progression. Charlotte l'écoutait avec intérêt et, petit à petit, découvrait les aspects variés de ce pays qui l'étonnait.

Le *Saint-Louis* longeait maintenant une île aux pentes douces et d'une longueur importante.

— L'île de Bacchus, précisa François, ainsi nommée par Jacques Cartier à cause des vignes sauvages qui la recouvraient.

Après une pause, il reprit :

— Vous ne tarderez pas à voir le Cap-aux-Diamants.

— Toujours d'après Jacques Cartier, fit Charlotte avec ironie, ayant remarqué le nombre de sites auxquels l'explorateur avait donné une appellation.

— Toujours lui, reconnut le jeune Guyon. Il croyait avoir trouvé des diamants alors qu'il ne s'agissait que de mica.

— Voilà donc d'où vient l'expression «Faux comme un diamant du Canada»! s'exclama-t-elle, comprenant l'origine du dicton populaire.

— Tout juste!

Jean-Baptiste n'accordait qu'un intérêt mitigé aux conversations de sa sœur et de son ami. Le cou tendu, il regardait vers l'ouest, dans l'attente de découvrir l'Habitation[1] sur laquelle il avait fondé tous ses espoirs.

Subitement, dans un coude du fleuve, apparut Québec, niché au pied du cap aux Diamants dont la silhouette s'imposait en promontoire.

Québec… Enfin Québec! Charlotte crut rêver, après tant de semaines passées en mer. Elle ouvrit grands les yeux afin de bien voir chaque détail en suivant les explications de François.

L'endroit était à peine plus qu'une bourgade, à vrai dire, toute blanche et brune dans son alternance de maisons en bois ou en pierre traitée à la chaux. Une étroite bande de terrain s'étirait entre le fleuve et la haute muraille de la falaise. C'est là où se trouvait la plus grande densité de bâtiments dans un enchevêtrement de pignons, de balcons et de toits pointus couverts de lattes de bois, de bardeaux de cèdre et parfois de chaume.

Dominant l'ensemble, le château Saint-Louis reposait comme une couronne au sommet de la falaise. Plus à droite se trouvaient l'église Notre-Dame, le couvent des ursulines, la chapelle des jésuites et celle des récollets et, enfin, l'Hôtel-Dieu dont les clochers se profilaient telles des flèches ciselées

---

1. Champlain avait donné ce nom au fortin qu'il avait construit à Québec, et, par extension, on utilisait cette appellation pour désigner l'ensemble de la bourgade.

dans le ciel d'été. Quelques moulins plantés çà et là ponctuaient le tout de leurs longues ailes.

Charlotte et son frère n'en finissaient plus d'admirer et de se réjouir.

La flûte amorça une manœuvre afin de s'approcher du rivage et tout le monde se transporta à tribord afin de ne rien manquer de cette arrivée.

Sur le quai qui avançait perpendiculairement à la rive, on distinguait de nombreuses personnes qui agitaient les bras en criant. Car l'arrivée d'un vaisseau en provenance de France était cause de réjouissance pour les habitants de Québec.

Enfin, le *Saint-Louis* jeta l'ancre et le navire s'immobilisa. Le long voyage venait de se terminer.

François Guyon lança joyeusement :

— Mes amis, bienvenue à Québec !

— Ah ! François, s'exclama Jean-Baptiste, aucune parole ne pourrait me faire un plus grand plaisir aujourd'hui !

Se tournant vers sa sœur, il ajouta :

— Charlotte, je crois l'heure venue de prendre congé de monsieur de Liercourt.

En voyant approcher le trio, le capitaine vint à leur rencontre.

— Eh bien, mes amis ! Vous voici donc arrivés à bon port, leur dit-il.

— Grâce à Dieu et à vos bons soins, répondit Jean-Baptiste.

Ils se serrèrent cordialement la main, puis les deux jeunes hommes se retirèrent discrètement.

L'officier se tourna vers Charlotte. Il la regarda intensément avant de déclarer d'une voix altérée par l'émotion :

— Si je n'écoutais que moi, je ne vous laisserais pas partir.

Il prit sa main dans la sienne et la serra fortement, puis ajouta :

— Que vous me manquerez !

Charlotte ne put dissimuler son émotion.

– Henri, j'aurais voulu vous procurer le bonheur que…

Mais déjà, il hochait la tête.

– Non, fit-il en l'interrompant. Oubliez-moi, cela vaudra mieux… et soyez heureuse.

Il posa sur sa main des lèvres brûlantes.

– Dieu vous garde, dit-il d'une voix rauque.

La gorge serrée, Charlotte s'éloigna. Elle rejoignit ses compagnons et prit place dans la deuxième chaloupe. Plus ébranlée par cette séparation qu'elle ne s'y attendait, il lui fallut quelques minutes avant de se ressaisir.

Progressivement, elle se laissa gagner par l'attrait de la terre qui se précisait, qui approchait.

Bientôt, Charlotte et Jean-Baptiste de Poitiers du Buisson foulèrent pour la première fois le sol de la Nouvelle-France. À l'émotion succéda l'enthousiasme. Dès cet instant, l'aventure commençait enfin.

François Guyon s'écarta un moment de ses amis afin de rassembler ses affaires et les Poitiers en firent autant de leur côté.

Il régnait sur le quai une activité intense. Des colis passaient de mains en mains, on se saluait à haute voix, on réclamait une malle restée au fond d'une chaloupe, des véhicules tirés par des bœufs s'avançaient pour être chargés tandis que d'autres s'éloignaient déjà, conduits par des cochers vitupérant dans un patois fleurant le terroir des provinces occidentales de la France.

Charlotte demeura désemparée devant tant d'agitation après la vie qu'elle venait de mener en vase clos pendant la traversée. Instinctivement, elle regarda du côté du *Saint-Louis*, qui se présentait de tout son long. La flûte s'était un peu ternie au cours de son voyage, mais la jeune fille ne se sentit pas moins attendrie à la vue de ce navire à bord duquel elle avait vécu deux mois et demi remplis d'émotions les plus diverses.

Le capitaine n'était pas sur la dunette. Charlotte aurait aimé le voir une dernière fois, même à distance. Mais le château arrière restait désert. Sa déception lui permit de mesurer pleinement son inclination envers le capitaine.

Une voix s'adressant à son frère la rappela rapidement à la réalité.

— Aurais-je l'honneur de m'adresser à monsieur de Poitiers?

Charlotte se retourna vivement et dévisagea avec étonnement un individu à l'air hautain qui portait un justaucorps en soie d'un beau vert pomme, rehaussé de galons dorés et d'un large col en dentelle, des canons[1] et un chapeau garni d'une profusion de plumes rouges et blanches. L'ensemble, d'un pédant manifeste, était très éloigné de l'habillement d'un colon de Nouvelle-France tel que Charlotte se l'était imaginé. Après une seconde de surprise, l'apparition lui donna envie de rire. Aussi s'étonna-t-elle de l'empressement de Jean-Baptiste.

— Moi-même, dit-il. Me permettez-vous de demander à mon tour à qui j'ai l'honneur?

— Monsieur Bourdon de Saint-Jean, procureur au Conseil, dit l'homme avec importance.

Baptiste manifesta son vif plaisir à rencontrer celui qui l'avait si bien aidé à venir s'installer en Nouvelle-France. Après quoi, il présenta sa sœur. Aussitôt, monsieur Bourdon retira son chapeau auquel il imposa une succession de voltes tout en s'inclinant profondément devant la jeune fille. Celle-ci réprima une nouvelle envie de rire devant ce débordement et balbutia quelques paroles aimables. Cependant, Baptiste revenait à la charge, multipliant prévenances et compliments.

---

1. Canon : au XVIIᵉ siècle, ornement enrubanné qui s'attachait au bas de la culotte, au-dessus du genou.

Charlotte comprenait mal les manières chaleureuses que son frère témoignait à ce seigneur de comédie, tout en s'interrogeant sur les liens qui allaient devoir les unir, Jean-Baptiste étant appelé à collaborer avec lui. Elle en tira un net déplaisir, mais ne s'y arrêta point. Il convenait avant tout de s'installer et de s'intégrer dans la colonie.

Justement, Jean-Baptiste questionnait son correspondant sur le logement qu'il leur avait réservé.

— N'ayez crainte, dit celui-ci. J'ai obtenu le logis qu'il vous faut. Point trop grand ni trop petit. Vous trouverez toutes les commodités à quelques pas. Vous en serez assurément satisfaits dès que vous l'aurez meublé.

— Ce logement n'est donc pas meublé? demanda Jean-Baptiste, surpris.

— Pas actuellement. Mais vous aurez tôt fait d'y aménager tout le nécessaire.

— Nous ne pouvons donc pas y loger dès ce soir, insista Charlotte.

— Certes non. Il vous faut un gîte temporaire.

— Mais où habiterons-nous? voulut-elle savoir.

C'est alors que Jean-Baptiste pensa à leur ami Charles qui possédait un logement depuis son dernier séjour en Nouvelle-France. Mais était-il seulement arrivé? S'il avait pu échapper à la tempête, son navire avait peut-être atteint Québec avant le *Saint-Louis.* Il s'informa auprès du procureur.

Après avoir avoué son ignorance sur ce sujet, celui-ci ajouta :

— Cependant, ne vous alarmez pas. Les ursulines ou les religieuses hospitalières vous fourniront assurément un lit pour chacun de vous.

Le frère et la sœur échangèrent un regard consterné à la perspective de ne pouvoir enfin s'installer à demeure après trois mois de route et de mer. Jean-Baptiste s'en voulut de n'avoir pas précisé ce dernier point.

— Eh bien, mes amis, dit François en s'approchant, je vous vois des mines fort dépitées. Que vous arrive-t-il?

Jean-Baptiste résuma en quelques mots la situation dans laquelle sa sœur et lui se trouvaient.

— Qu'à cela ne tienne! s'exclama le jeune Guyon. Vous pouvez loger chez moi aussi longtemps qu'il vous plaira.

Les Poitiers acceptèrent avec soulagement et François partit à la recherche de son associée. Il revint bientôt avec une charrette sur laquelle trônait une femme énergique au visage arrondi et haut en couleur. Sous une poitrine généreuse, sa jupe s'épanouissait largement sur des formes rebondies.

Du haut de son véhicule, madame Chicoine pesa du regard sur les nouveaux arrivés tandis que le jeune Guyon lui expliquait les nouvelles dispositions.

— Où est-ce que tu vas les mettre, mon pauvre gars? Tu as bien deux chambres, mais tu n'as que deux petits lits d'une personne.

— Enfin, Justine, dit François, tu sais bien que la banquette-coffre, si on y ajoute un matelas, peut fournir un couchage supplémentaire.

— Et c'est encore toi qui va coucher dessus, s'indigna-t-elle. Si c'est pas une misère de débarquer de France pour dormir sur un coffre!

C'est que madame Chicoine supportait mal qu'on vienne bouleverser le bel arrangement qu'elle avait aménagé pour le retour de celui qu'elle considérait comme un fils.

Jean-Baptiste protesta qu'il dormirait volontiers sur la couchette de fortune, ce qui lui valut un regard légèrement plus clément de la part de la brave femme, qui n'en maugréa pas moins pendant tout le temps que dura le chargement.

— Si ç'a du bon sens! ronchonnait-elle.

Puis subitement, elle s'exclama :

— Et la marchandise, où est-ce que tu vas la mettre, avec tout ça?

— Ne crains rien, elle ne sera pas déchargée avant demain.

Les jeunes gens prirent congé de monsieur Bourdon après avoir fixé un prochain rendez-vous.

Venant seulement de remarquer la présence du procureur au Conseil de la colonie, madame Chicoine l'apostropha :

— Si c'est pas monsieur de Saint-Jean!

L'interpellé salua, avec un soupçon de raideur.

— C'est qu'on ne vous voit plus guère, maintenant, renchérit-elle sur un ton de reproche. Dites donc, faudrait peut-être bien veiller à honorer la commande que je vous ai déboursée d'avance. Je veux bien être arrangeante, mais faudrait pas pousser!

Monsieur Bourdon s'inclina de nouveau en assurant qu'il n'avait pas oublié et en jurant de sa bonne foi.

S'étant ainsi déchargée de sa mauvaise humeur sur le procureur, Justine retrouva sa bonhomie habituelle et claqua le fouet sur le dos du bœuf, qui avança de son pas lent et chaloupé. La charrette s'engagea dans une rue parallèle au fleuve, bordée d'un seul côté de hautes maisons coiffées de toitures pentues. Le véhicule se déplaçait difficilement, gêné par les piétons et les étalages des commerçants. Justine ne se privait pas d'interpeller les uns et d'invectiver les autres afin de se frayer un passage.

Ils n'eurent cependant qu'une faible distance à parcourir. Bientôt, après avoir doublé trois maisons du côté de la grève, la charrette s'arrêta devant une haute façade blanche agrémentée de volets noirs.

François sauta en bas de la charrette en s'exclamant :

— Quel plaisir de se retrouver chez soi!

Du coup, madame Chicoine rayonna.

— Allez, débarrasse-moi de tout ce barda, que j'aille ranger la charrette et le bœuf, dit-elle en indiquant les coffres et colis qui encombraient l'arrière du véhicule. Je t'ai fait une bonne soupe et un ragoût que tu n'auras qu'à réchauffer, ajouta-t-elle.

Les jeunes gens s'activèrent et bientôt madame Chicoine put continuer son chemin.

François ouvrit la porte de la façade et le trio pénétra dans une vaste pièce qui servait de boutique. Les objets les plus divers occupaient tablettes et comptoirs. Il y avait là du tissu, des outils, de la vaisselle, des seaux, des chaussures et quantité d'autres articles, tous soigneusement rangés.

Charlotte lança un regard circulaire. Malgré la bonne ordonnance qu'elle décela au bout d'un moment, le grand nombre d'objets donnait une impression de désordre. Elle se dit qu'elle serait bien incapable de travailler dans un tel endroit et de se souvenir où trouver le morceau de savon ou le peigne qu'on lui réclamait.

— Voici donc mon royaume, déclara François avec satisfaction. D'ici peu, j'aménagerai la maison voisine, qui m'appartient, ce qui me permettra d'agrandir. Pour l'instant, montons chez moi, ajouta-t-il.

Suivi des Poitiers, il s'engagea dans un escalier qui longeait le mur de droite et aboutissait au premier étage, dans la réserve. François y jeta à peine un coup d'œil et se lança dans un nouvel escalier. En arrivant au deuxième étage, ils se trouvèrent dans la cuisine. François poussa les volets de la fenêtre. La lumière se répandit, révélant une pièce de bonne dimension meublée de façon sobre mais suffisamment confortable.

— Voilà, dit le jeune homme. Ce n'est pas grand, mais quand même plus agréable qu'une cabine sur le *Saint-Louis*!

— François, votre hospitalité me touche au plus haut point, dit Jean-Baptiste. Sans vous, nous étions condamnés à dormir dans une cellule chez les ursulines. Et j'avoue que, malgré tout le mérite que je reconnais à ces religieuses, cette perspective ne me réjouissait pas.

— Eh bien, mettez-vous à votre aise et considérez-vous comme dans votre maison.

Le jeune Guyon fit visiter à ses invités le reste de son logement, qui comprenait deux autres pièces, après quoi il entreprit d'allumer un feu dans un foyer encadré de briques supportant une plaque en fonte destinée à la cuisson. Le feu se mit à pétiller et ne tarda pas à ronfler agréablement. Soulevant les couvercles des deux marmites, il en huma le contenu avec délice. L'œil gourmand, il annonça :

— De la soupe! Et du ragoût… avec de vrais légumes!

Charlotte renifla avec satisfaction.

— Des légumes! s'exclama-t-elle. Pour un peu, j'en aurais oublié l'existence!

François ouvrit une armoire et en retira une bouteille de vin.

— À la bonne heure! lança-t-il joyeusement. Justine a vraiment pensé à tout.

Ayant débouché le flacon, il remplit généreusement trois verres, puis, saisissant le sien, il le leva à bout de bras en disant :

— Je bois à la fin d'un long voyage et à notre amitié. Mais surtout, je veux boire à votre arrivée sur cette terre, la terre de la Nouvelle-France.

9

TÔT LE MATIN, François et Jean-Baptiste partirent vers le port avec un chariot tiré par deux gros chiens, afin de récupérer les colis qui allaient être déchargés.

Baptiste marqua un certain étonnement devant l'attelage un peu particulier de son ami.

— La raison en est fort simple, expliqua ce dernier. Nous ne possédons pas de chevaux. Il n'en existe d'ailleurs aucun à Québec. Il faut vous accoutumer à l'idée de marcher, mon ami. Il n'y a pas d'autre moyen. Pour le reste, avec les bœufs et les chiens, on arrive à faire l'essentiel.

Il fallut plusieurs voyages pour transporter le matériel que François avait acheté en France. À l'issue de chaque trajet, les jeunes gens déchargeaient le chariot, entraient les colis dans la boutique et repartaient rapidement.

Lorsque Justine Chicoine ouvrit la porte, elle se trouva face à une quantité de caisses, ballots et colis empilés entre les comptoirs.

— Doux Jésus! s'exclama-t-elle. Où est-ce que je vais mettre tout ça?

Elle pensa que François n'y était pas allé de main morte. Prise de curiosité, elle se mit à fureter, dénouant des sangles, tirant le coin d'une toile, afin de voir ce que son associé avait bien pu acheter.

Elle arrivait au fond de la boutique quand un bruit lui fit lever la tête. Elle regarda par la fenêtre, et ce qu'elle vit dans la cour lui réjouit le cœur.

Penchée sur une bassine, Charlotte lessivait des vêtements. Les joues colorées par l'effort, le visage encadré de mèches folles, elle frottait, grattait, tapait avec énergie.

«Ça c'est une brave femme qui n'a point peur de travailler, songea Justine. Elle fera une bonne épouse.»

Dès lors, une idée s'imposa à elle. «Des fois que mon François... C'est bien une femme comme elle qu'il lui faudrait.»

Le sourire aux lèvres, un rêve au fond du cœur, Justine revint à ses caisses dont elle entreprit de dresser l'inventaire. Elle sortit une feuille de papier et y inscrivit quelques signes cabalistiques qui, pour elle, représentaient les mots «boîtes à poudre»; car Justine n'avait jamais appris à lire ni à écrire. Puis elle se mit à compter tout en suivant le fil de son rêve. Quatre, cinq... S'il se mariait, son François, quel bonheur!... Neuf, dix... Il faudrait agrandir le logis... Treize, quatorze...

Madame Chicoine échafaudait des projets merveilleux. Elle se voyait déjà entourée d'une marmaille qu'elle gourmanderait affecteusement en leur interdisant de toucher à la marchandise. Elle serait un peu leur grand-mère, elle qui n'avait pas eu d'enfant... Vingt, vingt et un... Les chiffres perdaient de leur importance. Plus rien n'existait que ce rêve délicieux. Elle s'y voyait déjà.

Aussi, lorsque François arriva, portant un dernier colis, elle leva vers lui un regard humide qu'il attribua à la découverte des divers produits.

— Es-tu satisfaite, Justine? demanda-t-il.

— C'est très bien, mon petit gars, dit Justine Chicoine qui, dans la disposition du moment, aurait approuvé même l'inacceptable.

— Il y a du nouveau : des pipes, de l'eau de toilette, des verres… Enfin, tu verras.

Joyeusement, François retroussa ses manches et, aidé de Jean-Baptiste, s'attaqua à l'inventaire à son tour. Les jeunes gens déballaient, comptaient, rangeaient.

Pendant qu'ils s'affairaient ainsi, un laquais vint remettre un message à Jean-Baptiste, ce qui fit sensation, les laquais étant plus que rares à Québec.

Le jeune homme lut le billet, lança une exclamation de contentement et appela sa sœur. Charlotte se présenta dans l'encadrement de la porte tout en essuyant ses mains sur un coin de tablier et en repoussant les mèches qui s'étaient échappées de son chignon.

— Nous sommes conviés à dîner demain midi chez les Bourdon, annonça son frère.

Justine Chicoine n'entendit pas la suite. Elle regardait Charlotte, la jaugeant. «Elle a de bonnes hanches, remarqua-t-elle. Ce sera une bonne porteuse.» Puis, sans tenir compte de la conversation en cours, elle lança :

— Dis donc, mon gars. Quand tu aménageras la maison d'à côté, tu pourrais pas abattre le mur du deuxième? Ça te ferait un beau logement… des fois que tu prendrais une femme.

* * *

En arrivant à la demeure des Bourdon, Charlotte fut impressionnée par l'importance de cette résidence. Le corps de logis, véritable manoir, se campait fièrement sur un vaste terrain en partie à flanc de coteau. De grands arbres dissimulaient les communs qui se trouvaient au fond et l'on devinait un verger en contrebas sur les pentes.

L'intérieur se révéla tout aussi imposant, voire luxueux. Le mobilier importé de France comprenait des tables, des guéridons et des vaisseliers, tous d'un bois sombre incrusté d'écaille, de cuivre et d'étain. Au-dessus d'une crédence luisait, dans un cadre en bois massif, une glace, objet encore rare, et pourtant d'une dimension telle que Charlotte n'en avait encore jamais vu. La table, abondante, était servie par des laquais, ce qui acheva de l'éblouir.

Cependant, la première image que lui avait faite le sieur Bourdon de Saint-Jean ne fit que se confirmer. « Ce n'est qu'un parvenu, songea-t-elle en l'écoutant parler avec suffisance ; un pédant, et, qui plus est, il a fort mauvais goût. »

De façon inattendue, madame Bourdon se présentait comme l'antithèse de son époux. La sobriété dont elle faisait preuve était à n'en point douter celle d'une dame de la haute société. De grandeur moyenne, la taille alourdie, elle portait une robe sombre dont le seul ornement se composait d'un large col blanc bordé d'un rang de dentelle. Son visage empreint de douceur s'animait de temps à autre d'un sourire malicieux qui laissait deviner un esprit sagace.

Elle parla peu pendant ce repas entièrement occupé par l'étalage verbal de son époux. Elle se limita à contenir avec adresse les envolées lyriques de ce dernier.

— Jean, mon ami, disait-elle, vous possédez le talent rare d'enjoliver ce que vous décrivez.

Arrêté dans son élan, celui-ci restait en suspens avec l'expression d'un enfant réveillé au milieu d'un rêve, puis repartait sur un autre sujet avec la même emphase.

Le dîner terminé, monsieur Bourdon entraîna Jean-Baptiste au magasin de la Compagnie, désireux de lui en expliquer le fonctionnement.

De leur côté, les femmes gagnèrent le salon où un laquais avait déposé, sur un guéridon, de la tisane et deux tasses. Charlotte s'approcha de la fenêtre. Au-delà du verger et de la rivière Saint-Charles qu'on devinait, les collines de la rive opposée se teintaient d'un vert bleuté. Le littoral s'allongeait en une longue bande ondulante.

— Approchez, mademoiselle de Poitiers, fit madame Bourdon qui avait pris place à côté du guéridon. Profitons de cet instant pour bavarder un peu.

— Quel beau paysage! dit Charlotte en venant s'asseoir près de son hôtesse.

— Je le reconnais, répondit celle-ci en faisant pourtant une moue. Cependant, je préférais la maison que j'habitais à mon arrivée dans ce pays. Elle était moins imposante que celle-ci, mais je l'aimais. J'y ai vécu avec ma fille et mon gendre jusqu'à mon remariage. Monsieur Bourdon et moi étions tous deux veufs, précisa-t-elle.

Elle s'accorda un moment de réflexion sur ce mariage de complaisance qui ne laissait que peu de place à l'amour. Il lui semblait parfois jouer davantage un rôle de gouvernante sur ce large domaine, ainsi qu'auprès des sept enfants de son époux. La famille était cependant réduite depuis qu'Anne, l'année précédente, avait commencé son noviciat chez les ursulines. Par ses aspirations religieuses, Anne suivait la voie déjà tracée par ses trois sœurs aînées, dont l'une avait prononcé ses vœux chez les ursulines et les deux autres en avaient fait autant chez les religieuses hospitalières. Il ne restait plus, dans la demeure du fief Saint-Jean, que les trois fils.

— Mais laissons là le passé, reprit madame Bourdon. Parlons plutôt de l'avenir et de votre arrivée dans cette contrée.

Tout en versant la tisane dans les tasses, elle commenta :

— Je regrette que mon mari n'ait pas songé à vous offrir l'hospitalité au moment de votre arrivée. Cette maison est pourtant suffisamment grande. Il aurait été aisé de vous y accueillir.

Madame Bourdon ne précisa cependant pas combien elle était outrée que son époux ait manqué pareillement au sens de l'hospitalité, lui qui se voulait si galant homme. Ce genre de maladresse, qu'il semblait accumuler comme à plaisir, l'agaçait fortement.

— Je vous en sais gré, répondit Charlotte. Si je puis vous rassurer, cela s'est passé le mieux du monde, puisque nous logeons actuellement chez notre ami François Guyon.

— François Guyon…

La femme du procureur fouilla sa mémoire, cherchant à rattacher ce nom à un visage connu.

— Ah oui! dit-elle en se rappelant l'image d'un jeune homme élancé au visage avenant. N'est-ce pas le plus jeune des fils Guyon, celui qui tient un magasin général dans la rue Saint-Pierre?

— Lui-même.

— Un charmant garçon, remarqua-t-elle.

Puis, pleine de sollicitude, elle se pencha vers son invitée en lui demandant :

— Au moins, ne manquez-vous de rien?

— En aucune façon, madame.

Elle tendit une tasse à Charlotte et, prenant la sienne, se cala dans son fauteuil avec la mine d'un chat qui ronronne.

— Quelles sont vos intentions à Québec? s'informa-t-elle. Vous trouver un époux?

Surprise par ce commentaire, Charlotte leva les yeux sur son interlocutrice.

— La nature de votre remarque m'étonne, dit-elle. À vrai dire, ce n'est point là mon premier souci.

— Est-ce possible?

S'étant consacrée depuis plusieurs années au bon développement de la colonie, madame Bourdon comptait bien aider sa nouvelle protégée dans le choix d'un époux. Elle était frappée de stupeur que l'on puisse, ne serait-ce qu'un instant, envisager le célibat tout en étant colon en Nouvelle-France.

— Ma chère enfant, dit-elle d'une voix douce. Vous devez savoir qu'il est désirable qu'une jeune fille arrivant à Québec se marie dans l'année qui suit. Que dis-je, dans les mois qui suivent.

— Est-ce là une loi?

— Pas à proprement parler, bien sûr. Mais une coutume si puissante qu'elle en fait office.

— Quelle que soit la coutume, dit Charlotte placidement, je ne désire nullement faire un mariage de raison.

— Un mariage de raison… Voilà de grandes paroles, fit madame Bourdon en évitant de songer à sa propre union. Vous ne semblez pas comprendre la situation. Nous sommes dans une colonie naissante. Il est indispensable de bien l'établir et de la faire prospérer le plus rapidement possible. Il nous faut des enfants pour assurer l'Habitation de demain. C'est là notre seul espoir. Les jeunes filles de Québec prennent un époux à un âge fort tendre et ne tardent pas à avoir une famille nombreuse, dans le seul désir d'augmenter la population. Je ne pourrais assez vous encourager à prendre exemple sur elles.

Elle prit le temps de poser sa tasse avec précaution sur le guéridon, puis, un sourire douceâtre aux lèvres, poursuivit :

— Je serai heureuse de vous assister dans votre choix. Je connais plus d'un jeune homme qui ferait un mari fort convenable.

Charlotte eut un mouvement de recul. Cette sorte d'arrangement lui répugnait. Se voir imposer non seulement le mariage, mais aussi l'époux lui semblait insupportable. Elle dut faire un effort pour surmonter son indignation.

— Je n'ai rien contre le mariage, dit-elle, bien au contraire. Mais je ne le recherche point pour l'instant.

Madame Bourdon examina le visage de la jeune fille. Le front serein et le regard ferme indiquaient assez clairement qu'elle n'était pas disposée à changer d'avis rapidement. Déçue, voire consternée, elle lança la conversation sur d'autres sujets, tout en se promettant de vaincre l'entêtement de la jeune fille.

Un peu plus tard, en redescendant du fief Saint-Jean, Charlotte songeait qu'auprès du manoir des Bourdon le petit logis que le procureur leur avait choisi, et qu'ils avaient visité le matin même, ferait bien triste figure. Il se trouvait à l'étage d'un ancien bâtiment en bois au fond du terrain d'un certain Pascal Lemaistre, à quelques encablures de la maison de François Guyon. Il se composait de trois pièces : la salle commune et deux chambres. Celles-ci ouvraient sur un jardin et une cour d'où s'élevait une odeur d'humidité. La lucarne de la salle commune, de faible dimension, donnait sur le fleuve. Elle découpait un rectangle d'eau, sur le fond estompé de l'autre rive. En refermant la fenêtre, Charlotte avait eu la surprise de constater que les orifices étaient bouchés avec du papier huilé, ce qui donnait à l'intérieur une étrange lueur jaunâtre.

— C'est chose courante ici, avait dit François. Les vitres sont encore un article rare. Mais je vous conseille vivement de remplacer ce papier par des morceaux de cuir parcheminé qui vous protégeront davantage contre le froid.

Non, ce logement n'avait assurément rien de luxueux. Peut-être une fois aménagé paraîtrait-il moins triste.

Lorsque Charlotte retrouva son frère, à ces préoccupations ménagères s'ajouta un sentiment d'inquiétude à son sujet. Elle sentait chez lui une euphorie qui semblait excessive dans les circonstances, et elle redoutait une déception de sa part.

— Vous avez vu, dit-il avec enthousiasme, la beauté de ce manoir, l'étendue et la grandeur de ce fief. Vous avez vu! Me croyez-vous maintenant quand je prétends faire fortune en Canada?

– J'ai vu, mon frère, j'ai vu. Je ne peux que vous souhaiter une pareille réussite. Mais nous en sommes encore très éloignés.

– Ça viendra, dit-il avec confiance. Demain, Charlotte, je commence à travailler au magasin auprès de monsieur Gloria, qui est le neveu par alliance de monsieur Bourdon.

Il enchaîna en faisant une description minutieuse de tout ce qu'il avait vu au cours de sa visite au magasin de la Compagnie.

Cependant, Charlotte entretenait un doute sur la personnalité du nouvel employeur de son frère.

– Que pensez-vous de monsieur Bourdon? osa-t-elle demander.

– Ah! la voilà, cette question que je m'étonnais de ne pas avoir entendue plus tôt! Je vous reconnais bien là, Charlotte. Quoi! nous sommes sur le point de vivre une expérience exaltante et vous vous arrêtez sur des questions de bienséance? Je vous l'accorde, ses manières ne sont pas celles que je recherche. Mais gardons-nous de porter trop tôt un jugement que nous pourrions regretter.

Sa sœur n'en conserva pas moins une impression déplaisante, mais elle n'osa en parler davantage.

* * *

Charlotte termina sa couture. Elle cassa le fil et piqua l'aiguille à son corsage.

«Ces rideaux seront du plus heureux effet», pensa-t-elle en s'apprêtant à les accrocher à la lucarne.

Les derniers temps avaient été largement employés à l'aménagement du nouveau logis. François avait généreusement assisté le frère et la sœur, fournissant à bas prix des objets qu'ils n'auraient pas pu se procurer avec leurs maigres économies.

Madame Chicoine avait également mis du sien, conseillant, guidant la jeune fille dans ses choix. Celle-ci se demandait pourquoi, après un accueil aussi froid, cette femme
se montrait maintenant si prévenante. Elle était bien loin de
supposer les vues que Justine nourrissait à son sujet.

La commerçante était même allée jusqu'à lui faire don de
certains articles, comme ce bougeoir à trois branches en
bronze doré qu'elle lui avait montré en disant :

— Est-ce que ça serait pas beau ça chez toi?

— Mais nous n'avons pas les moyens de nous offrir un
bougeoir de cette qualité, avait protesté Charlotte.

— Eh bien, prends-le, avait dit son aînée. Je te le donne.

Une forme d'affection se tissait entre les deux femmes.
Justine prenait à cœur tout ce qui touchait sa jeune protégée.
Elle s'était même intéressée au travail de Jean-Baptiste. Mais
en apprenant qu'il était appelé à devenir le bras droit de
monsieur Gloria, elle s'était exclamée :

— Monsieur Gloria, le neveu de monsieur Bourdon! Ah
ça, je voudrais bien voir. Plutôt son gendre, oui! Tout le
monde sait bien que c'est pas sa nièce qu'il a épousé, mais
bien sa fille, née avant son premier mariage. Le procureur veut
pas trop qu'on le sache, seulement la vérité est sortie du sac
et tout le monde la connaît.

Cette remarque avait renforcé le malaise que la jeune fille
ressentait déjà à l'égard du seigneur du fief Saint-Jean. Mais
il était inutile d'en faire part à son frère qui, une fois encore,
lui aurait reproché ses inquiétudes.

Les rideaux étant accrochés, Charlotte recula d'un pas afin
de mieux voir le résultat final. L'ameublement ne pouvait pas
être qualifié de somptueux. Dans les chambres, le mobilier
était constitué d'un lit recouvert d'une catalogne, d'une table
de toilette et des coffres qu'ils avaient amenés avec eux. Dans
la salle commune, l'essentiel se composait d'une table sur

laquelle trônait le bougeoir en bronze doré, de quatre chaises, d'une grande armoire et d'une plaque en fonte sur son âtre encadré de supports de briques.

Afin d'égayer cette pièce, Charlotte, qui depuis toujours se sentait maladroite en couture, avait quand même entrepris d'habiller les chaises de carrés aux couleurs gaies et de confectionner, pour la lucarne, ces rideaux en indienne imprimée. Malgré ses efforts, la salle conservait un aspect de simplicité voisine de la pauvreté. Mais la jeune fille s'en montrait heureuse. Elle contempla avec fierté cet intérieur qu'elle avait aménagé avec amour, dans les limites des moyens dont elle disposait.

Satisfaite, elle rangea son nécessaire de couture tout en se disant qu'il était grandement temps qu'elle se présente chez les religieuses hospitalières de l'Hôtel-Dieu. Elle n'avait que trop tardé, s'étant laissé accaparer par ses tâches domestiques. Ses corvées étant terminées, elle décida de se rendre sur-le-champ à cet hôpital. Après un dernier coup d'œil à son logement, elle se dirigea vers la ville-haute.

Tout en gravissant la côte de la Montagne, elle s'arrêta à plusieurs reprises pour mieux profiter du paysage. Cet unique moyen de liaison entre la ville-haute et la ville-basse montait en pente raide, tout en formant deux larges boucles bordées de quelques maisons.

Le temps avait fraîchi et déjà les arbres qui s'accrochaient au rocher s'étaient couverts de couleurs lumineuses. Le rouge vif des érables contrastait avec le jaune doré des autres essences, tous deux s'opposant au vert sombre des sapins.

Charlotte se retourna. De ce point dominant, elle pouvait englober une très large part du Saint-Laurent. En face, la rive s'habillait de teintes roses nimbées d'ocre et de mauve.

Elle remarqua qu'un autre navire avait remplacé le *Saint-Louis* et sentit un pincement au cœur en pensant que jamais plus elle ne verrait Henri de Liercourt. Son idylle de courte durée avait laissé une trace qu'elle ne pouvait pas ignorer.

S'arrachant à ses pensées, Charlotte reprenait sa route, tête baissée, lorsqu'une poussée vigoureuse l'arrêta dans sa progression.

— Eh bien, on ne regarde pas où on va?

— Charles! s'exclama-t-elle en reconnaissant son ami d'enfance. Quelle joie! Vous voilà enfin arrivé!

Elle se jeta à son cou et l'embrassa avec effusion. Le jeune Aubert renversa la tête, laissant fuser un rire amusé.

— Si j'avais imaginé un tel accueil!

— Je n'attendais plus que vous! J'ai tant à vous dire!

Elle se lança dans un récit que, toute à son euphorie, elle décrivait pêle-mêle : l'arrivée à Québec, le voyage sur le *Saint-Louis*, le travail de Jean-Baptiste, la tempête en mer… Le jeune homme l'écoutait, attendri par cette narration.

Gaiement, ils échangèrent quelques commentaires. Ces retrouvailles les réjouissaient autant l'un que l'autre. Lorsqu'ils se séparèrent enfin, ils se promirent de se revoir sous peu. Ragaillardie par cette rencontre, Charlotte poursuivit son chemin vers l'Hôtel-Dieu.

Elle y fut reçue par mère Louise de la Sainte-Croix, qui lui présenta les excuses de la supérieure, occupée auprès des malades. Rapidement, la religieuse joignit les mains et, levant les yeux au plafond, se lança dans une sorte d'incantation.

— Priez, ma fille, car seul Dieu dans sa grande miséricorde connaît notre destinée et sait mieux que quiconque guider nos pas. Prenez garde de ne pas vous laisser égarer par quelque tentation née d'une vie trop facile.

Charlotte en resta sans voix, se demandant si sa démarche était bien la bonne.

Après ce préambule retentissant, la religieuse prit place sur une chaise et fit comprendre à son interlocutrice qu'elle était à sa disposition. Celle-ci entreprit alors de faire état de ses qualités de sage-femme et de son désir de les mettre au service de la bourgade de Québec.

— Sage-femme… Bien sûr, c'est utile, répondit la religieuse. Mais c'est surtout de soignantes que nous avons le plus grand besoin. Si vous saviez l'état de nos pauvres malades…

— Croyez bien, mère, que je suis tout à fait disposée à soigner ces gens dans la mesure de mes capacités.

— Bien sûr, bien sûr, dit la sainte femme sur un ton évasif. Quant à une quelconque rémunération…

Elle soupira et, fixant à nouveau le plafond, énonça :

— Plus d'une dame de qualité donne ici de son temps par pure charité chrétienne.

— J'entends bien, mère, dit la jeune fille. Cependant, il ne saurait s'agir pour moi d'œuvres pieuses, mais bien d'un besoin réel.

Mère Louise de la Sainte-Croix hocha la tête.

— Sachez, ma fille, que l'humilité et la pauvreté sont les plus grandes vertus d'une bonne chrétienne.

La conversation n'arrivait pas à déboucher. Nerveusement, Charlotte enroula une mèche de cheveux autour de son doigt. Si elle n'arrivait pas à travailler, tout était perdu. Il importait de convaincre la religieuse, et elle s'y employa de toutes ses forces.

Après une longue conversation portant aussi bien sur le salut de la jeune fille que sur son avenir immédiat, la religieuse haussa les épaules dans un geste d'impuissance.

— Je ne sais comment vous être utile. Les soins à l'Hôtel-Dieu étant gratuits, il ne peut être question d'y recevoir une rémunération. Cependant, dites-moi, ma fille, êtes-vous bonne chrétienne et croyez-vous en la miséricorde de Dieu?

— Je suis chrétienne, répondit Charlotte. Et je crois en la parole de Dieu lorsqu'il dit : «Aide-toi et le ciel t'aidera.»

Le visage de la religieuse s'éclaira lorsqu'elle comprit que la jeune fille connaissait les saintes écritures.

– Voici ce que je vous propose, dit-elle. Il va de soi que vous percevrez votre dû pour toute forme de soins prodigués hors de cet hôpital. Si toutefois vous acceptez de fournir gracieusement quelques heures auprès de nos malades, je pourrais, en signe de reconnaissance, parler de vous à ces dames et aux médecins afin de faire connaître votre activité.

Charlotte n'en demandait pas davantage et les deux femmes se mirent d'accord.

En quittant l'Hôtel-Dieu, Charlotte avait la très nette impression que jamais elle ne s'entendrait avec mère Louise de la Sainte-Croix. Cependant, ayant déjà pratiqué à l'Hôtel-Dieu de Paris, elle voulut bien croire que cette sainte femme ne traduisait pas forcément la disposition d'esprit de toutes les hospitalières.

10

Dès le lendemain, Charlotte se présenta à l'Hôtel-Dieu afin d'y honorer son contrat. La mère supérieure, Marie de Saint-Bonaventure, la reçut en des termes cordiaux qui la consolèrent de l'entretien précédent.

— Mademoiselle de Poitiers, dit-elle en lui serrant la main, je suis heureuse de vous accueillir parmi nous. J'ai entendu, à votre sujet, moult paroles élogieuses.

La religieuse fixait sur elle des yeux bruns remplis d'une vivacité chaleureuse qui d'emblée lui gagnèrent la faveur de Charlotte. Celle-ci exprima son étonnement qu'une quelconque réputation ait pu la précéder en ces lieux.

— N'étiez-vous point passagère à bord du *Saint-Louis*?

Devant la surprise qu'elle lisait sur le visage de la jeune fille, la supérieure lui offrit un sourire malicieux et ajouta :

— Voyez! Je connais déjà tout ce qui vous touche.

Tout en parlant, elle agitait la tête, faisant voltiger son voile autour de ses épaules.

Après une pause, elle reprit :

— Nous avons eu ici plusieurs passagers de ce navire. Non pas qu'ils aient été malades à proprement parler, sauf quelques-uns. Pour la plupart d'entre eux, il s'agissait d'un grand état de faiblesse nécessitant une hospitalisation. Et si j'en juge par ce que m'ont dit ces gens, je ne peux que me réjouir de votre présence à nos côtés. Votre aide nous sera des plus précieuses ; en particulier en ce moment. Je ne vous cache pas que vous venez à point. Depuis l'arrivée du *Saint-André*, notre hôpital est plein. Ce navire était infecté et la majorité des passagers ont été contaminés par la fièvre pourpre, si bien que tous nos lits sont occupés. Nous avons même dû en installer quelques-uns dans la chapelle. Il y a fort à faire.

La religieuse parlait sur un ton enlevé qui ne laissait pas percer la fatigue que trahissaient cependant des cernes noirs sous les yeux. Elle regarda la simple robe de lainage de la nouvelle soignante et s'interrompit pour lui demander si elle n'avait pas quelque vêtement pour se protéger. Charlotte lui ayant montré un tablier blanc qu'elle noua promptement autour de sa taille, mère Marie reprit le fil de ses explications.

— Trois de nos religieuses sont atteintes de ce mal et sont elles-mêmes alitées. Mademoiselle Jeanne Mance, qui revenait de France sur le *Saint-André*, a été grièvement touchée. C'est miracle qu'elle n'en soit pas morte. Grâce à Dieu, elle est tirée d'affaire et termine actuellement sa guérison chez des amis, ici, à Québec.

Sans cesser de parler, la supérieure avait ouvert une porte et, suivie de Charlotte, elle s'engagea dans un long couloir aux murs blancs et au parquet soigneusement ciré. Elle ralentit le pas de façon à permettre à sa compagne de la rattraper. Dès qu'elle fut à sa portée, elle lui dit :

— Je regrette de n'avoir pu vous voir plus tôt. Il est dans nos habitudes d'initier les nouveaux arrivants à la vie en cette contrée. Si vous avez des questions, je m'efforcerai d'y répondre le mieux possible.

— J'en ai une en effet, mère. Qui est donc mademoiselle Mance ?

La religieuse s'arrêta brusquement et dévisagea la jeune fille.

— Jeanne Mance! Vous ne savez pas qui est mademoiselle Jeanne Mance?

— Je le confesse, j'ignore tout de cette personne.

Dominant sa surprise, la religieuse lui expliqua le rôle tenu par la fondatrice de l'Hôtel-Dieu de Ville-Marie.

Charlotte aurait bien posé encore quelques questions, mais mère Marie, tout en poussant une porte, fit signe de baisser la voix et, donnant l'exemple, chuchota :

— Nous y voici.

Suivant la religieuse, Charlotte s'introduisit dans une grande salle aux murs blancs et bien éclairée par de bonnes fenêtres. Chaque côté de la pièce était occupé par deux rangées de lits, l'une devant l'autre, les rangées intérieures étant entourées de rideaux. Entre les lits tendus de draps blancs, de petites tables de toilette étaient mises à la disposition des malades. L'ensemble faisait preuve d'une grande propreté et d'une ordonnance irréprochable. Dans les allées aménagées entre les lits, les religieuses circulaient en s'activant dans un tourbillon de robes blanches et de voiles noirs.

Mère Marie lui fit ensuite voir une deuxième salle identique à la première, ainsi que les quelques chambres attenantes, réservées aux très grands malades.

Charlotte s'intéressa à la pharmacie, qui lui sembla bien pourvue en diverses potions. Si certaines lui étaient familières, telles que les yeux d'écrevisses et les feuilles de menthe, elle marqua un étonnement devant la tisane de bleuets et les cheveux de blé d'Inde.

— Nous avons eu, et avons toujours, d'excellents apothicaires, dit la supérieure à laquelle les réactions de la jeune fille n'avaient pas échappé. Tous ont su tirer profit des herbes que l'on trouve en cette région, à commencer par monsieur Hébert qui a réussi à guérir du scorbut avec de la tisane de bleuets.

Charlotte nota le respect avec lequel la religieuse avait parlé de monsieur Hébert et s'interrogea à ce sujet. Mais déjà mère Marie s'était retournée. Elle fit signe à une religieuse de s'approcher et lui dit :

— Mère Jeanne Agnès, je vous confie mademoiselle de Poitiers qui vient nous aider. Je compte sur vous pour lui enseigner les soins à donner à nos malades ainsi que les potions à utiliser.

Ainsi Charlotte commença son nouveau travail à l'Hôtel-Dieu de Québec. Elle ajouta sa part de labeur à celle des religieuses, chez lesquelles elle observa un dévouement allant jusqu'à l'abnégation.

Dans les jours qui suivirent, l'épidémie qui sévissait perdit de son intensité, puis fut vaincue. L'hôpital adopta alors un rythme plus modéré. Comme mère Jeanne Agnès le lui avait prédit, Charlotte remarqua que dès lors il ne se présentait plus que des cas d'accidents, parfois graves, mais en nombre bien inférieur à celui qui suivait l'arrivée des navires. La religieuse affirma que, dans l'ensemble, les Canadiens se portaient bien, ce qu'elle attribuait à une nature robuste ainsi qu'à un air pur et sain.

Parmi les malades hospitalisés à l'Hôtel-Dieu, Charlotte s'intéressa particulièrement à une femme du nom de Barbe Cadieux, qui lui donnait des inquiétudes. La raison en était une grossesse avancée, doublée d'un tel état de faiblesse que la vie de la femme était menacée ainsi que celle de l'enfant qu'elle portait. Charlotte la surveillait de près, multipliant les examens. Elle avait eu l'occasion de discuter de sa patiente avec le chirurgien-barbier[1] Madry, qui partageait ses appréhensions et l'avait encouragée à poursuivre les soins spéciaux qu'elle prodiguait à la femme Cadieux.

------

1. Chirurgien-barbier : à l'époque, les deux fonctions étaient réunies.

Dès que tout danger de contagion eut disparu, des «dames de qualité», comme les avait désignées mère Louise de la Sainte-Croix, vinrent prêter main-forte aux soignantes. Parmi celles-ci se trouvait madame Bourdon, qui venait fréquemment offrir des paroles de consolation aux malades, tout en profitant de l'occasion pour visiter ses deux belles-filles. Lorsqu'elle aperçut Charlotte, son visage s'éclaira.

— J'ai appris récemment le travail que vous effectuez auprès de nos religieuses et je me réjouis de votre entreprise.

— Mon métier, répondit Charlotte, m'a prédisposée à m'occuper des malades.

Madame Bourdon hocha la tête en souriant.

— Ce qui est des plus appréciables.

D'autres dames dispenseraient soins et encouragements aux pensionnaires de l'Hôtel-Dieu. Charlotte les côtoyait sans leur prêter une réelle attention, jusqu'à ce qu'un court échange de propos éveille sa curiosité.

Une voix près d'elle dit :

— Prends garde, Angélique, de ne pas abuser de tes forces.

— Je t'en prie, Françoise, répondit une deuxième voix au timbre cristallin. Jamais je ne me suis sentie en meilleure santé.

Charlotte leva la tête vers les personnes qui avaient ainsi parlé. La première, qui lui tournait le dos, était une femme d'une vingtaine d'années, à la taille élancée et aux cheveux bruns.

L'autre lui faisait face. Il s'agissait d'une femme du même âge, offrant un contraste marqué avec la première. Autant celle-ci semblait forte et énergique, autant la seconde paraissait délicate et frêle. De fins cheveux blonds entouraient un visage à la peau blanche et diaphane où luisaient de grands yeux d'un bleu très pâle. Sa taille menue lui donnait un air de fragilité. Charlotte ne put s'empêcher de la comparer à une statuette de fine porcelaine qui avait orné la cheminée dans la chambre de sa mère au Buisson. Le regard de la jeune femme croisa celui de Charlotte et elle lui adressa un sourire engageant que celle-ci lui rendit.

Il y avait dans ce regard une expression limpide qui attira Charlotte en lui donnant l'impression qu'un échange muet s'établissait entre elles. Elle aurait aimé vérifier ce sentiment, mais les corvées qui les accaparaient toutes deux les éloignèrent l'une de l'autre, si bien qu'elle perdit la femme de vue.

À la sortie de l'hôpital, Charlotte se trouva en compagnie de madame Bourdon.

— Faisons quelques pas ensemble, suggéra celle-ci, puisque nous partons dans la même direction.

Charlotte en profita pour se renseigner sur l'identité des deux personnes qu'elle avait remarquées.

— Ce sont les sœurs Hébert, dit madame Bourdon. La brune, madame Fournier, est l'aînée. La plus jeune, qui n'est pas mariée, se nomme Angélique.

La jeune fille remarqua chez sa compagne de route un ton de respect comparable à celui qu'avait employé mère Louise, ce qui piqua sa curiosité.

— Quelle est donc cette famille Hébert qui semble jouer un rôle important? demanda-t-elle.

— C'est la plus ancienne famille de la colonie. Monsieur Louis Hébert, le grand-père des deux personnes que vous avez vues, était le premier colon de la Nouvelle-France. Je ne l'ai pas connu personnellement, mais sa famille occupe une place considérable à Québec.

Madame Bourdon n'osa pas préciser qu'en fait elle trouvait certains membres de cette famille un peu encombrants par l'importance qu'ils se donnaient et par les décisions parfois arbitraires qu'ils imposaient à l'ensemble de l'Habitation. Au fond, elle les jalousait un peu. Ne tenant pas à s'étendre sur un sujet qui lui déplaisait, elle enchaîna :

— Et vous, mon enfant, comment êtes-vous installée dans votre logement? Est-il bien confortable?

Charlotte ne put s'empêcher de sourire avec fierté et lui fit une description minutieuse de son installation. Madame Bourdon l'écouta avec complaisance. Elle se montra si attentionnée que la jeune fille se laissa gagner, pour arriver à la conclusion que, si le procureur lui déplaisait, son épouse, tout au contraire, lui était sympathique en raison de son amabilité.

* * *

Le premier accouchement auquel Charlotte participa eut lieu sur l'île de Bacchus, récemment rebaptisée île d'Orléans, où une petite colonie s'était établie depuis une dizaine d'années.

Prévenue par un voisin, elle se rendit dans l'île et y trouva une maison de type pièce sur pièce, un procédé de construction consistant à empiler les unes sur les autres des billes de bois grossièrement équarries. Ce logement ne devait guère mesurer plus de douze pieds sur dix.

À son approche, le futur père vint sur le pas de la porte et la fit entrer. Les papiers huilés des fenêtres ne laissaient filtrer qu'une lumière parcimonieuse. Il fallut quelques instants à Charlotte pour que ses yeux s'habituent à la pénombre. Elle distingua enfin un intérieur composé d'une seule pièce qui devait suffire à tous les besoins du couple.

Une table rustique flanquée de deux bancs occupaient le centre du logement. Sur la gauche, deux chaises à bras encadraient la plaque chauffante tandis que le mur du fond disparaissait derrière une large armoire. À droite, dans l'angle formé par ce dernier mur, se trouvait la cabane[1] encombrée de

---

1. Cabane : lit-alcôve d'origine normande et qui servait aussi bien de garde-robe.

vêtements. C'est là que gisait la future mère, faiblement éclairée par l'une de ces lampes à huile animale d'un modèle antique.

Charlotte alluma une autre lanterne qu'elle avait trouvée sur la table et s'approcha du lit. Elle y découvrit une adolescente, qui ne devait pas dépasser les treize ans.

La sage-femme l'examina et comprit que le labeur était commencé. Sans plus tarder, elle prit les dispositions nécessaires. Cependant, il s'agissait d'un premier-né et la délivrance fut longue et douloureuse. Charlotte commençait à s'inquiéter quand le travail se précisa enfin. Peu après, elle présenta à la mère un bébé vagissant de sexe masculin, menu mais bien formé.

Elle le nettoya, l'emmaillota et le coucha dans le berceau préparé à cet effet. Puis elle se pencha de nouveau sur la toute jeune femme. Le travail continuait.

— Courage mon petit, dit-elle. Il y en a un deuxième.

Il fallut encore trente minutes d'efforts avant qu'un second fils n'aille rejoindre le premier dans le berceau.

Charlotte termina son ouvrage, rassembla les linges souillés et appela le nouveau père. Celui-ci tendit vers elle un visage anxieux.

— Vous avez deux fils, lui annonça Charlotte.

— Un fils, dit l'homme en prenant une attitude de fierté.

— Non, corrigea Charlotte. Non pas un, mais deux fils.

— Des bessons!

Sans attendre davantage, il se précipita vers le berceau où les deux enfants reposaient tête-bêche. Il se pencha sur son épouse en murmurant quelques paroles, puis revint vers Charlotte.

— J'étais point préparé, dit-il avec embarras. J'ai là une poule que j'ai tuée pour le premier. Et… eh bien voilà trois œufs pour le deuxième.

La jeune fille sourit devant ces offrandes inégales tout en espérant que les deux enfants trouveraient un amour plus équitable que ne l'était sa rétribution pour leur naissance.

Sans davantage s'attarder, Charlotte prit la route en direction du passeur qui devait la ramener à Québec. Tenant la poule d'une main et les œufs de l'autre, elle suivit la berge dominant le bras du Saint-Laurent qui séparait l'île de la terre ferme.

Comme après chacune des délivrances auxquelles elle avait participé en France, la jeune fille sentait une forme d'allégresse. Le pas léger, elle marchait en toute insouciance. Autour d'elle, la nature semblait se joindre à sa joie en se peignant de couleurs gaies. De temps à autre, la brise emportait les feuilles, qui tombaient autour d'elle comme une pluie multicolore. Quelques-unes tombaient sur l'eau où elles partaient à la dérive telles de minuscules embarcations. Le fleuve aux tons sombres se faisait le miroir de toutes ces couleurs qui se mariaient en un joyeux festival. À chacun de ses pas, Charlotte soulevait des feuilles, qui s'émiettaient et retombaient à ses pieds en autant de gerbes dorées.

Sortant de sa rêverie, la jeune fille prit subitement conscience de la solitude de l'endroit. On lui avait recommandé la plus grande prudence, l'île d'Orléans ayant été à plusieurs reprises le théâtre d'attaques sanglantes de la part des Iroquois.

Hâtant le pas, il ne lui fallut que peu de temps pour rejoindre le passeur qui attendait, appuyé sur son fusil. Elle sauta lestement dans l'embarcation. L'homme hissa une voile carrée et le bateau s'éloigna du rivage. Avec le recul, la végétation cachait si bien les quelques maisons que l'île ressemblait à un immense bosquet multicolore flottant sur l'eau.

En quittant le bateau, Charlotte se dit qu'une poule était un morceau de choix digne d'une fête, que son frère et elle pourraient bien partager avec François Guyon et Charles Aubert.

Après un détour qui lui avait permis d'inviter ses deux amis, elle se trouvait dans la rue Notre-Dame quand, subitement, la présence d'un Indien la fit sursauter. Charlotte en avait déjà vu d'autres, mais elle n'arrivait pas à maîtriser sa peur instinctive ni à s'habituer à leur présence dans la ville de Québec. L'homme marchait d'un pas élastique et feutré, frôlant les murs comme une ombre. Cette attitude n'était pas de nature à la rassurer. On lui avait dit que les autochtones qu'elle risquait de rencontrer à Québec étaient inoffensifs. Cependant, elle faisait un tout de ces hommes et n'arrivait pas à voir ce qui différenciait ceux-ci de ceux-là, ni pourquoi il fallait craindre certains et accepter les autres. Elle se promit de questionner François à ce sujet dès le soir même.

Elle attendit cependant la fin du repas pour interroger le jeune homme.

Les quatre amis s'étaient retrouvés avec un plaisir attisé par un repas succulent. Outre la poule, Charlotte avait préparé de la citrouille cuite sous la cendre. Des pommes cuites de la même façon et largement saupoudrées de sucre avaient agréablement terminé ce petit festin.

Bien repus, les trois jeunes gens devisaient en riant. Charlotte les observait, heureuse de leur bonne entente. Son regard s'attarda sur Charles; la présence de cet ami d'enfance la réjouissait. Le corps puissant et les épais sourcils en imposaient facilement. Mais lorsque ses yeux s'animaient comme ce soir, on ne pouvait ignorer l'amitié chaleureuse qui l'habitait.

Enfin elle se décida à demander des précisions à François au sujet des Indiens.

— J'ai sans doute fait preuve de légèreté quand je vous en ai parlé, avoua-t-il. C'est vrai, si les Hurons et les Algonquins se montrent nos amis, il en va tout autrement des Iroquois. Mais ce ne sont pas ces derniers que vous croiserez paisiblement dans l'Habitation. Pour résumer, disons que les Indiens que vous voyez dans les rues de Québec sont des amis, sans doute venus pour troquer des fourrures au magasin de la Compagnie. Ceux qu'il faut craindre, ce sont ceux qu'on ne voit pas. Ils se cachent derrière les arbres et fondent sur leurs victimes au moment où elles s'y attendent le moins. Il ne faut jamais s'aventurer seul en forêt ni s'éloigner de la ville sans protection.

— Vous nous brossez là un tableau qui n'a rien d'encourageant, observa Jean-Baptiste.

— Si je vous comprends bien, nous ne sommes guère en sécurité, ajouta Charlotte.

— Il ne faut pas noircir le tableau, reprit François, mais il est important de rester vigilants. Cependant, je peux vous affirmer que ce sont principalement les habitations de Ville-Marie et des Trois-Rivières qui font l'objet du harcèlement des Iroquois. Dans notre région, des attaques ont lieu sur l'île d'Orléans et sur la Côte-de-Beaupré qui lui fait face, mais jusqu'à maintenant, jamais à Québec, à croire que la ville les effraie.

En dépit de ces dernières affirmations, ce récit avait ébranlé Charlotte et, le soir venu, elle ne se coucha pas avant d'avoir inspecté chaque recoin de sa chambre.

11

CHARLOTTE poussa les braises au fond de l'âtre, sous la plaque de fonte. Les bûches de bois trop vite consumées dans ce foyer de petite dimension suffisaient à peine à combattre le froid qui s'affirmait. Étant appelée à s'absenter souvent en raison de son travail à l'Hôtel-Dieu ou auprès des femmes qu'elle soignait, elle ne pouvait entretenir cet unique mode de chauffage. Quand elle revenait à la maison, le soir, le feu s'était éteint. L'air frais et humide lui tombait sur les épaules et lui glaçait le dos. Ce qui la portait à se demander comment son frère et elle pourraient faire face à cet hiver que l'on disait si rigoureux.

Elle glissa un œil vers Jean-Baptiste, qui ne semblait nullement inquiété par les intempéries. Il venait de fermer le livre qu'il lisait et, l'air songeur, il fixait le mur qui lui faisait face. Il tira un instant sur sa moustache, puis, se tournant vers sa sœur, il lui demanda :

— Me direz-vous, Charlotte, vos impressions sur cette soirée d'hier chez les Bourdon?

Elle se raidit. Elle comprenait très bien la nature de cette question visant la présence d'un jeune militaire qui, de toute évidence, lui avait été destiné. L'entêtement de madame Bourdon à vouloir lui trouver un mari la hérissait tellement qu'elle n'avait nulle envie d'en parler. Préférant demeurer accroupie devant l'âtre, elle lança sur un ton désinvolte :

— Eh bien, mon frère, que voulez-vous savoir?

— Je veux parler de ce jeune homme, ce lieutenant de… de…

— Le lieutenant de Blois, précisa Charlotte. Jean-Rémy de Blois. Que voulez-vous donc que je vous en dise?

Elle rassembla les tisons avec un soin méticuleux.

— Mais laissez donc ces braises et regardez-moi, fit Jean-Baptiste, agacé.

À contrecœur, la jeune fille se redressa. Elle rangea un verre, puis plia un chiffon avec un air détaché qui eut pour effet d'exaspérer son frère. Celui-ci n'arrivait pas à comprendre l'attitude de sa sœur qui semblait fuir toute possibilité de mariage. Il ne souhaitait que son bonheur et cette obstination le déroutait.

— Manifestement, ce jeune avait été invité afin de vous être présenté, reprit-il. Quelle impression vous a-t-il fait? Il est plutôt beau garçon, d'un genre à attirer l'attention des jeunes filles, et sa conversation n'est pas dépourvue d'intérêt.

— Je vous l'accorde, répondit Charlotte d'un ton cassant. Il est bel homme et ses manières sont agréables. Je n'en sais rien d'autre.

Elle ferma l'armoire avec un claquement qui fit sursauter son frère. Malgré la contrariété qu'il décelait dans son comportement, Jean-Baptiste risqua encore une question.

— Ne pourrions-nous pas le recevoir afin de faire plus ample connaissance?

Charlotte se retourna et dévisagea son frère.

— Si vous pensez vous en faire un ami, il sera le bienvenu ici. Mais si c'est pour moi, n'y songez plus.

Elle se pencha vers lui en s'appuyant des deux mains sur la table et ajouta :

— De grâce, ne vous mêlez pas de me trouver un époux. L'insistance de madame Bourdon me suffit.

Sa voix cachait mal son irritation. Jean-Baptiste haussa les épaules.

— Ne vous fâchez pas, Charlotte, protesta-t-il, je ne fais que penser à votre bonheur et je croyais que le mariage…

— À m'en trop parler, on finirait par m'en détourner. Laissez faire les choses, Baptiste, et ne les brusquez pas.

Ayant marqué son point, la jeune fille s'apprêta à se rendre à l'Hôtel-Dieu. Elle allait enfiler sa cape quand elle s'arrêta devant l'air préoccupé de son frère qui, une fois encore, s'en prenait à sa moustache.

— Qu'y a-t-il, Baptiste? Je vous trouve bien triste mine.

Le jeune homme leva la tête.

— Je m'inquiète pour vous. Je crains que vous ne regrettiez de m'avoir suivi en ce lieu. La vie est si différente de ce que je croyais y trouver.

Charlotte posa sa cape sur le dossier d'une chaise.

— Et qu'espériez-vous donc?

Jean-Baptiste se leva et alla se camper devant la lucarne.

— Un succès plus immédiat, fit-il d'une voix où perçait l'amertume.

— Et vous voudriez déjà avoir obtenu un résultat éclatant! Baptiste, nous ne sommes ici que depuis quelques mois à peine. Il faut assurément un temps plus long pour apprendre votre nouveau métier et en récolter les fruits.

— J'en conviens. Mais le rôle qu'on m'a confié est dénué de toute forme d'intérêt et ne me permet aucunement d'apprendre l'essentiel du commerce des pelleteries.

— Encore une fois, ne faites-vous pas preuve de trop d'impatience? Il vaudrait mieux faire confiance à monsieur Bourdon.

Vivement, le jeune homme se retourna pour faire face à Charlotte.

— Monsieur Bourdon! J'apprécie ces paroles, venant de vous, dit-il d'un ton sarcastique.

119

— J'avoue que cet homme me déplaît, dit-elle, et j'aurais préféré vous voir en d'autres mains. Mais quel autre choix avez-vous?

— C'est bien ce qui m'ennuie.

Perplexe, Charlotte considéra son frère. Jamais elle ne l'avait vu afficher une attitude si peu conforme à son optimisme habituel. Elle voulut l'aider à retrouver son aplomb et s'y employa jusqu'au moment où, coupant court à l'entretien, Jean-Baptiste lui lança qu'il était de taille à s'occuper de ses propres affaires. Légèrement inquiète par la tournure des événements, elle le quitta et ne cessa de réfléchir à cette conversation en se rendant à l'Hôtel-Dieu.

Elle y arriva en même temps qu'Angélique Hébert. Les deux femmes se saluèrent aussi cordialement que si elles avaient été des amies de longue date, mais elles n'eurent le temps d'échanger que quelques paroles. La porte, ouverte avec précipitation, laissa paraître mère Marie de Saint-Bonaventure dont l'agitation du voile trahissait l'émotion.

— Mademoiselle de Poitiers, enfin vous voici! Je vous attendais pour vous confier la femme Cadieux. Le moment est venu. Monsieur Madry est absent, ainsi que tous les autres chirurgiens. Je ne vois que vous pour la prendre en charge.

Le cas n'était pas simple. Cette femme avait été gravement malade à bord du *Saint-André*. Elle était guérie, mais demeurait dans un état de faiblesse qui allait rendre l'accouchement particulièrement difficile. Charlotte se sentait en mesure de maîtriser la situation, mais, estimant qu'une assistance serait nécessaire, elle demanda à Angélique Hébert de l'aider. Celle-ci ayant accepté, les trois femmes empruntèrent le couloir à vive allure tandis que mère Marie donnait les dernières informations sur l'état de la patiente.

— Nous l'avons transportée dans la chambre du fond, à droite, dit-elle en conclusion. Vous serez plus à votre aise pour travailler.

Elles traversèrent les deux salles et gagnèrent l'endroit où se trouvait Barbe Cadieux. Charlotte l'examina rapidement. Le travail était déjà avancé. Elle expliqua brièvement à Angélique ce qu'elle allait devoir faire et commença à dispenser les soins appropriés.

Ce fut long et pénible. La faiblesse de la future mère ralentissait le travail. À tout moment, elle suffoquait et menaçait de s'évanouir. La sage-femme s'efforça de guider l'enfant tout en faisant respirer du vinaigre à la parturiente. Mais la force continuant à lui faire défaut, Charlotte se résolut à utiliser les cuillères.

Avec soulagement, elle recueillit enfin dans ses bras une fille de petite taille et très maigre, mais parfaitement formée. Il faudrait veiller sur elle de très près, mais rien ne laissait supposer qu'elle ne vivrait pas. Elle la tendit à Angélique en lui demandant de la nettoyer et de l'emmailloter, puis revint vivement auprès de la mère qui suffoquait de nouveau. Charlotte lui éponge les tempes avec de l'alcool et lui fit boire une infusion de digitale, destinée à activer le cœur. Petit à petit, elle se calma.

Son état s'améliorait quand monsieur Madry arriva. Il ausculta scrupuleusement la mère, puis se redressa et adressa un large sourire à la jeune fille.

— Je vous félicite, mademoiselle. Vous avez fait un excellent travail. Je n'aurais pas fait mieux.

Il s'avisa alors de la présence d'Angélique.

— Mademoiselle Hébert! Je ne m'attendais pas à vous trouver ici.

Il hocha la tête et ajouta, sur un ton réprobateur :

— Vous en faites trop, mademoiselle. Prenez garde de ne point vous fatiguer.

Il s'approcha d'elle et posa les doigts sur son poignet. Ayant pris son pouls, il lui sourit en lui tapotant la main.

– Tout va bien, mais il faut vous reposer, maintenant. Reposez-vous toutes les deux, vous l'avez bien mérité.

Charlotte se demanda quelle raison portait chacun à s'inquiéter de la santé d'Angélique. Puis soudain, elle sentit sa propre fatigue, une fatigue de tout son être, dont elle n'avait pas été consciente jusqu'alors tant elle avait été absorbée par son travail.

Elle décida de suivre le conseil du chirurgien-chef et invita Angélique à en faire autant. Dès qu'elles se trouvèrent dans la cour de l'Hôtel-Dieu, Charlotte resserra frileusement sa cape autour de ses épaules.

– Vous avez froid, constata Angélique. Nous ne sommes pourtant pas au plus fort de l'hiver.

– Je m'en rends compte et je ne vous cache pas que je redoute la froidure de cette saison en Canada.

Tout doucettement, elles gagnèrent la sortie de la cour donnant sur le chemin de l'hôpital et franchirent le grand porche. Angélique tira le vantail derrière elle et rejoignit sa compagne.

– J'essaie de me mettre à votre place, dit-elle, et j'imagine combien il doit être difficile de s'adapter à ce pays quand on arrive de France.

Elle levait sur Charlotte un regard limpide, rempli de sympathie à laquelle celle-ci se sentait prête à répondre.

– La vie est loin d'être aisée en France, lui dit-elle. Il vaut peut-être mieux avoir froid que faim.

– J'ai ouï dire, en effet, que de nombreuses gens affrontaient de graves difficultés. Cependant, j'admire votre courage d'avoir tout quitté comme vous l'avez fait. Votre famille… ne vous fait-elle point défaut?

– Si, énormément, confirma Charlotte d'une voix sourde.

– Comme cela doit être douloureux, dit Angélique, se faisant compatissante. Au moins trouverez-vous une nouvelle famille dès que vous serez mariée.

Charlotte s'arrêta net et se tourna vers sa compagne.

— Encore! Quel est donc cet acharnement à vouloir me marier?

Angélique la contempla de ses yeux bleu pâle largement ouverts par son étonnement. Puis une lueur de compréhension amusée éclaira son regard.

— Quelque personne aurait-elle tenté de vous trouver un époux? demanda-t-elle.

— En effet. Pas plus tard qu'hier soir, madame Bourdon m'a présenté un officier avec l'intention manifeste de nous marier.

Angélique éclata d'un rire frais.

— Je reconnais bien là les bonnes intentions de madame Bourdon. Vous avez tort, cependant, de le prendre en mauvaise part. C'est la coutume, ici, de se marier très rapidement. Pour le bien de la colonie…

— Il faut beaucoup d'enfants et, pour cette raison, on encourage les mariages, énonça Charlotte d'un air entendu.

— Je vois que vous avez déjà été bien chapitrée, reprit Angélique en riant. Cependant, peut-être ignorez-vous qu'il y a beaucoup plus d'hommes que de femmes, si bien qu'il est très mal vu qu'une femme demeure célibataire. Ainsi, après la mort de mon père, ma mère a dû se remarier quatre mois seulement après ce décès. Mère était le premier enfant d'origine européenne à naître en Nouvelle-France et aussi la veuve de Guillaume Hébert. À ce double titre, elle se devait de donner l'exemple. Et mes sœurs se sont mariées à un âge fort tendre.

— Dans ce cas, pourquoi n'êtes-vous pas mariée vous-même? s'étonna Charlotte.

— En fait, je devrais l'être, mais une longue maladie a contrarié ce projet. Encore aujourd'hui, ma santé laisse à désirer.

Charlotte regarda sa compagne. Elle comprit alors que cette peau blanche et presque trop fine n'était pas uniquement

123

celle d'une nature délicate. Elle indiquait bien plus encore une santé déficiente. Mais le regard restait vif et enclin à la gaieté.

Angélique continua sur sa lancée.

— Il faut que vous sachiez encore que la plupart des femmes seules arrivant de France sont des «femmes à marier». Entendez par là qu'elles viennent expressément pour épouser l'un de nos trop nombreux célibataires. Il est donc tout naturel que l'on songe à vous marier rapidement.

— Je comprends, dit Charlotte. Pourtant, je ne suis pas une de ces… femmes à marier et je refuse qu'on me trouve un mari comme si j'étais une marchandise à vendre. Je ne désire aucun mariage autre que par amour.

Angélique sourit devant l'emportement à peine contenu de sa compagne.

— Comme je vous comprends! dit-elle.

Angélique avait prononcé ces paroles avec une conviction qui contrastait avec le discours qu'elle avait tenu jusque-là. Aussi Charlotte marqua-t-elle son étonnement par une pause. Depuis son arrivée, pas une seule fois avait-elle entendu la moindre allusion sur l'amour dans le mariage. À croire qu'une telle notion devait être bannie à tout jamais.

Elle ne cacha pas sa surprise et Angélique poursuivit :

— Je vous étonne? À la vérité, ma maladie m'a mise dans une situation privilégiée en me laissant le temps de rencontrer un jeune homme que j'aime. Il se nomme Louis Taschereau. Vous avez raison, cela fait toute la différence du monde.

Une jolie teinte rosée colorait les joues de la jeune amoureuse à la suite de cet aveu.

— Vous allez donc bientôt vous marier?

— Je l'espère. Enfin, si mes parents ne posent pas ma santé en objection… Louis et moi avons déjà fait des projets.

Sa voix se faisait douce.

— Il est attentionné, aimable. Auprès de lui, je connais un bonheur… que je n'aurais pas cru possible.

Elle se tut, un tendre sourire aux lèvres, les yeux perdus sur l'horizon.

Charlotte, souriant aussi, affirma chaleureusement :

– Je suis sincèrement heureuse pour vous. Je suis persuadée que votre union sera des plus harmonieuses. Et je vous envie, ajouta-t-elle comme en aparté.

Après une courte hésitation, elle se confia :

– Peu avant de quitter la France, j'ai vécu un amour qui n'a pas connu de lendemain. J'ai souffert de la rupture, mais je me rends compte aujourd'hui que ce jeune homme était d'un tempérament trop mou. Je n'ai plus de regrets et je me sens prête désormais à rencontrer celui que j'aimerai pendant toute ma vie. Ce que j'attends chez un homme, c'est de la tendresse, assurément, mais encore davantage une force de caractère qui me permettrait de m'appuyer sur lui. Un homme capable de faire face à toutes situations, quelles qu'en soient les difficultés. J'espère l'unité de pensée, le partage des goûts et des activités. Plus qu'un amant, je veux un compagnon de chaque instant.

– C'est tout à fait ça, répliqua Angélique.

Les deux jeunes femmes échangèrent un sourire complice et, lorsqu'elles se séparèrent, Charlotte comprit qu'elle avait trouvé une amie en Nouvelle-France.

Prenant une direction opposée à celle d'Angélique, elle traversa la place du Fort-Saint-Louis[1], tout en réfléchissant à ses dernières paroles. L'homme qu'elle aimerait existait-il seulement? Elle s'étonna de ce désir qu'elle n'avait pas éprouvé depuis qu'Octave l'avait quittée. Et si elle trouvait cet amour ici, en Nouvelle-France?

Elle prit le temps de regarder le fleuve qui ce jour-là se cachait derrière une brume froide. Les arbres dénudés se

---

1. Place du Fort-Saint-Louis : aujourd'hui la place d'Armes.

profilant en noir sur la grisaille n'arrivaient pas à égayer le décor de fin d'automne. Devant ce triste paysage, elle se demanda si elle aurait le courage de s'établir dans cette colonie où la vie était si rude.

Elle allait s'engager sur la côte de la Montagne lorsqu'elle reconnut, venant vers elle, le lieutenant de Blois qu'on lui avait présenté la veille. La taille droite et le visage ovale aux traits délicats et barré d'une fine moustache lui donnaient belle allure. Mais cette prestance cachait mal une attitude hautaine qui déplaisait à la jeune fille.

— Mademoiselle de Poitiers, dit-il en la saluant. Je n'aurais pas espéré une rencontre plus opportune. Accepterez-vous de faire quelques pas en ma compagnie?

La perspective de se faire conter fleurette par cet officier distingué en aurait séduit plus d'une. Mais Charlotte ne se sentait aucune attirance pour lui. Son air de suffisance la rebutait. Aussi chercha-t-elle une excuse.

— C'eût été avec plaisir, dit-elle, mais je dois rentrer chez moi sans tarder.

— Je suis au regret de ne pouvoir profiter davantage de votre compagnie, fit le jeune homme. Mais dans ce cas, permettez au moins que je vous accompagne.

Charlotte baissa la tête, tentant de cacher une grimace d'impatience. Comment refuser qu'on marche à ses côtés sans se montrer grossière? Bien malgré elle, elle dut accepter la présence du jeune homme tandis qu'elle s'engageait sur la pente raide conduisant à la ville-basse.

— Je vous voyais en arrêt devant ce paysage, dit-il. Y trouvez-vous vraiment quelque intérêt? Pour ma part, je ne connais rien de plus désolant que cette saison telle qu'elle se présente en Canada.

Charlotte leva les sourcils, davantage portée à contredire ce jeune homme qui l'indisposait qu'à avouer ses propres sentiments concernant le climat en Nouvelle-France.

— Je ne sais si les hivers français offrent des aspects plus séduisants, dit-elle.

— Comment, vous en doutez? Mais de quelle région êtes-vous donc pour parler de la sorte?

— Je viens de Picardie, des environs d'Amiens.

— Tout s'explique : vous êtes du nord. Les brumes ne vous sont donc pas étrangères. Pour ma part, je suis de Touraine, du sud de la Loire, où le climat est des plus agréables.

Il leva la main en direction du fleuve.

— Quand je vois ce triste temps, je ne peux m'empêcher de penser combien il sera bon de rentrer au pays.

— Vous comptez retourner en France?

— Assurément. Dans deux ans, dès que mon contrat sera terminé. Il me déplairait de demeurer ici, occupé par un emploi subalterne.

Il respira profondément.

— Il me tarde de retrouver la Loire, tantôt douce, coulant entre ses bancs de sable bleuté, tantôt impétueuse lorsqu'elle se fait grosse. De m'élancer sur un cheval à travers la forêt. Et encore davantage de revoir ma mère et mes sœurs.

— Vous semblez assuré d'y trouver une vie agréable, commenta Charlotte.

— Sans aucun doute. Je trouverai aisément une fonction grâce aux personnes influentes que je connais en plus d'un endroit. Je suis attendu et une charge honorable, telle que celle d'intendant, de gouverneur ou autre, est sûre de m'échoir rapidement. En outre, je possède dans la région des terres florissantes où je compte m'établir et fonder un foyer.

La jeune fille esquissa un sourire en pensant que ces paroles n'étaient pas innocentes. Jean-Rémy de Blois avait tenu à bien préciser les avantages dont elle bénéficierait auprès de lui. Elle dut admettre qu'il avait fait mouche. L'idée de retourner au pays en se rapprochant de sa famille et de vivre dans des conditions favorables revêtait un aspect séduisant qu'elle ne pouvait nier.

Pour bien appuyer le fond de sa pensée, le jeune homme ajouta :

— J'ai peine à croire que votre volonté soit de vous établir en cette contrée. Ce pays ne convient guère à une demoiselle de votre qualité.

— Ma décision n'est pas encore prise, dit-elle sur un ton évasif qui évitait de la compromettre.

Jean-Rémy l'accompagna jusqu'au pied de la côte de la Montagne, où il prit congé en promettant une prochaine rencontre.

Charlotte s'éloigna la mine songeuse. Elle éprouvait de la difficulté à mettre de l'ordre dans ses idées : d'un côté, son désir d'un mariage d'amour tel qu'elle en avait parlé avec Angélique ; de l'autre, l'assurance d'une vie aisée en France, doublée de la possibilité de retrouver sa famille et de lui venir en aide grâce à la fortune d'un époux bien établi. Cette seconde solution lui répugnait, mais il y avait matière à réflexion.

La jeune fille se questionnait et demeurait indécise.

12

En ce premier dimanche de l'avent, monseigneur de Laval avait tenu à prononcer lui-même le sermon afin de bien marquer l'importance qu'il attachait au jeûne et à l'abstinence. Il termina en appuyant fortement sur les bienfaits de ces vertus, puis quitta la chaire.

Suivant le mouvement des fidèles, Charlotte se leva tout en songeant qu'il ne devait pas être difficile de se priver dans cette colonie où tant de choses faisaient encore défaut, à commencer par un mode de chauffage adéquat. L'église Notre-Dame, dont monsieur Bourdon s'était orgueilleusement vanté d'être le créateur, était une jolie construction en pierre à l'intérieur habillé de bois aux fines sculptures dorées sur fond blanc. Elle ne protégeait pas pour autant du froid hivernal. Plusieurs personnes avaient apporté des chauffe-pieds et la jeune fille regretta de ne pas avoir pris cette précaution.

Monseigneur de Laval gagna son fauteuil et l'on entama le *Credo*. Le tout nouvel évêque de Québec, arrivé depuis l'été seulement, s'était rapidement fait respecter en se forgeant une réputation de sainteté. L'on répétait de bouche à oreille la vie exemplaire de ce prélat vivant dans une pauvreté et un dénuement qui étonnaient, surtout chez un évêque. Son jeûne était permanent, tandis qu'il multipliait les privations et les mortifications, allant jusqu'à des extrêmes qui auraient déconcerté la plus humble de ses ouailles.

À le regarder, Charlotte lui trouvait pourtant un air d'importance qui ne cadrait pas avec la vie d'austérité et de sainteté qu'on lui prêtait. Il examinait les occupants de la nef d'un œil froid et hautain qui n'avait rien d'engageant.

Charlotte enfonça ses mains sous sa cape, adoptant une attitude qui aurait pu faire croire à un profond recueillement, mais qui tenait davantage de la recherche d'une maigre chaleur.

Ainsi qu'à chaque dimanche, l'église était pleine, elle l'avait été à la messe précédente et elle le serait aux deux offices suivants. La plus grande ferveur se lisait sur tous les visages, tant chez les hommes que chez les femmes.

Prenant exemple sur son entourage, la jeune fille se recueillit. Elle songea à sa famille, en France, à sa propre situation et à l'abattement de Jean-Baptiste. Elle ne se pardonnait pas d'avoir quitté les siens sans un mot de consolation après la mort de leur mère. Si, de surcroît, l'expérience de son frère se soldait par un échec, elle se demandait si elle aurait le courage de rester seule dans cette contrée. Le désir de rentrer au pays s'intensifiait. Devait-elle encourager les avances de Jean-Rémy de Blois? Cette idée ne la séduisait pas davantage qu'au premier jour. Mais n'était-ce pas le choix le plus raisonnable?

Elle leva les yeux vers le Christ sur le maître-autel et lui adressa une prière sous forme d'un appel à l'aide. Avec ferveur, elle lui demanda de la guider dans son choix, de lui montrer la route à suivre. Elle l'implora de faire un geste, de lui donner un signe qui lui permettrait de comprendre la voie qu'elle devait adopter.

La messe se terminait. Après avoir béni l'assistance et récité trois *Ave* au pied de l'autel, le prêtre se retira. Charlotte adressa une dernière prière au Fils de Dieu et gagna la sortie.

Devant la porte de l'église, la foule des fidèles se rassemblait. On se saluait gaiement en échangeant de joyeux propos.

De toute évidence, la sortie de la messe était un haut lieu de rencontres mondaines; on se racontait les derniers potins. Un instant, la jeune fille observa ce tableau.

Un pâle soleil éclairait timidement la scène sans apporter le moindre réconfort. Aussi Charlotte préféra-t-elle ne pas s'attarder et regagner le logis où Jean-Baptiste avait dû entretenir une bonne flambée. Il n'y avait guère que le dimanche qui leur offrait le luxe d'un logis à peu près chaud. Ce jour-là seulement, le frère et la sœur pouvaient se relayer auprès de l'âtre et veiller sur le feu.

Elle allait s'éloigner quand elle s'entendit appeler par son nom. Se retournant, elle reconnut Angélique Hébert qui se frayait un chemin dans sa direction. Une sincère amitié s'était développée entre les deux jeunes filles et Charlotte en était même venue à utiliser le tutoiement qui semblait si courant en Nouvelle-France.

Arrivée près d'elle, Angélique lui prit la main et l'entraîna vers la foule.

— Viens, j'aimerais te présenter à ma mère.

Sans attendre de réponse, elle se dirigea vers un petit groupe qui discutait sur les marches de l'église.

— Mère, voici Charlotte de Poitiers, annonça-t-elle d'une voix claire.

Une femme à la stature haute et bien charpentée se tourna vers la nouvelle arrivée. Hélène Morin présentait un visage aux traits vigoureux, aux pommettes saillantes et à la mâchoire carrée. De ses yeux bruns et largement fendus irradiait un air de bonté qui donnait une harmonie agréable à ce visage qui autrement aurait pu être ingrat.

Elle offrit à la jeune fille un sourire chaleureux.

— Je suis heureuse de vous connaître, mademoiselle. Angélique m'a tant parlé de vous.

Charlotte lui rendit le compliment avec une simplicité qui d'emblée plut à la mère de son amie. Aussitôt, elle lui proposa de partager le repas dominical avec eux. Ravie par cette proposition, la jeune fille accepta avec enthousiasme. Promettant de se trouver chez les Morin pour midi, elle partit prévenir son frère.

Jean-Baptiste accueillit la nouvelle sur un ton plaisant.

— Voilà que vous faites des mondanités! s'exclama-t-il sur un ton enjoué.

Charlotte allait protester, lorsqu'il ajouta :

— Je suis ravi que vous commenciez à avoir des relations. Cette invitation me remplit d'aise. Ne vous souciez pas pour moi. Je dînerai seul ou en compagnie de François que je n'ai pas vu depuis un certain temps.

La jeune fille se prépara dans la bonne humeur. La perspective de ce repas dans la famille d'Angélique la remplissait de joie. Après avoir ajusté sa robe et renoué son chignon, elle se dirigea vers le fief Saint-Joseph, au bord de la rivière Saint-Charles, où habitait la famille Morin.

Suivant les indications d'Angélique, elle longea le rivage en traversant le fief du Sault-au-Matelot, le jardin des ursulines, la terre de la Vacherie et d'autres concessions sur lesquelles courait un sentier ou droit de passage qui, sans être officiel, était régulièrement utilisé. Elle atteignit ainsi la résidence de son amie.

Le domaine adossé à la falaise, qui ici tendait à s'estomper, s'étendait sur un vaste terrain déroulant ses ondulations jusqu'à la rivière qui le bordait. Composé d'une riche terre d'alluvions, le fief Saint-Joseph était en grande partie occupé par des cultures et un verger. Tout au fond, à l'abri d'un bosquet d'arbres, se trouvait le logis principal : une vaste maison composée d'une base en pierre, surmontée d'un étage en bois. Sur les hauteurs, derrière la demeure, un moulin dressait ses ailes, à l'arrêt pour la durée de cette journée du Seigneur.

Charlotte eut un coup au cœur. Elle avait une impression de déjà-vu, comme si elle était arrivée chez elle, à Saint-Vaast. Le style de la maison ainsi que la douce ondulation de la terre présentaient bien quelques similitudes. Mais là s'arrêtait la ressemblance. Les essences des arbres, la rivière toute proche ainsi que la falaise qui dominait l'habitation ne partageaient aucun point commun avec le domaine du Buisson. Pourtant, une sensation de bien-être persistait, une sensation semblable à celle qu'on éprouve en retrouvant un chez-soi quitté depuis longtemps. Charlotte se laissa emporter par cette douce impression, en venant à ne plus très bien savoir où elle était.

Aussi sursauta-t-elle en entendant une voix à ses côtés lui demander :

— C'est toi, l'amie d'Angélique?

Un garçonnet qui ne devait pas dépasser cinq ans la dévisageait sans vergogne. Elle acquiesça et aussitôt le bambin se mit à courir vers la maison en criant :

— Angélique! Angélique! Elle est là, elle est arrivée!

Ainsi alertée, Angélique sortit et vint au-devant de son invitée, tandis que le petit continuait à crier :

— Elle est là, elle est là!

— Ne fais pas tant de bruit, Charles, dit Angélique. Je l'ai vue, je sais qu'elle est arrivée.

Elle passa son bras sous celui de son amie, la guidant vers la maison. L'enfant continuait à gambader à leurs côtés.

— Quel site magnifique! dit Charlotte, se remettant de son émotion.

— N'est-ce pas? répondit Angélique. Nous y sommes tous très attachés. C'est l'un des plus anciens fiefs, créé à Québec, puisque c'est mon grand-père qui en avait fait l'acquisition, de même que celle du fief du Sault-au-Matelot, le tout premier que tu as traversé pour venir jusqu'ici. C'est ma tante Guillemette Couillard qui possède le Sault-au-Matelot.

Elles allaient gagner la maison quand deux garçons âgés de sept à neuf ans dégringolèrent d'un arbre et s'emparèrent de Charles avec des airs de conquérants.

— Nous te tenons, Charles, tu es notre prisonnier!

— Non, protesta le petit, non, je ne jouais plus.

Charlotte fut amusée par cette scène qui lui rappelait sa propre enfance. En souriant, elle suivit des yeux les trois enfants qui couraient entre les arbres en poussant des cris stridents. Elle envia leur insouciance.

Bientôt, les jeunes filles atteignirent la maison et y pénétrèrent.

Elles trouvèrent Hélène Morin debout dans l'entrée, un grand tablier lui couvrant la poitrine et la jupe. Elle s'empressa d'accueillir Charlotte.

— Je suis heureuse de votre présence. Vous pourrez ainsi connaître la famille presque tout entière, à l'exception de mes filles qui sont mariées. Marie-Hélène s'absentera également. Elle est encore malade et devra garder la chambre. Par contre, Germain sera présent aujourd'hui, ajouta-t-elle à l'intention d'Angélique.

Elle s'interrompit en voyant une fillette sortir d'une pièce voisine.

— Ah! te voilà, Marie-Madeleine, dit-elle. Je te cherchais.

Il s'agissait d'une toute petite fille de trois ans à peine, aux yeux espiègles et aux cheveux bouclés.

— Celle-ci, c'est notre bébé poussin, plaisanta Angélique en se penchant pour l'embrasser.

— Non, protesta la petite en secouant ses boucles brunes. Pas *bébé-sin*. Moi : Ma'ie-Ma'leine.

— Tu as tort, dit Hélène, de lui donner ce surnom qu'elle n'aime pas.

Elle se pencha vers la fillette, l'encourageant à la suivre, puis ajouta, s'adressant aux deux amies :

– Nous passerons à table dès que Claude et Jean-François seront revenus de la grand-messe.

Après quoi elle disparut dans la cuisine, entraînant Marie-Madeleine à sa suite.

– Mon frère Germain a reçu la tonsure et les ordres mineurs, expliqua Angélique. Mais comme il n'a que dix-sept ans, il est trop jeune pour l'ordination. En attendant, il travaille auprès des jésuites ainsi qu'au secrétariat de monseigneur de Laval.

– Mais combien êtes-vous donc, dans votre famille? s'étonna Charlotte qui avait l'impression de voir surgir des enfants de tous les coins.

– Il y a trois enfants Hébert, répondit Angélique, et onze Morin, ce qui fait quatorze en tout.

– Quatorze enfants! Et moi qui croyais appartenir à une famille nombreuse alors que nous n'étions que huit.

– C'est chose courante en Nouvelle-France.

Tout en parlant, Angélique avait conduit son amie vers un salon garni de meubles anciens. Ce mobilier n'avait rien de luxueux, mais contribuait à donner une ambiance de confort chaleureux. Face à l'entrée, un feu pétillait dans une vraie cheminée. Charlotte s'en approcha et tendit les mains vers les flammes comme elle aimait le faire à Saint-Vaast. La féerie continuait. À quoi tenait donc cette douce sensation, cette impression d'un étau qui se desserre, ouvrant toute grande une porte accueillante?

– Charlotte, écoute-moi, dit Angélique qui cherchait à attirer l'attention de son amie depuis leur arrivée dans cette pièce. J'ai une merveilleuse nouvelle à t'apprendre.

La jeune fille se retourna.

– Hier soir, Louis est venu demander ma main à mes parents.

– Et alors? demanda-t-elle avec enthousiasme.

– C'est oui, répondit son amie. Nous nous épouserons au printemps.

Ses yeux brillaient d'un bonheur profond. Charlotte s'en réjouit avec elle. La jeune promise poursuivit :

– Nous nous fiancerons au jour de l'An et je compte sur ta présence.

– Je n'y manquerai pas. Il me tarde de connaître ton promis.

– Il te plaira, j'en suis sûre. Les fiançailles… le mariage… J'en ai la tête qui tourne.

Angélique souriait, tout entière à son bonheur.

– Je désire vivre pleinement, oublier pour un temps cette santé qui m'importune. Louis possède une concession sur le plateau de Sillery, mais nous habiterons sa maison qui se trouve sur la côte de la Montagne.

Après une interruption, elle leva vers sa compagne des yeux contrits.

– Mon bonheur m'égare : je ne parle que de moi. Et toi, où en es-tu avec Jean-Rémy?

Jean-Rémy… Charlotte réalisa subitement combien il avait été éloigné de ses pensées depuis qu'elle avait mis le pied sur le fief Saint-Joseph. Elle allait répondre, quand elle aperçut un jeune homme qui venait de s'arrêter dans l'embrasure de la porte. L'aspect de ce nouveau venu l'impressionna si vivement qu'elle en eut le souffle coupé.

Il accusait une taille nettement au-dessus de la moyenne. Des vêtements très simples révélaient une carrure imposante. Son visage au teint brûlé par le vent et le soleil mettait en valeur sa chevelure blonde ainsi que le bleu de ses yeux au regard intense. De façon paradoxale, ce regard semblait exprimer à la fois la douceur et la force de caractère.

Charlotte le contempla avec un étonnement mêlé d'admiration. Voyant son expression, Angélique se retourna.

— Joseph! s'exclama-t-elle. Quelle bonne surprise! Il y a si longtemps que tu es venu.

Le jeune homme lui offrit un sourire bouleversant comme celui d'un enfant.

— Je suis venu embrasser la nouvelle promise, dit-il.

— Comment, tu sais déjà!

— Une nouvelle comme celle-là ne saurait rester cachée longtemps.

Il se pencha et embrassa sa sœur avec des gestes d'une tendresse pleine de délicatesse qui étonnaient chez un homme de sa taille. Charlotte demeurait ébahie. Ce visage à l'aspect viril, la douceur du baiser, ce corps robuste s'unissaient pour la bouleverser.

— C'est mon frère Joseph, annonça Angélique, après avoir présenté Charlotte.

Charlotte dut faire un effort pour se ressaisir et saluer le jeune homme comme il se devait. Dès son arrivée, elle avait ressenti une vive attraction et elle aurait aimé échanger quelques paroles avec lui. Mais Joseph s'était retiré dans un angle de la pièce tandis que sa sœur expliquait que, depuis quelques années, son frère habitait une concession acquise par leur père peu avant sa mort.

— Les travaux de la terre l'accaparent, dit Angélique en conclusion, et ce n'est que trop rarement qu'il nous fait la surprise d'une visite.

Charlotte avait du mal à fixer son attention et à suivre la conversation de son amie. Elle était consciente du regard que Joseph posait sur elle. Il la couvait des yeux, étudiant chacune de ses réactions. Son regard exprimait un intérêt attendri et protecteur, assez comparable à son attitude envers sa propre sœur. Charlotte en fut troublée et se surprit à glisser un coup d'œil hésitant vers le jeune homme.

Le tintement d'une cloche mit fin à cet intermède, tandis que Hélène Morin appelait tout le monde à table.

137

Le repas fut animé, chacun semblant tenir à placer son mot. Seules exceptions : Marie, une fillette de dix ans, et Germain. Le jeune diacre, assis à côté de Charlotte, lui donna l'impression d'un jeune homme très mûr pour son âge, réservé et attentionné. Par contre, Jean-François et Claude, avec l'exubérance de leurs quatorze et quinze ans respectifs, cherchaient à commenter chaque sujet de conversation. Alphonse, Augustin et Charles, les trois garçons aperçus sur le terrain, parlaient de façon intarissable et à forte voix. Même la petite Marie-Madeleine, perchée sur une chaise haute, ponctuait le tout de sa voix perçante. Il semblait que tous parlaient en même temps sans qu'aucun se donnât le mal d'écouter son voisin.

Charlotte ne se sentait nullement dépaysée dans cette ambiance de famille nombreuse et remuante. Cela lui rappelait les meilleurs jours du Buisson. Souriante et détendue, elle écoutait tantôt celui-ci, tantôt celle-là, s'amusant de l'animation et du chevauchement des conversations. Son attitude n'échappait pas à Joseph qui, assis en face d'elle, continuait à l'observer avec une même insistance. Lorsque leurs regards se croisaient, Charlotte éprouvait de la difficulté à s'en détacher.

À travers ce brouhaha, Noël Morin cherchait à se rendre aimable auprès de l'invitée. De taille plus petite que sa femme, il avait une tête ronde sur un cou étroit qui semblait trop délicat pour le volume qu'il devait soutenir. Le sommet de son crâne chauve s'encadrait de deux touffes de cheveux gris. Il essayait de se faire entendre de Charlotte, mais sa voix un peu couverte n'arrivait pas à dominer le tumulte.

Toute conversation étant devenue impossible, Hélène frappa sur la table en réclamant le silence. Seule Marie-Madeleine continua à piailler.

— Toi aussi, Marie-Madeleine. Je n'ai jamais vu une telle jacasse !

La petite prit un air consterné en se tournant vers Noël Morin.

— Pas *cacasse*, moi, hein, père?

— Non, ma chérie, dit Noël avec un sourire attendri. Nous aimerions simplement que tu cesses de parler pendant quelques minutes.

— Suis pas *pacabe*, dit-elle d'un ton boudeur.

— Capable, corrigea sa mère. Capable, Marie-Madeleine.

La petite tambourina des pieds contre sa chaise haute.

— Suis pas *pacabe* de dire capable.

Cette boutade eut pour effet de provoquer un éclat de rire collectif, et la fillette, inconsciente de ce qu'elle avait dit, se joignit à l'hilarité générale.

Il fallut un nouveau rappel à l'ordre avant de pouvoir interroger Charlotte. En apprenant qu'elle était sage-femme, Hélène marqua son intérêt.

— J'étais moi aussi sage-femme, dit-elle. Je ne pratique plus depuis plusieurs années. J'ai les mains suffisamment remplies avec mes propres enfants sans m'occuper de la naissance des autres. Mais je reconnais que vous avez là un beau métier, bien que très exigeant.

Au moment du dessert, un nouvel incident se produisit quand Hélène posa sur la table un grand saladier contenant un laitage. Elle leva sur la tablée un regard sévère avant de demander :

— Qui a goûté au dessert? J'avais posé ce laitage sur le rebord de la fenêtre afin qu'il refroidisse et quelqu'un en a profité pour y goûter copieusement, et avec les mains.

Les coupables n'étaient pas difficiles à identifier, à voir les airs penauds des trois plus jeunes Morin.

— J'attends une réponse, ajouta Hélène. Il est inutile d'accuser Marie-Madeleine, elle est trop petite pour atteindre cette fenêtre.

Alphonse et Augustin échangèrent un regard inquiet, après quoi Alphonse se décida à avouer leur larcin.

— Puisque vous avez avoué votre faute, vous ne serez pas punis, mais vous n'aurez pas de dessert, ayant déjà eu votre part.

Les trois nez se baissèrent, mélancoliques, tandis que des larmes coulaient sur les joues barbouillées de Charles, y laissant une traînée propre.

Joseph, pris de pitié, se pencha vers son jeune frère et lui murmura quelques paroles à l'oreille. Aussitôt, un sourire s'épanouit sur le visage du petit. Charlotte apprécia cette intervention, se disant qu'elle aurait agi de la même façon à la place de Joseph.

Leurs regards se rencontrèrent de nouveau et ils échangèrent un long sourire en parfaite harmonie.

C'est alors que Guillemette Couillard fit irruption. L'aînée de la famille Hébert était une femme massive à la chevelure grise. Ses yeux noirs, véritables charbons ardents, étaient animés par une colère évidente. Il émanait de sa personne une impression de force agressive, si bien que sa seule présence ressemblait à une attaque.

Elle se planta dans la porte, les poings sur les hanches.

— Hélène, je désire m'entretenir avec toi, dit-elle sur un ton sans équivoque.

— Cela ne peut-il pas attendre? Prends plutôt un peu de dessert avec nous, répondit la mère d'Angélique.

Guillemette Couillard toisa sa belle-sœur de la tête aux pieds.

— Je ne suis pas venue du Sault-au-Matelot simplement pour un dessert.

Hélène savait que, en sa qualité d'aînée de la famille, la sœur de son premier mari, Guillaume Hébert, entendait faire respecter son autorité, sans compter que son récent veuvage lui donnait une auréole supplémentaire qu'elle ne manquait pas de brandir à toute occasion. Avec l'âge, son tempérament s'était aigri et ses fréquentes colères prenaient une intensité déplaisante. Aussi, préférant ne pas risquer les conséquences d'une saute d'humeur, Hélène accepta de s'isoler avec elle.

— Qui est cette jeune fille? voulut savoir Guillemette dès qu'elles furent seules.

— Il s'agit de mademoiselle de Poitiers, une amie d'Angélique qui arrive de France.

— Ce qui t'autorise à laisser ta fille faire salon… et, en plus, avec la noblesse! Ne peux-tu pas traiter Angélique comme tout le monde? Sous prétexte d'une santé que tu dis délicate, tu lui fais une vie de princesse. Et je suppose que tu agiras de même avec Marie-Hélène.

— Si je le juge souhaitable, oui, répondit vivement Hélène.

Elle supportait mal les ingérences de sa belle-sœur, les jugeant, surtout la dernière, sans fondement. Voulant mettre un terme à ces reproches, elle demanda :

— Guillemette, que se passe-t-il? Tu me sembles bien agitée.

— Il se passe que Grégoire veut partir dans les bois. Tu entends? Mon fils Grégoire, coureur des bois!

Hélène soupira.

— J'entends bien, mais en quoi cela me concerne-t-il? Sans compter qu'il n'est pas le premier à être attiré par cette vie.

Guillemette se redressa de toute sa taille.

— Pas chez les Hébert. Sauf Joseph, bien entendu! Et tu n'y voyais aucun mal! Dieu merci, il s'est rangé. Mais cette fois, il s'agit de Grégoire. Je ne l'admets pas! Enfin, songe à la vie d'un coureur des bois, à ce qu'ils deviennent tous. Des buveurs, des dépravés, des… Si encore il n'y avait que l'eau-de-vie! Mais tu connais comme moi les mœurs de ces gens qui laissent un bâtard dans chaque tribu.

— Il reviendra, Guillemette, fit Hélène, s'efforçant de la rassurer.

— Je voudrais qu'il ne parte pas! Si au moins je pouvais le retenir en lui offrant un fief ou une concession.

Hélène comprit enfin où sa belle-sœur voulait en venir. De tout évidence, sa visée était de récupérer le fief Saint-Joseph. À la mort de Louis Hébert, Guillemette habitait déjà le Sault-au-Matelot et Guillaume logeait au fief Saint-Joseph. Sur son lit de mort, leur père avait stipulé que si l'un de ses deux enfants venait à mourir, il désirait que les deux fiefs dont il avait fait l'acquisition reviennent au survivant. Lorsque Guillaume Hébert mourut à son tour, sa sœur s'était empressée de faire valoir ses droits et aurait sans doute chassé sa belle-sœur si son mari n'était pas intervenu pour permettre à Hélène la jouissance du fief Saint-Joseph, malgré son remariage avec Noël Morin.

— Tu désires donc remettre en cause un accord vieux de vingt ans, dit-elle sur un ton de constatation. Souviens-toi, Guillemette, de notre entente d'alors. À la mort de ton père, Guillaume n'était pas encore marié, et nous étions convenues que, si ton père avait connu cette circonstance, ses dernières volontés auraient été différentes.

— J'ignorais alors que je serais veuve et mère d'un fils qui recherche l'aventure. Alors que toi, ton époux est encore bien vivant. Il n'a jamais même cherché à obtenir la moindre concession. Monsieur s'est benoîtement installé sur mes terres. Tu entends bien, mes terres.

— Je ne saurais l'oublier, dit Hélène avec une pointe de sous-entendu. Sais-tu seulement si la possession d'une terre suffirait à retenir Grégoire? Quoi qu'il en soit, ma réponse est définitive. Je refuse de quitter ce fief que j'ai largement contribué à faire fructifier.

La discussion se prolongea un certain temps, mais la veuve de Guillaume Hébert se montra inflexible.

Après le départ de Guillemette, Hélène rejoignit sa famille en songeant que sa belle-sœur était de plus en plus acariâtre. Elle se demanda même comment ses enfants arrivaient à la supporter. Ce qui, à bien y penser, avait peut-être un rôle à jouer dans le besoin d'évasion de Grégoire.

13

Noël Morin se cala dans le lit qui occupait un coin de la chambre et se prépara à regarder sa femme tandis qu'elle dénouait sa coiffure avant de se coucher. Il prenait un réel plaisir à retrouver chaque soir la longue chevelure aux reflets soyeux qui apportait la douceur au visage de sa femme.

Debout au milieu de la pièce, Hélène terminait de répéter à son époux la conversation qu'elle avait eue avec Guillemette dans l'après-midi. Elle retira une dernière épingle et ses cheveux ainsi libérés tombèrent en cascade sur ses épaules.

Tout à sa contemplation, il murmura machinalement :

— Ainsi Grégoire veut partir dans les bois.

Hélène, saisissant une brosse, entreprit de démêler les boucles brunes qui encadraient son visage.

— Je reconnais, dit-elle, qu'à l'heure actuelle plus d'un parmi nos jeunes est attiré par cette vie en pleine nature.

Hélène continuait à brosser ses cheveux d'un rythme régulier tout en suivant le fil de ses pensées.

— Guillemette a bien des soucis avec ses enfants, remarqua-t-elle sur un ton de regret. La mort de sa fille aînée, Louis qui multiplie des aventures qui ne sont pas toujours heureuses… et maintenant Grégoire. Elle avait toujours fondé de très hauts espoirs sur ce garçon qui possède une grande intelligence. Et c'est encore une déception.

— Quel sombre tableau, fit Noël. Tu oublies ses autres enfants qui sont encore jeunes. Et ses trois filles qui sont fort bien mariées. À commencer par Élisabeth. Son mari, Jean Guyon, appartient à l'une des plus honorables familles de la Côte-de-Beaupré. Et sans oublier Jean Nicolet, le premier mari de Marguerite, qui était l'un de nos plus illustres explorateurs!

Hélène suspendit le mouvement de sa brosse.

— Oh! Celui-là, il tenait autant de l'aventurier que de l'explorateur. Je te l'accorde, il a le mérite d'avoir découvert les grands lacs au-delà de Ville-Marie. Mais il n'a rien eu de tant pressé que de ramener un bébé métis qu'il a eu de Dieu sait quelle indigène et qu'il a eu l'audace de confier à sa femme. Le nom illustre ne fait pas forcément le bonheur.

— Guillemette a sans doute eu le tort de viser trop haut, remarqua Noël. Rien n'a tant d'importance à ses yeux que le prestige de la colonie, surtout si son nom y est attaché. Pour ce qui est de Grégoire, il est d'âge à se marier. Il reviendra sûrement et se fixera sur une terre, comme tant d'autres.

— Je l'espère.

Hélène marqua une hésitation, puis ajouta :

— Je ne peux m'enlever de l'esprit qu'il part afin de fuir sa mère. Elle est autoritaire, vindicative, plus intolérante que jamais.

— Allons, Hélène, fit Noël, bonhomme. Elle a tout de même de grandes qualités et un mérite non moins important.

— Oh! je sais! Je ne conteste pas son mérite. Mais elle gâche tout par son tempérament agressif et ses constantes impositions. Il faut qu'elle se mêle de tout. Elle veut mener, diriger, sans scrupule, sans la moindre considération pour les sentiments des autres.

La mine congeuse, Hélène entreprit de natter ses cheveux. Noël scruta sa femme. Il décela une inquiétude cachée.

— Et tu crains qu'elle nous retire le fief Saint-Joseph, constata-t-il sur un ton entendu.

— Elle en est capable, soupira Hélène, navrée.

— Je sais tout l'attachement que tu portes à cette demeure, dit Noël.

Hélène sentit le besoin de se justifier.

— Je connais ce domaine depuis toujours. Quand mes parents rendaient visite à madame Hébert, cette maison me faisait l'effet d'un palais somptueux. Guillaume, bien que plus âgé que moi de plusieurs années, était l'un des rares enfants alors à Québec. C'était une telle joie…

Elle se mordit la lèvre, craignant d'avoir blessé son mari, puis elle ajouta :

— Et nous, Noël, tous nos enfants sont nés ici. N'y avons-nous pas été heureux? Par ailleurs, admets que nous avons plus que largement contribué à faire fructifier cette terre.

— Je le reconnais, dit son époux. Mais un fait est certain, le fief Saint-Joseph appartient à Guillemette.

— Et elle peut nous le retirer, acheva Hélène à voix basse.

Elle noua un ruban au bas de la natte. Ses doigts trem-blaient très légèrement. Elle tira sur les boucles et leva les yeux sur son mari.

— J'ai peine à le dire, mais ne serait-il pas prudent de prendre une concession?

Noël eut un léger sourire.

— Rassure-toi. C'est déjà fait.

— Déjà fait!

Dans son étonnement, c'était presque un cri qu'elle avait lancé.

— En effet, reprit son mari. J'ai, depuis plusieurs années déjà, obtenu une concession.

— Et tu ne m'en avais rien dit!

— Cela t'aurait chagrinée. Et si, par malheur, Guillemette en avait eu connaissance, cela aurait pu précipiter son désir de reprendre possession de ses terres.

— Mais comment est cette concession, où se situe-t-elle?

— Elle est d'excellente composition et suffisamment grande. Elle se trouve sur le coteau Sainte-Geneviève, à côté du fief Saint-Jean où habite Jean Bourdon.

— Mais je la connais! Elle est magnifique!

Elle s'approcha du lit et se glissa entre les draps.

— Noël Morin, dit-elle en souriant, tu es un cachottier! Mais un cachottier de génie!

Elle embrassa son époux et Noël souffla la bougie.

* * *

Charlotte poussa la porte du magasin général et offrit un sourire à son ami.

— Ah! Charlotte! s'exclama-t-il. Quel bon vent vous conduit par ici?

— Une raison bien intéressée, François, dit-elle. J'aimerais avoir un chauffe-pieds, si toutefois tu…

Elle s'arrêta net, n'ayant encore jamais usé de ce pronom familier avec le jeune Guyon.

— À la bonne heure! fit-il, tu parles enfin comme nous!

Les deux jeunes gens éclatèrent de rire, ce qui attira l'attention de Justine Chicoine. Une morsure au cœur, elle contempla les jeunes gens et murmura pour elle-même :

— C'est pourtant un bien joli couple. Quel malheur qu'elle vienne pas plus souvent rôder par ici!

Elle s'approcha tout en prêtant une oreille attentive à la conversation qui se développait entre ses protégés. François décrivait le récent mariage de son frère Denys.

— Tu pourrais pas faire comme lui? maugréa-t-elle.

— Justine! s'exclama le jeune homme en riant. Que d'impatience! Tu les auras, tes petits-enfants, je te le promets. Mais je veux d'abord installer notre commerce. Il sera bien temps après.

147

Justine marqua son désaccord par un haussement d'épaules et regagna le fond de la boutique en marmonnant :

– Si c'est pas d'valeur. Un si beau couple !…

Après le départ de Charlotte, elle ne manqua pas de revenir vers son associé, bien décidée à marquer son point.

– Qu'est-ce que tu attends pour lui parler? lança-t-elle. Si tu te décides pas bien vite, elle va te filer entre les doigts!

Dans sa surprise, le jeune homme s'appuya contre un comptoir.

– Charlotte? Parce que tu crois que…

Il se mit à rire sous le regard médusé de son associée.

– Mais non, Justine, reprit-il. Charlotte est une bonne, une très bonne amie. Sans plus. Rien d'autre n'est possible entre nous. D'ailleurs, il semble déjà trop tard. Apprends que d'ici peu elle épousera sans doute un militaire avec lequel elle retournera en France. Je le tiens de son propre frère.

Justine resta sans voix. Son univers venait de s'effondrer. Non seulement le mariage tant espéré n'aurait pas lieu, mais elle allait perdre une fille à laquelle elle s'était déjà attachée. Cherchant à cacher sa déception, elle s'affaira dans un rangement inutile, tout en ruminant sur son bonheur évanoui.

Cependant, François et Justine étaient bien loin d'imaginer les sentiments qui animaient Charlotte. Elle avait été très vivement marquée par sa visite chez les Morin. À tout instant, elle se surprenait à en revivre chaque détail, s'émerveillant de son propre bien-être au sein de cette famille à laquelle, pour une raison qu'elle n'arrivait pas à s'expliquer, elle avait l'impression d'appartenir. Elle devait aussi reconnaître que Joseph tenait une place importante dans ses sentiments. Bien malgré elle, ses pensées s'envolaient sans cesse vers ce jeune homme au sourire tendre. Elle revoyait son regard posé sur elle, pour ensuite se reprocher une conduite qu'elle qualifiait de coquette.

Elle s'obligeait à penser à Jean-Rémy de Blois, qui en plus d'une occasion avait manifesté l'intérêt qu'il lui portait. Ses intentions ne faisaient plus aucun doute. Elle cherchait à se représenter la vie qui serait la sienne à ses côtés, en France, et aussi les retrouvailles avec sa propre famille.

Mais toujours, à ce tableau, s'opposait le sourire du jeune Hébert. Si Joseph, de son côté... Devait-elle rester en Nouvelle-France?... Non. Rien ne lui permettait de supposer que Joseph entretenait des sentiments semblables aux siens. Sans compter que, en restant ici, elle n'aurait aucune possibilité d'apporter à sa famille l'aide nécessaire.

Ces pensées contradictoires l'obsédaient, ce qui n'échappa point à mère Marie de Saint-Bonaventure. Inquiète, celle-ci l'invita dans son bureau.

— Mon enfant, lui dit-elle, je vous observe depuis quelques jours et je vous trouve une bien mauvaise mine. Seriez-vous souffrante?

Charlotte ayant nié toute forme de malaise ou de fatigue, mère Marie poursuivit :

— Seriez-vous ennuyée par quelque tourment? N'hésitez pas à vous confier à moi. Je veux jouer auprès de vous le rôle d'une mère et vous conseiller si je le puis.

Charlotte se décida alors à lui confier les visites assidues de Jean-Rémy de Blois, la possibilité d'un mariage suivi d'un retour en France.

— Et c'est là ce qui vous trouble à ce point? s'étonna la religieuse.

— Je ne sais si je dois unir ma vie à la sienne.

— Ce jeune homme, l'aimez-vous?

Charlotte fit la moue.

— Il est élégant, bel homme, et ses manières sont raffinées, mais non, je ne l'aime point. Est-ce bien nécessaire? L'amour est-il si souvent au rendez-vous dans un mariage?

— Je vous l'accorde, plus d'un couple vit heureux même si les époux ne se connaissaient que depuis quelques heures avant la signature. Mais vous, mon enfant, pourquoi considérer ces épousailles? Rien ne vous y oblige.

Charlotte soupira avant de formuler sa réponse. Elle expliqua la fortune de Jean-Rémy, qui lui offrirait la possibilité de venir en aide à sa famille.

Mère Marie hocha la tête. Elle comprenait les motivations de sa jeune interlocutrice. Mais elle ne pouvait lui donner raison. Elle s'appuya au dossier de son fauteuil afin de réfléchir à la meilleure façon de lui ouvrir les yeux. Puis elle posa les coudes sur la table.

— Et vous, pour vous-même, désirez-vous quitter notre colonie et retourner en France?

Charlotte n'avait pas véritablement étudié la question sous cet aspect. Elle prit le temps d'enrouler une mèche de cheveux sur son doigt avant de répondre :

— Je l'ignore.

— Personne ne peut prendre cette décision à votre place, dit la mère supérieure. Si vous restez parmi nous, nous en serons très heureuses. Beaucoup de mes sœurs se sont déjà attachées à vous. Cependant, un conseil. Ne songez point trop à votre famille. Vous devez vous appliquer à trouver votre voie, celle pour laquelle vous êtes faite, à bien conduire *votre* vie. Qu'adviendrait-il si, après vos épousailles, votre mari refusait de secourir les vôtres? Sans oublier que votre famille ne pourra en aucune façon vous procurer les joies d'un mariage heureux. C'est un devoir, vous devez songer d'abord à vous-même.

Cette conversation laissa Charlotte perplexe. Sûrement mère Marie avait-elle raison. Pourtant, quel avenir l'attendait en Nouvelle-France? Elle s'était bien gardée de parler de Joseph. D'un côté, se trouvait une certitude, qui ne lui plaisait guère mais qui pouvait apporter le bonheur à d'autres. De l'autre, une éventualité…

* * *

Charlotte avait si bien œuvré à l'Hôtel-Dieu de Québec qu'elle s'y était taillé une réputation d'excellente soignante. Elle avait même réussi à gagner l'entière confiance du chirurgien-chef Madry en personne. Celui-ci en était venu à lui confier certains soins à domicile, comme en cette fin de journée de décembre.

Elle venait de soigner un homme dans une cabane isolée et se trouvait encore sur le plateau de Sillet. Il venait du fleuve un vent glacial annonciateur de neige qui balayait tout sur son passage et s'engouffrait dans toutes les ouvertures. Elle serra sa cape contre elle et, courbant l'échine, pressa le pas. Mais le vent tourbillonnant soulevait les pans de ce vêtement déjà bien insuffisant et en gonflait la capuche.

Charlotte soufflait sur ses doigts engourdis sans obtenir de réconfort. Ses pieds douloureux lui donnaient l'impression de marcher sur des corps étrangers, comme si des cailloux s'étaient introduits dans ses bottines.

«Si j'arrive à la ville avant la nuit, songea-t-elle, tout ira bien.» Pour s'encourager, elle imagina le bon feu que Jean-Baptiste avait sûrement allumé. Jean-Baptiste… De quelle humeur serait-il ce soir? Son frère l'inquiétait à plus d'un titre.

Il se montrait de plus en plus taciturne. Charlotte savait que c'était en raison de son travail au magasin de la Compagnie, dont il refusait de lui parler. Si bien qu'elle devinait, par son obstination même à garder le silence, un coup fourré qu'il voulait lui cacher. C'était bien là sa plus grande source d'inquiétude. Quelle situation grave voulait-il ainsi dissimuler, et pourquoi?…

Toute à ses pensées, elle n'entendit point le pas lourd des deux bœufs qui approchaient et s'étonna de voir s'arrêter près d'elle une charrette à la bâche bien tendue sur ses arceaux.

151

Un homme se penchait vers elle. Il ne lui fallut que quelques secondes pour reconnaître Joseph Hébert, qui proposait de la conduire chez elle. Sans hésitation, elle accepta cette offre qui venait si à propos. Elle monta dans la charrette et s'enfonça sous la protection de la bâche.

— Je vous suis reconnaissante, monsieur Hébert, dit-elle en grelottant. Sans vous, j'aurais sans doute été transformée en glaçon avant d'atteindre le niveau du fleuve.

— Mais aussi, vous n'êtes pas assez couverte! Quelle idée de sortir vêtue de la sorte! Tenez, prenez cette couverture.

Il lui tendit une fourrure, dans laquelle Charlotte s'enroula.

— Ignorez-vous donc que l'on peut mourir de froid? Le niveau du fleuve, vous auriez fort bien pu ne jamais l'atteindre! Il vous faut des vêtements plus chauds.

— C'est que je n'en ai guère les moyens.

— Il ne s'agit pas de moyens, mais d'une nécessité absolue, insista-t-il.

Charlotte sentait des picotements dans les mains tandis qu'une bienfaisante chaleur la gagnait.

— Mmm… que c'est bon! murmura-t-elle.

Joseph tourna les yeux vers cette forme poilue d'où n'émergeaient que le nez et deux grands yeux noirs qui lui souriaient. Attendri, il lui rendit son sourire.

— Et d'où venez-vous à une heure pareille?

— Du fond de Sillery où je suis allée soigner un homme, répondit-elle en frictionnant ses pieds.

— Du fond de Sillery! s'exclama Joseph qui se demandait s'il devait admirer son courage ou blâmer son inconscience. Quelle imprudence! Il faut vous faire accompagner. Ce n'est pas raisonnable d'aller si loin seule et sans arme. La prochaine fois, faites-moi signe. Je vous y conduirai.

Joseph avait dit ces paroles avec une telle conviction que Charlotte se sentit émue. Elle examina son profil vigoureux qui l'émerveillait autant qu'au premier jour. À ses côtés, elle se sentait en confiance comme avec un ami de longue date.

Elle lui décrivit son travail et tout ce qu'elle avait découvert dans la colonie, s'étonnant de son aisance, qui ne lui était pas coutumière à une première rencontre. Avec lui, tout devenait si simple. Elle alla même jusqu'à lui confier ses récentes préoccupations concernant son frère.

— Il faut qu'il prenne une charge, dit-il après l'avoir écoutée, qu'il se fasse secrétaire. Laissez-lui le temps, il trouvera bien, et ne vous faites point trop de soucis.

Charlotte fut surprise du soulagement que lui procuraient ces simples paroles. Tout devenait facile. Comme il faisait bon être en compagnie de Joseph Hébert!

Celui-ci l'observait à la dérobée et se réjouissait du sourire qu'il pouvait lire sur ses lèvres. L'émotion qu'il ressentait dépassait de beaucoup tout ce qu'il avait connu jusque-là. La présence de cette jeune fille près de lui le troublait fortement. L'envie lui prenait de la toucher, de la sentir tout contre lui.

L'idée qu'un autre aurait pu le devancer le tenailla un instant. Voulant en avoir le cœur net, il énonça :

— Je m'étonne qu'une demoiselle comme vous ne soit pas déjà mariée.

Charlotte se redressa vivement, ses joues se colorant malgré le froid.

— Apprenez que je ne suis pas une «fille à marier»! s'exclama-t-elle. Je choisirai moi-même un époux quand bon me semblera!

Joseph ne put retenir un sourire devant cet emportement.

— J'en prends bonne note, dit-il. Celui-là sera assurément favorisé par le sort.

Favorisé par le sort... Était-ce là une déclaration? Charlotte n'en croyait pas ses oreilles, son cœur se gonfla de joie.

Elle aurait voulu que le trajet ne se termine jamais, mais déjà la charrette s'arrêtait devant le terrain de Pascal Lemaistre où logeaient les Poitiers. Elle remercia de nouveau et s'apprêta à prendre congé. Mais Joseph la retint.

— Je ne sais, dit-il, lequel de vous ou de moi devrait être le plus reconnaissant. Vous de la chaleur retrouvée, ou moi de ce froid qui m'a permis une si agréable rencontre. J'espère que nous pourrons recommencer.

Charlotte sourit malicieusement.

— Souhaitons donc une nouvelle vague de froid.

— Elle ne saurait tarder, dit-il en lui offrant un sourire chaleureux.

Le cœur battant, Charlotte gagna son logis où Jean-Baptiste l'accueillit avec enthousiasme, appliquant le tutoiement qu'ils utilisaient entre eux depuis peu.

— Quel dommage que tu ne sois pas arrivée plus tôt! Jean-Rémy vient tout juste de quitter les lieux.

Cette nouvelle n'eut pas le résultat escompté.

— Vraiment? dit-elle d'un ton froid.

Sans tenir compte de l'attitude de sa sœur, il chercha à donner du poids à ses paroles.

— Sa visite était d'une grande importance, commença-t-il. Écoute-moi bien, Charlotte. Il vient de me demander ta main.

— Et qu'as-tu répondu? demanda-t-elle sur un ton plat.

— Je pense que ta décision ne fait aucun doute, dit-il.

Charlotte se décida enfin à lever les yeux sur son frère.

— Si j'avais été présente, dit-elle calmement, je lui aurais donné une réponse négative.

Stupéfait, Jean-Baptiste s'indigna :

— Comment! Négative! Enfin, Charlotte, réfléchis à cette chance… à ces conditions uniques…

Il s'interrompit, surpris par un sourire délicieux de sa sœur dont les yeux se revêtaient de velours.

— Baptiste, ne me pose aucune question.

Sa voix était douce, étrange, mais sans équivoque.

— Ma décision est prise, continua-t-elle. C'est non.

Jean-Baptiste ouvrit la bouche, d'où il ne sortit aucun son. De son côté, Charlotte baissa les yeux sur son secret.

14

L<small>A NEIGE</small> était tombée pendant plusieurs jours en flocons serrés, recouvrant la terre d'un tapis moelleux. Le paysage avait perdu son aspect habituel. Les lignes du décor familier s'étaient estompées, empruntant des formes arrondies sous cet épais manteau. Même la ville semblait transformée tandis que les toits et les lucarnes se coiffaient de capuchons blancs. Devant chaque maison, un monticule indiquait ce qui avait été déblayé afin de se frayer un passage. Par endroits, la neige atteignait une telle profondeur qu'il devenait difficile de circuler.

Le fleuve s'était figé en une masse glacée balayée par le vent. Ce vent chargé de frimas frappait de plein fouet le logis en bois des Poitiers, où il semblait s'introduire par toutes les jointures. Le feu dans l'âtre suffisait à grand-peine à neutraliser les attaques de cet hiver glacial.

La nuit, Charlotte devait se coucher presque entièrement habillée afin de lutter contre le froid. Chaque matin à son réveil, elle découvrait, accroché au plafond au-dessus de sa tête, un glaçon, stalactite menaçante formée par sa propre respiration. Si elle ne prenait pas soin de le détruire, elle l'aurait retrouvé le soir venu et il aurait continué à grossir et à s'allonger de nuit en nuit.

Tout gelait dans le logis, à commencer par l'eau pour la toilette et le lait du déjeuner qu'il fallait casser à coups de hachette avant de pouvoir les faire chauffer.

Mais ce soir, Charlotte se moquait du froid, de la neige et des glaces. Ce premier soir de janvier 1660, elle s'apprêtait à se rendre au fief Saint-Joseph afin d'y célébrer les fiançailles d'Angélique et de Louis Taschereau. Ses yeux brillaient, tout habités de joie. Le bonheur d'Angélique contribuait à cette allégresse, mais bien plus encore la perspective de revoir Joseph.

Depuis leur rencontre fortuite, les pensées de Charlotte s'étaient constamment tournées vers le jeune homme. Tout au fond de son cœur, elle caressait un rêve qui allait grandissant.

Jean-Baptiste était déjà parti, invité lui-même à une soirée chez les Bourdon. Une soirée qui devait rivaliser avec celle des Morin. Anne Bourdon avait pris soin d'inviter tout ce que la colonie comptait de gens prestigieux, bien décidée à ne pas se laisser devancer par ceux qui étaient appelés à devenir ses voisins.

En l'absence de son frère, Charlotte laissa libre cours à sa joie. Elle avait retiré de son coffre une robe en velours bleu nuit, plus toute jeune mais qui avait fait les beaux jours de sa vie passée en Picardie. Au-dessus de la jupe ample, le corsage en pointe lacé par-devant se terminait par un décolleté qui mettait en valeur l'arrondi de ses épaules. Un col rabattu en dentelle couvrait de festons blancs les manches et la poitrine, où elle avait piqué un camée noir. Le velours sombre des manches bouffantes, qui s'arrêtaient tout juste sous le coude, faisait ressortir la finesse des manchettes en dentelle.

Un simple rang de perles, portant en pendentif une minuscule croix en or, soulignait la délicatesse de son cou. Ses cheveux noirs, ramenés en chignon, dégageaient la nuque, et une succession d'ondulations et de boucles encadraient ses tempes.

Sa toilette terminée, elle en vérifia le résultat. Sa petite glace, bien insuffisante pour lui permettre de se voir en entier, lui renvoya l'image d'un visage radieux, éclairé par des yeux étincelants, tandis que ses pommettes se coloraient d'une roseur inhabituelle.

Il ne lui restait plus qu'à attendre l'heureux déroulement de cette soirée. Dans un élan d'enthousiasme, Charlotte esquissa quelques pas de danse, faisant tournoyer la large jupe autour de ses chevilles. Puis elle se mit à rire. Un sentiment d'insouciance s'emparait d'elle tandis qu'elle s'abandonnait à une gaieté jusque-là étouffée par l'austérité des derniers mois. Légère, elle virevolta. Ses pieds touchaient à peine le sol; elle s'envolait.

Un coup frappé à la porte l'arrêta net. La jeune fille ouvrit sur un homme au bonnet de laine enfoncé sur les yeux, ses mitasses[1] de fourrure bien lacées sur ses mollets. Angélique l'avait prévenue qu'elle lui enverrait leur homme de confiance et cocher afin qu'elle n'arrive pas transie et toute crottée. Cette proposition avait étonné Charlotte.

— Quel véhicule peut donc passer dans toute cette neige? avait-elle demandé.

Mais Angélique, prenant un air mystérieux, s'était contentée de dire :

— Tu verras! C'est une invention de mon père.

Charlotte n'ignorait pas que Noël Morin était charron de métier et elle se demandait quel pouvait bien être ce véhicule extraordinaire capable de vaincre la neige.

Elle suivit l'homme de confiance des Morin et découvrit bientôt le véhicule le plus étrange qu'elle eût jamais vu. Il s'agissait d'une traîne de petite taille, très basse, presque au ras du sol, et tirée par des chiens.

Rassemblant ses jupes, Charlotte prit place dans ce traîneau qui avait la forme d'une boîte carrée et s'enroula dans

---

1. Mitasses : sorte de guêtres en peau, en laine ou en toile.

les fourrures qui s'y trouvaient. Quant à l'homme, il se plaça debout à l'arrière de la traîne, un pied sur chaque patin. Il fit tourner un long fouet au-dessus de sa tête en criant un «Ho! Ho!» qui résonna dans le silence de la nuit. Aussitôt, les chiens se mirent en route, adoptant un trot rapide. La traîne glissa, silencieuse dans un décor de neige scintillante sous une voûte étoilée. Elle n'avait plus qu'à se laisser porter… vers Joseph.

À son arrivée chez les Morin, elle fut déçue de constater que le frère de son amie n'était pas encore là. Cherchant à dissimuler des sentiments trop vifs, elle se mêla aux invités, tout en surveillant l'entrée de la salle. Et lorsqu'elle reconnut la haute silhouette, elle ne put retenir les battements de son cœur.

Joseph s'était arrêté sur le pas de la porte. Pour une fois, il avait abandonné ses habits de paysan et, s'il ne portait pas comme la plupart des jeunes de son âge, boucles et fanfreluches, il était vêtu d'un ensemble sombre au col carré qui soulignait sa taille haute et musclée.

Il parcourut des yeux la grande salle. Éclairée de bougies et de lanternes, elle offrait l'éclat des plus grands jours. Les invités, déjà nombreux, se regroupaient selon leurs affinités ou dansaient.

Il cherchait Charlotte, qu'il repéra bientôt au centre d'un quadrille, au bras d'un jeune homme. Sentant monter en lui une pointe de jalousie, il le qualifia d'emblée de blanc-bec sans intérêt. Il attacha son regard à la jeune fille. Le visage aux traits fins lui sembla encore plus délicieux qu'à leur première rencontre. La large jupe de sa robe mettait en évidence la finesse de sa taille et l'élégance de ses gestes. Il ne pouvait plus en détourner les yeux. Son cœur battait le rythme du plaisir qu'il éprouvait à la revoir.

Jouant un pari stupide avec lui-même, il songea : «Si elle me voit et me sourit, j'en ferai ma femme.»

Presque aussitôt, les yeux noirs se tournèrent vers lui et Charlotte lui adressa un sourire chaleureux.

Joseph aurait voulu voler jusqu'à elle et la saisir sur-le-champ dans ses bras. Pourtant, il n'en fit rien. Il se sentait le devoir de jouer le rôle du fils aîné de la maison. Après avoir embrassé sa mère et sa tante Guillemette, il fit le tour de l'assemblée, saluant chacun et prenant le temps de s'intéresser aux propos des uns et des autres. Il expédia un tendre sourire en direction de sa sœur Angélique qui, les joues rougies par son bonheur, devisait sous le regard attentif de Louis.

Il s'approcha de Grégoire Couillard et, lui tapant sur l'épaule, lui lança :

— Alors, mon cousin, c'est bientôt le départ, à ce qu'il paraît.

— Tout juste, rétorqua celui-ci. Dès que les glaces auront fondu.

Joseph retint difficilement un mouvement d'envie. Il n'avait pas oublié les longues courses qu'il avait réalisées lui-même à peine quelques années plus tôt, et encore moins le bonheur de circuler librement dans les bois et les grands espaces. Il s'informa de l'endroit où désirait se rendre son cousin.

Grégoire eut un coup d'œil complice.

— Dans le pays d'en haut en passant par celui du Saguenay.

En connaisseur, Joseph hocha la tête. Pour un peu, il aurait offert de l'accompagner. Repoussant cette idée, il demanda qui seraient ses compagnons.

Un large sourire aux lèvres, Grégoire mentionna trois noms que Joseph connaissait bien. Il ne put qu'approuver son choix.

— Tous de vieux habitués, et des meilleurs.

— N'est-ce pas ? releva Grégoire, radieux. Avoue que l'on ne peut guère trouver un meilleur équipage.

— Je te l'accorde.

Grégoire étudia son cousin pendant quelques instants.

— Et toi, Joseph, pourquoi ne te joindrais-tu pas à nous? Personne ne connaît mieux les bois que toi.

— Non, dit-il simplement, je ne pars pas.

— Pour quelle raison? Tu ne me feras jamais croire que tu peux avoir oublié les bois ni que l'amour de la terre peut avoir remplacé celui des grands espaces.

— Non, fit Joseph d'un ton rêveur, pas la terre.

— Alors… celui d'une femme? avança Grégoire.

— Cela se peut, répondit Joseph, évasif.

À l'autre bout de la pièce, Charlotte, un peu déçue par la distance que Joseph semblait vouloir conserver, s'arrêta, hésitante, dans l'encoignure d'une fenêtre. Angélique la rejoignit.

— Ne t'amuses-tu donc pas, Charlotte? s'enquit-elle.

— Si, dit celle-ci très vivement. C'est l'une des plus belles soirées à laquelle il m'ait jamais été donné d'assister.

— Mais, bien sûr, tu ne connais que peu de personnes. Viens, je vais te présenter.

Charlotte suivit Angélique, cherchant à se montrer aimable. Mais le cœur n'y était pas, jusqu'au moment où elle se trouva devant un homme au visage légèrement arrondi et aux yeux bruns empreints de bienveillance qui s'animèrent à son approche.

— Ne dis rien, Angélique, dit-il d'un ton enjoué. Je crois savoir qui est ta compagne. Ne seriez-vous pas mademoiselle de Poitiers, l'amie de mon jeune frère François?

Charlotte eut un geste de surprise.

— Si fait. Mais dans ce cas, vous êtes Jean, le fils aîné de la famille Guyon.

Jean Guyon sourit largement.

— Vous avez trouvé! Nous sommes donc en pays de connaissance, ce qui m'autorise à vous inviter pour cette danse.

À distance, Joseph Hébert suivit des yeux le couple que formaient les danseurs, sentant poindre de nouveau un début de jalousie.

Ayant suivi son regard, Grégoire s'exclama :

— Qui est donc cette personne? Quel joli brin de fille! Si je ne partais pas dans les bois, je crois bien que j'en ferais mon affaire, et dès à présent!

Joseph fit un effort pour se dominer.

— Elle se nomme Charlotte de Poitiers, dit-il. C'est une amie d'Angélique.

Grégoire scruta le visage de son cousin et décela aisément l'intérêt qu'il portait à cette jeune personne.

— Dis-moi, Joseph, fit-il, légèrement goguenard. Cette femme qui exerce sur toi une influence capable de te détourner des bois, ne serait-ce pas cette jeune fille qui danse en ce moment au bras de mon beau-frère?

Joseph sursauta, puis céda à un sourire, comme pris en défaut.

— Grégoire, lui avoua-t-il, on ne peut rien te cacher.

Décidant alors qu'il avait suffisamment rempli ses obligations de fils de la maison, il se présenta devant Charlotte dès que la danse se termina et l'invita à son tour.

Il ne fut pas sans remarquer une certaine rougeur envahir son visage. Sa main légère sur la sienne était agitée d'un tremblement à peine perceptible, mais qui suffit à faire battre son cœur un peu plus vite.

Au moment où allait commencer le quadrille, et contrairement à toute étiquette, il saisit la main fragile dans la sienne et dit :

— À partir de ce moment, nous ne nous quitterons plus de la soirée. Je désire que toutes les danses me soient réservées.

Charlotte ne voulut point laisser paraître trop tôt le plaisir que lui procurait cette imposition. Prenant un air enjoué, elle esquissa une révérence.

— Je suis votre servante, messire, dit-elle. Mais que me vaut cette requête?

Joseph l'enveloppa du regard.

— Lorsque je découvre une fleur précieuse, je la conserve jalousement.

— Je ne sais si je suis une fleur, reprit Charlotte sur le même ton. Mais quand cela serait, qui ou quoi vous permet donc de croire que je sois à cueillir?

— S'il n'en tenait qu'à moi, je le ferais à l'instant même.

Cette fois, Charlotte se contenta de lui sourire, mais l'éclat de ses yeux fit comprendre à Joseph que sa déclaration ne lui était pas indifférente.

Ils dansèrent longuement sans se quitter des yeux. Chaque nouvelle danse, gavotte ou bourrée, les voyait évoluer en savourant manifestement le plaisir d'être l'un près de l'autre. Ce qui n'échappa point à l'aimable assistance.

Guillemette Couillard avait passé une partie de la soirée à observer Grégoire. Elle avait fondé sur cette fête l'espoir qu'une beauté nouvellement arrivée en vienne à capter le cœur de son fils, le détournant de son projet. Voyant son propre neveu jouer le rôle qu'elle avait désiré pour son cadet, elle en tira un très net dépit et, dès lors, voua à la jeune fille une haine aussi durable qu'aucunement méritée.

Elle s'approcha d'Angélique et vitupéra :

— Il semble, ma nièce, que ta protégée ait jeté le grappin sur ton frère. À ta place, je lui en tiendrais rigueur, car ce sont eux qui font figure de fiancés.

La jeune promise connaissait trop bien sa tante pour se sentir blessée par cette remarque.

— Tes propos me chagrinent, ma tante, dit-elle. Je me réjouissais justement du bonheur de Joseph, tout comme de celui de Charlotte.

La soirée se termina sur une gavotte. Les invités quittèrent la maison, les uns après les autres. Seuls Charlotte et Joseph demeurèrent l'un près de l'autre, se souriant, inconscients de ce qui se passait autour d'eux.

Lorsque enfin ils réalisèrent que tous étaient partis, ils éclatèrent de rire. Puis Joseph, se penchant sur elle, lui sourit en murmurant :

— J'aurais voulu que cette soirée ne se termine jamais. Il me tarde déjà d'en venir à notre prochaine rencontre.

— Je n'attends rien d'autre, répondit Charlotte.

Il lui serra la main et lui sourit tendrement.

— Tu n'attendras pas longtemps, je te le promets.

* * *

Lorsqu'elle se leva, le lendemain, Jean-Baptiste avait déjà allumé le feu. Il avait cassé l'eau et le lait gelés, et s'apprêtait à les faire chauffer. Un soleil déjà brillant, filtré au travers des carreaux de cuir parcheminé, remplissait la pièce d'une lumière dorée.

Charlotte s'élança vers la lucarne, qu'elle ouvrit toute grande malgré le froid.

— Quelle journée radieuse! s'exclama-t-elle, embrassant du regard la vaste étendue figée.

La glace du fleuve, répondant à l'ardeur du soleil, renvoyait des rayons aveuglants qui la firent cligner des yeux. Elle referma la fenêtre et s'en éloigna le sourire aux lèvres. Puis, écartant les bras en un geste de bien-être, elle lança :

— Je le sens, nous allons vivre une excellente année 1660. Une année comparable à nulle autre!

Elle esquissa quelques pas de danse, tournoyant entre la table et l'armoire. Sous le regard médusé de son frère, elle saisit deux bols qu'elle plaça sur la table, sans arrêter le mouvement rythmé de ses pieds.

Charlotte n'avait pas habitué son frère à tant de démonstrations enthousiastes. Aussi la contempla-t-il bouche bée, tenant toujours à la main la casserole de lait que dans son étonnement il avait négligé de poser sur la plaque de fonte.

Voyant son expression, elle se mit à rire.

— Ne fais pas cette tête-là, Baptiste. Je suis heureuse! J'ai vécu une soirée… merveilleuse! J'ai dansé… dansé…

Elle exécuta quelques nouveaux pas.

Jean-Baptiste se décida enfin à mettre la casserole de lait sur le feu.

— Eh bien! En voilà, une nouvelle, dit-il, son étonnement allant grandissant.

Jamais il n'avait vu sa sœur dans une humeur aussi euphorique.

— J'ai dansé, continua-t-elle sur sa lancée mais d'un ton plus nuancé, et chaque fois avec le même danseur.

Le poids de cette déclaration le frappa de plein fouet.

— Ma foi, ma sœur, s'exclama-t-il, mais tu es amoureuse!

Malicieuse, elle fit une révérence.

— Je crois en effet que c'est ainsi qu'on nomme ce sentiment.

Jean-Baptiste aurait voulu bondir de joie. Mais fidèle à la promesse faite à leur mère, il se sentait responsable de sa sœur. Il lui semblait devoir tenir un rôle précis qu'il ne savait comment aborder.

Lentement, il versa le lait chaud dans les bols et s'installa à table.

— Tout doux, dit-il alors. Il ne convient pas de se laisser emporter par une impression que l'on pourrait regretter sa vie durant. Il me semble évident qu'il me faudra rencontrer ce jeune homme au plus tôt.

Déçue par cette remarque, Charlotte s'arrêta net. Elle s'était attendue à plus d'enthousiasme. Depuis leur arrivée dans la colonie, Jean-Baptiste ne cessait de lui parler de mariage, et voilà qu'il prenait cet événement de haut. D'un air boudeur, elle déposa sur la table le sucrier, un quignon de pain et des confitures, après quoi elle prit place à son tour devant le bol fumant qu'elle ne se décidait pas à toucher. Maussade, elle lança :

— Est-ce bien nécessaire?

Jean-Baptiste haussa les sourcils.

— Si c'est nécessaire? Ta question m'étonne, Charlotte. Je me sentirais indigne si je ne me préoccupais pas de ton avenir.

Il l'interrogea sur l'identité du prétendant, sur ses intentions, son métier. L'assurance tranquille de sa sœur lui plaisait. Mais quand il lui fit remarquer que jamais elle ne retournerait en France, elle se troubla et fondit en larmes.

Déconcerté, Jean-Baptiste lui serra la main, ne sachant plus quelle attitude prendre.

— Il m'est pénible de ne plus revoir ma famille, balbutia-t-elle. J'avais tant misé sur le réconfort que nous allions leur apporter. Et voilà que c'est mon bonheur que je choisis, mon seul bonheur.

Ses lèvres tremblaient.

— Trouves-tu que je manque de générosité?

Pris de compassion, Jean-Baptiste lui tapota la main.

— Non, Charlotte, tu fais bien. On ne peut pas toujours ne songer qu'au bonheur des autres. Je ne pourrai que me réjouir si tu trouves le tien ici. Et j'aurai au moins la certitude que ce voyage n'était pas vain.

— Pas vain?

Jean-Baptiste se bascula sur son siège.

— Autant te l'apprendre dès maintenant, j'ai moi-même pris une décision assez voisine de la tienne même si l'amour n'y tient aucune part. Sache que d'ici peu j'aurai cessé toute activité avec les pelleteries.

Charlotte en fut abasourdie.

— Tu les quittes! Après tout ce que tu en as dit! Et… Mais pour quelle raison?

Jean-Baptiste fit la moue.

— Oh! Tu sais bien que je ne suis pas heureux dans ce rôle de subalterne où l'on m'a cantonné. Mais il y a plus grave. Je me suis rendu compte que monsieur Bourdon est un malhonnête homme.

— Comment! s'exclama Charlotte, stupéfaite.

— Je dis bien malhonnête. Il fait fi du monopole de la Compagnie des Cent-Associés, pour laquelle il travaille pourtant. Il expédie en France des cargaisons de peaux à son propre compte, utilisant une filière secrète. Et comme si cela ne suffisait pas, il pratique des malversations, empochant une part de ce qui devrait revenir à la Compagnie. Voilà d'où vient sa fortune! Et je ne te cache pas que je répugne à emboîter le pas à un... un voleur.

Dans sa surprise, Charlotte se mit à entortiller ses cheveux.

— Et alors, que comptes-tu faire?

Savourant par avance la révélation qu'il allait faire, Jean-Baptiste afficha un sourire victorieux.

— J'ai l'intention de travailler auprès de monseigneur de Laval, dont j'ai fait la connaissance hier soir. Nous avons longuement discuté et, avant que la soirée ne se termine, il m'a offert de travailler à ses côtés. Il s'agit d'une fonction de secrétaire, mais qui exige une participation active à titre d'assistant de monseigneur dans plus d'un domaine touchant à l'administration de ce diocèse. Un emploi qui ne me semble pas dépourvu d'intérêt.

— Et tu as accepté!

— En effet! Ce n'est pas encore un poste prestigieux, mais qui sait si avec le temps je n'obtiendrai pas quelque charge?

— Mais dans ce cas, tu ne rentreras pas en France!

— Non, pas pour l'instant du moins. Je le reconnais, c'est l'effondrement de tous mes rêves d'une fortune à ramener à Saint-Vaast. Une fortune, je l'avoue, qui n'existait que dans mon imagination.

Un sourire malicieux éclaira ses yeux.

— Et maintenant..., connaissant ces nouvelles dispositions, trouves-tu que je manque de générosité?

Charlotte éclata de rire.

— Baptiste, tu me soulages d'un poids!

Elle se décida enfin à porter le bol à ses lèvres et fit la grimace. Le lait avait eu le temps de refroidir.

15

CHARLOTTE scruta le ciel obscurci par une neige qui tombait depuis le matin. Elle se demanda si elle avait bien fait d'accepter l'invitation d'Angélique à passer l'après-midi avec elle. Si le temps ne s'améliorait pas, elle aurait sans doute grand-peine à retourner au logis le soir venu. Elle dut s'avouer qu'elle n'aurait pas bravé cette intempérie si elle n'avait pas espéré retrouver Joseph. Depuis le bal, quinze jours s'étaient écoulés sans nouvelles. Deux semaines dans l'attente d'une rencontre qu'elle désirait avec impatience.

Les flocons voltigeaient autour d'elle, s'arrêtaient un instant, suspendus dans les airs, puis virevoltaient comme pris dans une farandole échevelée. Ses pieds s'enfonçaient déjà jusqu'aux chevilles. De temps à autre, soufflant une rafale à ras de terre, le vent soulevait une poudrerie. La neige très fine semblait alors glisser sur le sol avant de s'élever en tourbillons. Elle s'introduisait par tous les orifices, coupant la respiration, piquant les yeux, qu'elle aveuglait.

Charlotte ne continua pas moins sa progression et se sentit soulagée en reconnaissant les hautes bornes qui marquaient l'entrée du fief Saint-Joseph. Mal chaussée avec ses bottines trop lisses, elle avança sur l'allée en glissant et en trébuchant jusqu'à la maison.

Avant d'actionner le heurtoir, elle ferma les yeux, essayant de contenir son émotion. «Non, se gourmanda-t-elle. Pas aujourd'hui. Il n'est sûrement pas assez fou pour se risquer par un temps pareil.»

Elle s'épousseta et frappa des pieds sur le sol afin de secouer la neige qui la couvrait.

Angélique l'accueillit joyeusement et les deux jeunes filles s'isolèrent dans le petit salon.

Charlotte se pencha devant la cheminée et allongea ses mains vers les flammes. Elle redressait une bûche quand elle entendit des pas qui approchaient. D'instinct, elle le savait : ça ne pouvait être que lui. Osant à peine y croire, elle se releva.

Il était là, devant elle, lui offrant un sourire éclatant.

Elle fut aussitôt saisie par une vive émotion qui la laissa sans voix.

Angélique s'éclipsa sans même que son frère et son invitée s'en rendent compte.

Joseph s'approcha de Charlotte et tout doucement prit ses mains dans les siennes.

— Te voilà enfin. Le temps m'a semblé si long!

Sa voix se faisait douce, presque un murmure, comme s'il eut voulu partager un secret avec elle seule.

— Si j'avais su, répliqua-t-elle, je n'aurais même pas hésité à venir.

Il resserra un peu l'étreinte sur ses mains. Son regard intense l'enveloppait tout entière.

Ils demeurèrent ainsi, face à face, les yeux dans les yeux, tous deux conscients du bonheur qui les habitait l'un et l'autre.

— Jamais plus nous resterons si longtemps sans nous voir, lui promit-il.

Il souleva ses mains et ses lèvres effleurèrent les bouts de doigt qui émergeaient des siens.

— Comme tes mains sont froides, dit-il. Mais tu es glacée! Viens t'asseoir près du feu.

La jeune fille s'installa à côté de l'âtre. Tout en lui frictionnant les mains, Joseph la regardait, détaillant son visage. Ses cheveux encore humides après son passage sous la neige se resserraient en fines bouclettes. Le profil délicat était animé par le mouvement des lèvres pleines et le battement des paupières bordées de longs cils gracieusement recourbés. Les pommettes se coloraient au contact de la chaleur retrouvée. Il la sentait vulnérable, fragile, malgré l'assurance qu'elle affichait et en fut ému. Il aurait voulu lui dire son amour, mais il n'osa pas. Pas encore. Il ne voulait pas effaroucher cette jeune fille qui prétendait choisir elle-même celui qu'elle aimerait.

S'avisant qu'il ne connaissait rien de sa vie passée, il décida de la questionner.

Charlotte lui parla de sa vie à Paris, puis de Saint-Vaast. Joseph nota tout l'amour qu'elle mettait dans la description du vieux manoir. Il écouta avec amusement le récit des jeux dont elle faisait profiter ses sœurs, admira son esprit inventif et sa gaieté, s'émut en apprenant la mort du père puis de la mère. Enfin, il s'inquiéta en l'entendant énoncer le but que Jean-Baptiste et elle s'étaient fixé en venant en Nouvelle-France.

Et lorsqu'elle se tut, il demeura perplexe.

— Charlotte, osa-t-il demander, tu vas donc repartir en France?

Tirée de ses souvenirs, la jeune fille sursauta.

— Non, fit-elle.

Elle leva les yeux sur son compagnon et son regard se fit velouté.

— Non, Joseph. Je reste en Nouvelle-France. Ma décision est prise… depuis peu.

Comprenant qu'il avait un rôle à jouer dans cette décision, le jeune homme eut du mal à contenir un élan de joie. Il posa la main sur la sienne et la serra légèrement.

— Tu ne le regretteras pas, je te le promets.

À son tour, il lui décrivit ses courses en forêt ainsi que le bien-être qu'elles lui avaient procuré. Charlotte l'écoutait et s'étonnait. Elle découvrait un caractère de la vie en Nouvelle-France qu'elle avait ignoré jusque-là. Que l'on puisse s'aventurer dans cet univers inculte et en tirer une quelconque satisfaction ne l'avait pas effleurée. Mais à entendre Joseph décrire la beauté d'une cascade, la grâce d'une biche, elle discernait un aspect insoupçonné qui lui ouvrait de nouveaux horizons.

— Comme j'aimerais partager ce bonheur avec toi, dit-il en conclusion. Je voudrais te faire connaître cette nature sauvage et le plaisir de marcher librement, sans la moindre contrainte. Te crois-tu capable de me suivre dans les bois?

Saisie par cette question, Charlotte ne put retenir un mouvement de frayeur. Mais il fixait sur elle un regard où se lisait tant d'espoir, qu'elle n'osa pas refuser.

— Avec toi, Joseph, je n'aurais peur de rien.

Heureux de cette réponse, il lui serra la main.

— Tu verras, ce sera merveilleux!

Cependant, bien avant de pouvoir partir à l'assaut d'une forêt vierge, il convenait de se plier aux exigences de Jean-Baptiste. Les jeunes gens décidèrent d'une prochaine rencontre, chez les Poitiers, pour un souper qui laisserait au frère de Charlotte toute latitude pour faire connaissance avec Joseph.

* * *

Mis au courant de ces projets, Jean-Baptiste se sentit mal à l'aise dans le rôle qu'il s'était lui-même imposé. S'il n'avait éprouvé aucune difficulté à sonder le cœur de sa sœur, il se voyait mal évaluer un garçon qui se trouvait être de son âge. Quelle attitude devrait-il adopter : un comportement détaché qui lui permettrait d'observer à la dérobée, ou au contraire une mine sévère afin de s'imposer malgré l'égalité d'âge?

Un peu confus, il décida de faire appel à Charles Aubert et à François Guyon. Tous deux acceptèrent de le seconder tout en faisant valoir qu'il était bien inutile de se poser en juge devant Joseph Hébert, que François, surtout, connaissait depuis toujours.

Le soir convenu, Joseph se présenta chargé d'un paquet volumineux qu'il remit entre les mains de Charlotte. Puis, ayant reconnu son ami, il s'exclama :

— François! Pour une surprise!…

Se reprenant aussitôt, il serra la main de Jean-Baptiste qui accusait le coup devant la stature imposante du prétendant de sa sœur.

Charlotte, qui venait d'ouvrir le paquet, poussa une exclamation de surprise devant les raquettes que Joseph lui offrait.

— Cela t'aidera dans tes déplacements, dit-il.

— À condition que je sache m'en servir.

S'amusant déjà de sa propre ignorance, elle enfila les pieds dans les harnais et tenta maladroitement d'exécuter quelques pas, sans toutefois prendre soin d'emboîter les raquettes à chaque enjambée. Consciente du ridicule de sa position, elle riait de sa maladresse.

— Crois-tu vraiment que je saurai maîtriser un semblable appareil?

La voyant ainsi les jambes écartées, dodelinant d'un pied sur l'autre comme une oie sauvage, Joseph laissa fuser son rire au timbre enfantin.

— Je t'apprendrai, dit-il. Ce n'est pas si difficile.

— Tu ne pourrais pas trouver un meilleur professeur, renchérit François.

Se tournant alors vers son ami, Joseph lui demanda :

– Me diras-tu enfin par quel miracle tu te trouves ici?

François lui ayant expliqué la traversée sur l'Atlantique, Joseph prit un air espiègle avant de remarquer :

– Situation bien enviable que de partager deux mois et demi avec Charlotte et son frère.

Charlotte rougit tandis que François riait de bon cœur.

Jean-Baptiste se laissa rapidement gagner par la bonne humeur ambiante. Reléguant son rôle de juge aux oubliettes, il se joignit à l'allégresse générale. Il apprécia la conversation de Joseph, qui sut le mettre à l'aise en répondant par avance à ses questions, sans qu'il ait même à les formuler.

Tout en parlant, celui-ci suivait Charlotte des yeux, prenant plaisir à la voir dans un rôle de maîtresse de maison en s'affairant auprès du feu et des marmites. Ses gestes étaient précis, son attitude, conviviale. Il la découvrait sous un autre jour et ce qu'il voyait le charmait, lui procurant une impression d'intimité savoureuse.

Après le départ des trois amis, Jean-Baptiste déclara qu'il serait heureux d'avoir un beau-frère tel que Joseph.

Charlotte lança une exclamation de joie.

– Je savais qu'il te plairait!

Quelques jours plus tard, Joseph entreprit d'enseigner à Charlotte comment utiliser des raquettes. Après quelques erreurs qui chaque fois portaient la jeune fille à rire de sa propre maladresse, elle réussit sinon à maîtriser, du moins à contrôler les mouvements de cet exercice.

Joseph avait choisi comme théâtre pour leurs ébats la concession de Noël Morin, sur laquelle ses parents s'installeraient dans les mois à venir. Les terres, peu défrichées, conservaient une apparence de nature sauvage.

Il entraîna sa compagne jusqu'au bord de la falaise qui dominait la rivière Saint-Charles et ils entreprirent de la longer.

Le jeune homme cherchait à mettre en valeur chaque aspect de la forêt et se réjouissait devant les réactions de sa compagne. Celle-ci n'éprouvait aucune difficulté à apprécier la beauté de ce décor champêtre.

Le ciel s'était habillé d'une légère opacité laiteuse à peine teintée de rose où flottait le disque orange d'un soleil au contour vague. Un ciel, selon Joseph, qui appelait la neige. Les sapins encapuchonnés de blanc courbaient la tête tandis que les branches les plus basses, accusant le poids de leur charge, pliaient jusqu'au sol. Les arbres dépouillés dressaient leurs branches nues, apportant un peu de légèreté à ce sous-bois.

Joseph s'arrêta.

— Écoute, dit-il.

Charlotte tendit l'oreille, mais ne perçut rien d'autre que le très léger souffle d'un vent plat dans les branches des plus hauts sapins, ponctué de temps à autre par le bruit sourd d'une motte de neige tombant des arbres.

— Je n'entends rien, dit-elle.

— C'est précisément ce qu'il faut entendre, dit Joseph. Le silence. Écoute respirer la nature. Au début tu n'entendras rien. Mais peu à peu tu discerneras quelques légers bruits, par exemple le chant d'une cascade emprisonnée sous la glace, le craquement d'une branche qui casse sous le poids de la neige ou encore un passereau en quête de nourriture.

Charlotte se prêta à ce jeu auquel Joseph prenait un plaisir évident. Mais l'expérience lui manquant, ses sens n'étaient pas suffisamment aiguisés pour partager pleinement la joie de son partenaire.

Ils reprirent leur marche le long du ravin. La neige craquait agréablement sous leurs pas. Joseph lui indiqua une marmotte qui les regarda, debout sur ses pattes de derrière, avant de disparaître lestement. Puis ce fut une biche s'élançant sous le couvert de la forêt.

— Quelle jolie bête! dit Charlotte. Si j'étais chasseur, je serais bien incapable de la tuer.

Le jeune homme sourit.

— Pourtant, il faut bien manger. Si tu étais dans les bois, tu y serais obligée.

— Oh! comme j'aurais du mal! s'exclama-t-elle. Il me semblerait cruel de voir tomber en pleine course un animal si gracieux.

Le jeune homme apprécia la remarque, saisissant qu'elle se laissait gagner par l'attrait des bois.

Ils reprirent leur progression. Joseph respirait à grands coups, aspirant à pleins poumons son amour des vastes espaces. Charlotte admirait son aisance, sa force, la facilité avec laquelle il ouvrait la voie avec ses raquettes de tête de file. Aucun accident du terrain ne semblait lui créer le moindre problème. Au contraire, il filait à une allure vive que la jeune fille avait du mal à suivre.

Il s'arrêta de nouveau pour lui indiquer des pistes sur le sol.

— Ce sont les pistes d'un lièvre, lui expliqua-t-il avant de détailler ce qui les rendait reconnaissables.

Charlotte s'émerveilla de tant de précisions. Ils suivirent les traces le long du ravin, s'amusant des caprices du parcours, cherchant à imaginer les raisons d'un bond de côté ou d'un arrêt marqué par un piétinement. Bientôt, Joseph releva d'autres pistes.

— Un renard, affirma-t-il. Je crains que notre petit lièvre ne soit en bien mauvaise posture.

En effet, un peu plus loin, il lui montra le lieu de la mise à mort.

Charlotte s'approcha pour mieux examiner les pistes qui s'entrecroisaient, illustrant la lutte finale. Ce faisant, elle posa malencontreusement une raquette sur l'autre. Ainsi déséquilibrée, elle chercha à s'accrocher au bras de Joseph qu'elle entraîna dans sa chute. Ils dégringolèrent dans le ravin, roulant l'un sur l'autre tout empêtrés dans leurs raquettes.

Au bout de sa course, Charlotte se retrouva à plat ventre, le nez enfoui dans la neige. Elle se redressa, son visage tout étoilé de neige. Cette situation lui sembla si cocasse qu'elle éclata de rire. Assise sur un monticule, elle s'abandonna à son hilarité, qui lui retira jusqu'à la force de se relever.

Rassuré quant à son état, Joseph s'agenouilla devant elle et, retirant ses gants, entreprit de chasser la neige sur son visage. Ses gestes étaient comme autant de caresses sur son front, ses yeux, ses joues.

La prenant par les bras, il l'aida à se remettre debout. Ils demeurèrent un instant face à face tout près l'un de l'autre. Charlotte ne riait plus; elle gardait le visage levé vers lui, ses yeux veloutés le regardant avec gravité. Joseph sentait les pulsations de son corps et les légers mouvements de sa respiration.

Il courba la tête et, l'espace d'un instant, posa ses lèvres sur la bouche offerte.

Lorsqu'il regarda de nouveau sa compagne, elle lui adressa un sourire, auquel il répondit.

Puis soudain, en remarquant la couronne de neige qui auréolait encore les cheveux de la jeune fille, le sourire de Joseph s'élargit.

— Tu es plutôt jolie, ainsi, ironisa-t-il. Tu ressembles à la fée des neiges.

Il n'en fallut pas davantage pour que Charlotte se remette à rire avec toute la fraîcheur de ses vingt ans.

16

METTANT À PROFIT les leçons de Joseph, Charlotte ne circulait plus hors de la ville sans ses raquettes. «En vraie fille de chez nous», lui avait dit Justine, heureuse de voir sa protégée adopter les méthodes du pays.

Ce nouveau mode de transport commençait à lui plaire. Désormais mieux vêtue et mieux chaussée, elle appréciait cette forme de marche en plein air. Oubliant ses frayeurs précédentes, elle observait les sons et les couleurs, et se laissait gagner par la beauté de cette riche nature.

Joseph écoutait ses commentaires et s'en réjouissait. Les jeunes gens se retrouvaient fréquemment chez les Morin ou chez les Poitiers et ne se cachaient plus le plaisir qu'ils éprouvaient à ces rencontres. Ils apprenaient à mieux se connaître, se laissant séduire par chaque nouvel aspect de leur personnalité qu'ils découvraient. Le son de la voix aimée les enchantait, la présence du corps tout près du sien les envoûtait.

Angélique suivait cette évolution de près et s'étonnait que son amie ne lui en parle jamais. Une étrange pudeur retenait Charlotte, qui n'arrivait pas à se confier. Elles se voyaient pourtant souvent.

Au cours de l'une de ses visites, Charlotte se rendit au chevet de Marie-Hélène qui ne semblait pas se remettre de son petit rhume de l'automne. Monsieur Madry l'avait prévenue qu'elle la trouverait très affaiblie, mais ce qu'elle découvrit la troubla plus qu'elle ne s'y attendait.

L'adolescente brûlait de fièvre, et quand Charlotte la vit cracher du sang, elle pâlit. Elle connaissait cette maladie pour laquelle on n'avait pas encore trouvé de nom[1], une maladie dangereuse et, jusqu'à ce jour, incurable.

Elle voulut cacher son émotion, mais Hélène Morin ne fut pas dupe.

— C'est grave, n'est-ce pas? demanda-t-elle.

Charlotte hocha la tête, incapable d'en dire davantage.

— Je sais, murmura Hélène. Nous avons vu les mêmes signes.

Elle écrasa une larme au coin de l'œil et s'affaira dans la préparation d'une tisane pour la petite malade.

— Les autres ne savent pas, précisa-t-elle. Je ne leur ai rien dit. Je me rends compte qu'elle n'en a plus pour longtemps.

N'y tenant plus, elle saisit Charlotte dans ses bras et se laissa aller à ses larmes.

— Il y a si longtemps que je porte ce secret, expliqua-t-elle. C'est bon de pouvoir en parler.

Cet échange confirma le lien qui s'établissait déjà entre les deux femmes. C'est donc tout naturellement qu'Hélène demanda à Charlotte de se rendre chez sa fille Agnès, qui attendait son troisième enfant et dont elle était sans nouvelles.

Agnès Gaudry habitait sur le plateau de Sillery. Selon la coutume, son état lui interdisait toute sortie hors de son domicile, et cette absence de contact pesait à Hélène, qui n'osait pas s'éloigner de Marie-Hélène. Désirant s'assurer du bon déroulement de la grossesse, c'est à la sage-femme qu'elle s'était adressée. Charlotte accepta et Angélique proposa de l'accompagner.

---

1. Il s'agit de la tuberculose, qui était encore méconnue à l'époque.

Les deux amies décidèrent de faire le trajet dans la traîne familiale que Claude, non sans une certaine fierté, s'apprêtait à conduire. Pourtant, les méthodes du jeune homme ne tardèrent pas à inquiéter ses passagères.

Après un départ très sage, il se laissa subitement gagner par le désir d'ajouter un peu de sel à la balade. Coupant à travers champs, il usa de la voix et du fouet pour accélérer l'allure. Les chiens ainsi excités escaladèrent des talus, pour ensuite dévaler les pentes, fonçant sur tous les obstacles, qu'ils n'évitaient que de justesse. La traîne se balançait dangereusement, au grand amusement du jeune garçon. Les deux passagères, affolées, se cramponnaient en hurlant, ce qui le faisait rire de plus belle, quand tout aussi subitement il regagna le sentier au bord de la rivière Saint-Charles et ramena l'attelage à une allure plus modérée.

— Enfin, Claude, lui cria Angélique, as-tu perdu la raison?

L'interpellé se remit à rire.

— Vous, les filles, vous ne savez pas vous amuser!

Il menaça de recommencer son exploit, mais, devant l'expression de sa sœur, il renonça, et la suite de la randonnée se déroula sans incident.

La traîne s'engagea sur la Grande Allée, glissant sans heurt sur une neige durcie par le vent. Elle venait à peine de quitter la ville quand Angélique indiqua à Charlotte le terrain où habitait Joseph. Celle-ci regarda l'endroit avec attention. C'était, autant qu'elle pouvait en juger, une terre d'une bonne dimension, comprenant une part de cultures où se dressait la maison et une partie encore boisée.

Angélique observa sa compagne, amusée par son intérêt manifeste.

— Pourquoi ne pas te confier à moi? dit-elle doucement. Ne sais-tu pas combien je serais heureuse que tu deviennes ma sœur?

Charlotte sursauta, se sentant prise au piège.

— Tu brûles les étapes, Angélique! Nous n'en sommes pas encore là.

Elle chercha ses mots. Pourquoi, en effet, ne pas s'être confiée plus tôt? Elle sonda ses pensées et finit par avouer :

— Je crois que je voulais, pour un temps encore, garder ces sentiments pour moi seule, comme un merveilleux secret.

— Un secret! dit Angélique, laissant fuser son amusement. Pour qui crois-tu donc que ce soit encore un secret?

Charlotte, un peu confuse, baissa les yeux. Après une courte réflexion, elle expliqua :

— Vois-tu, j'ai toujours rêvé d'un mariage d'amour. Mais je n'y croyais pas. Du moins, pas pour moi. Les valeurs étant si différentes ici, je ne sais si tu peux comprendre mon appréhension. En France, l'absence de dot, mon métier…, tout s'y opposait. Non, je n'y croyais pas. Il y a à peine deux mois, souviens-toi, j'envisageais encore l'éventualité d'un mariage de raison. Et voilà : l'impossible, l'inaccessible, ne l'est plus… Je n'ose y croire. Cela me semble irréel, un rêve si merveilleux que je crains de me réveiller. C'est sans doute pour cette raison que je ne m'en suis pas ouverte, comme si d'en parler pouvait attirer le mauvais sort.

Angélique toucha la main de son amie.

— Je suis heureuse que tu aies trouvé ce bonheur, et à plus forte raison quand il s'agit de mon frère.

L'arrivée chez Agnès Gaudry coupa court à ces confidences. Elles frappèrent à la porte et n'eurent pas à attendre. Charlotte se sentit happée et tirée vigoureusement à l'intérieur.

— Entrez, entrez vite, disait Agnès. Mais ne laissez pas entrer le froid.

De taille moyenne, elle présentait un visage constellé de taches de son sous une masse de bouclettes châtain clair. Ses yeux un peu trop ronds pétillaient de malice.

Elle ajouta une bûche dans la cheminée, tout en expliquant que ses deux jeunes enfants souffraient de la coqueluche, ce qui la tenait fort occupée.

— Et Nicolas est parti à la chasse. Allez donc retenir les hommes, à ce temps-ci de l'année! La chasse, les bois! Rien n'a davantage d'importance.

Son ton n'était pas celui d'un reproche, mais d'une constatation amusée. En mouvement perpétuel, elle parlait avec animation, gesticulant, déplaçant une chaise pour la remettre ensuite à sa place initiale.

— D'ailleurs, chaque fois que j'ai besoin de lui, il n'est pas là. Comme l'automne dernier quand je me suis tordu la cheville.

Elle tapa des mains en riant avant de continuer :

— Oh! si vous aviez vu la scène! Je revenais du poulailler, Jacques dans un bras et le panier d'œufs dans l'autre, quand j'ai heurté une pierre.

Tout en parlant, elle mimait l'incident avec humour.

— Je me suis étendue de tout mon long et Jacques est tombé sur les œufs. J'avais une cheville comme ça.

Ayant indiqué une enflure démesurée, elle enchaîna :

— Jacques pleurait et ça lui coulait de partout, du jaune, du blanc, des morceaux de coquille… J'ai pris mon petit sous le bras, tout gluant qu'il était, j'ai ramassé le panier et je suis revenue à la maison, conclut-elle en imitant une claudication si amusante qu'elle provoqua l'hilarité chez ses interlocuteurs.

— Mais cesse de t'agiter comme ça, dans ton état, dit Angélique tout en tâchant de reprendre son sérieux. Tu devrais prendre davantage de précautions.

En souriant, Agnès posa les mains sur son ventre arrondi.

— Celui-là, ce sera un acrobate, à voir comme il remue!

— Pas étonnant, il essaie simplement de suivre le rythme de sa mère! lança Angélique.

La jeune femme éclata de rire avant de poursuivre sur d'autres sujets. Angélique et Charlotte se laissèrent divertir par la vivacité d'Agnès jusqu'au moment de prendre congé.

Angélique décida alors de s'arrêter, sur le chemin du retour, chez sa sœur Françoise Fournier, que Charlotte avait déjà aperçue à l'Hôtel-Dieu et qui occupait une terre mitoyenne à celle de Joseph, à une courte distance du mur de circonvallation.

— J'espère seulement qu'elle sera de bonne humeur, dit Angélique avant de frapper à la porte.

— Ayant rencontré ta tante Guillemette, fit Charlotte en souriant, je me sens capable d'affronter toutes les humeurs.

Angélique éclata de rire.

— Heureusement, tout le monde dans la famille ne tient pas de ma tante Guillemette!

Françoise Fournier se présenta portant un bébé en appui sur une hanche et encadrée de deux fillettes. Elle alliait une taille haute, héritage maternel, à un visage agréablement sculpté. Des yeux bruns, un nez droit et fin, une bouche aux lèvres pleines formaient des traits harmonieux.

— Quelle bonne surprise! dit-elle. Vous arrivez tout juste à temps pour le goûter que j'allais préparer. Venez avec moi.

Sans attendre de réponse, elle gagna la cuisine, ses fillettes sur ses talons. L'aînée, âgée de quatre ans, sautillait d'un pied sur l'autre en réclamant :

— Maman, je voudrais de la graisse rôtie.

— De la graisse *de* rôti, Mimi, corrigea sa mère.

Elle fit chauffer du thé pour les visiteurs et pour elle-même, puis entreprit de couper de larges tartines.

Contrairement à Agnès, ses gestes étaient précis et efficaces, mais il y manquait la cordialité de sa sœur.

— Tu connais Charlotte, n'est-ce pas? demanda Angélique. Tu l'as sûrement rencontrée à l'Hôtel-Dieu. C'est une très chère amie à moi… qui, bientôt assurément, sera plus intime encore, ajouta-t-elle d'un air taquin.

— Angélique! protesta celle-ci en rougissant jusqu'à la racine des cheveux.

Françoise eut un sourire spontané devant la réaction de la jeune fille.

— Je ne crois pas exagérer en disant que ce n'est un secret pour personne, dit-elle. Je pense ne pas avoir été la seule à remarquer les nombreuses danses accordées à mon frère à l'occasion du Nouvel An.

Charlotte rougit plus violemment encore.

— Tu risques de la décevoir, intervint Angélique. Charlotte croyait précisément à ce secret.

— Peut-être avez-vous raison, dit Françoise, légèrement moqueuse. Je conçois fort bien que votre secret puisse encore étonner… ma petite Mimi!

Perdant toute forme de gêne, Charlotte se laissa aller à rire avec les deux sœurs.

Au moment de prendre le thé, elle prit Jacquette, le bébé, sur ses genoux et lui fit boire sa tasse de lait chaud. C'est à cet instant que Joseph arriva à son tour.

En voyant le tableau que lui offrait Charlotte, un bébé dans les bras, il fut si fortement troublé qu'il eut du mal à se contenir. S'efforçant de dominer son émotion, il prit place au bout de la table, et demeura silencieux. Il brûlait du désir de s'isoler avec elle et de lui dire tout son amour. L'idée de la prendre dans ses bras le faisait frémir. La respiration courte, il résistait difficilement à ses ardeurs.

Au moment de quitter les lieux, il lui saisit la main et, n'y tenant plus, il murmura :

— Charlotte, je t'aime.

En entendant ces paroles, elle se sentit transportée par un bonheur qui lui fit oublier jusqu'à l'endroit où ils se trouvaient.

— Moi aussi, Joseph, je t'aime de tout mon cœur.

Il lui serra fortement la main. Gênés par la présence des autres membres de la famille, ils décidèrent de rentrer tous les deux à pied.

Tout au long du chemin, ils se répétèrent leur amour, savourant des paroles qu'ils ne se lassaient pas de redire encore et encore.

Ils approchaient du fief Saint-Joseph, quand un cri rauque attira leur attention. Joseph suivit des yeux un oiseau au plumage noir.

— Un corbeau, remarqua-t-il, le premier signe du printemps. Bientôt la neige fondra et la terre me réclamera.

Charlotte s'étonna du regret qu'elle décelait dans le ton de sa voix.

— Je ne serai plus aussi disponible, continua-t-il. Nous aurons du mal à nous rencontrer. Si j'avais l'assurance, murmura-t-il comme à lui-même, que je travaillerai pour deux, j'accepterais volontiers cette séparation.

— Si tel était le cas, je ne te laisserais pas travailler seul, dit-elle spontanément. Nous pourrions travailler ensemble, côte à côte.

Joseph s'arrêta.

— Charlotte, t'ai-je vraiment demandé de m'épouser?

Malgré le ton chaud de sa voix, la jeune fille marqua son embarras.

— C'est du moins ainsi que je l'ai compris, balbutia-t-elle, subitement gênée.

— Et que m'as-tu répondu?

— J'ai répondu… oui.

— Tu as dit oui!

Il poussa un hurlement de joie et, saisissant la jeune fille sous les aisselles, la souleva à bout de bras en tournant sur lui-même. Dès qu'elle eut retrouvé le sol sous ses pieds, en riant elle lui demanda :

— Est-ce toujours ainsi que tu manifestes ta joie?

— Non. Il existe des manières beaucoup plus agréables.

Il la tira à lui. Ses lèvres cherchèrent les siennes et s'en emparèrent, chaudes et gourmandes. Il la serra contre lui, ses bras l'enveloppant tout entière.

Le souffle court, elle murmura :

— Joseph, tu m'égares.

Il l'étreignait, les lèvres contre sa tempe.

— Oh! comme je t'aime! Je voudrais le crier dans toute la colonie.

Puis, changeant soudain d'attitude, il l'entraîna vers la maison des Morin.

— Viens, lui dit-il, je veux annoncer cette nouvelle à ma famille.

Tout en marchant, il s'exclama avec fierté :

— Ma femme. Tu seras ma femme!

Il serra sa main si fortement qu'elle dut réprimer un cri de douleur.

En approchant de la maison, Joseph reconnut de loin la silhouette de son frère Germain, en compagnie d'un prêtre et de deux enfants de chœur. Il comprit en un éclair ce que pouvait signifier cette présence et hâta le pas.

Le prêtre s'éloigna et Joseph appela Germain. Dès qu'il fut à portée de voix, il le questionna.

Le jeune diacre hésita, mais ses yeux disaient déjà la vérité.

— C'est Marie-Hélène, se décida-t-il à prononcer. Le père Le Jeune est venu à temps. Elle a reçu les derniers sacrements.

Joseph blêmit et serra les lèvres.

— C'est une rude épreuve, reprit Germain, pour mère surtout. Elle est courageuse, mais il faudra l'entourer.

Les deux frères cherchaient à maîtriser leur peine. Charlotte fit mine de se retirer afin de ne point les gêner en cet instant. Mais Joseph la retint. L'entourant de ses bras, il voulut parler, mais les paroles lui manquèrent. Il la serra tout contre lui et Charlotte sentit une larme chaude couler dans son cou. Retrouvant son aplomb, il lui dit :

— Ne pars pas, Charlotte, nous aurons tous besoin de toi, ici.

Sa voix s'était faite si implorante que la jeune fille ne songea plus à les quitter.

Les trois jeunes gens pénétrèrent dans la maison et Joseph suivit son frère à l'étage supérieur.

Un peu désemparée, Charlotte se dirigea vers le petit salon où elle trouva Marie, la mine terreuse, repliée sur elle-même dans un coin de la pièce.

— Marie, appela-t-elle.

La fillette âgée de dix ans leva vers elle des yeux dans lesquels se lisait l'immensité de son désarroi. Charlotte entoura les frêles épaules de son bras et, ne trouvant rien d'autre à dire, elle répéta tout doucement :

— Marie…

La petite s'abandonna au refuge qui s'offrait à elle et laissa couler les larmes qu'elle avait retenues jusque-là. Elle sanglota longuement, se cramponnant à Charlotte. Celle-ci la caressa en murmurant quelques mots de consolation.

Marie se calma suffisamment pour retrouver la parole.

— Marie-Hélène était ma sœur, dit-elle, ma sœur à moi. Louise a Agnès, Angélique a Françoise. Moi, j'avais Marie-Hélène. Maintenant, je suis toute seule.

— Je suis là, Marie. Je ne veux pas que tu sois seule. Moi aussi, j'ai des sœurs. L'une d'entre elles a ton âge. Elle se nomme Anne. Je l'aimais beaucoup et jamais plus je ne la reverrai. J'aimerais être ta sœur. Ta sœur à toi.

Marie ne répondit pas, mais cessa de pleurer et se blottit contre cette nouvelle amie. Elles demeurèrent ainsi enlacées, Charlotte donnant à Marie toute la tendresse dont elle avait besoin et qu'au fond elle aurait voulu transmettre à Anne.

Lorsque Germain entra dans le petit salon, il s'arrêta avec émotion devant le tableau qui s'offrait à ses yeux. Il s'approcha pourtant et, prenant une chaise, s'assit face à la jeune fille.

— Charlotte, dit-il, Joseph m'a parlé. Je suis le premier à savoir. Et je veux te dire qu'en dépit du chagrin qui nous frappe aujourd'hui, je suis heureux d'accueillir ma nouvelle sœur, qui ne saurait être mieux choisie.

17

L<small>A VEILLÉE</small> s'organisa rapidement. Lorsque Charlotte pénétra dans la chambre sur les talons de Germain, elle regarda longuement Marie-Hélène, qui gisait dans la robe de sa première communion. Les mains jointes sur la poitrine retenaient un chapelet que l'on avait glissé entre ses doigts. Dans la pénombre, on devinait, plus qu'on ne voyait, les traits délicats dans un visage à l'ovale très fin. Seuls les cheveux d'un beau blond doré apportaient une tache de couleur contre l'oreiller blanc.

S'étant recueillie quelques instants, Charlotte trempa dans l'eau bénite la petite branche de sapin laissée à cette intention sur une table couverte d'une nappe et en aspergea la morte. Après quoi elle se retira discrètement au fond de la pièce.

La famille s'était regroupée autour du lit, à l'exception de Joseph qui était allé fabriquer le cercueil dans l'atelier de son beau-père. Noël Morin, debout au pied du lit, se cachait les yeux dans une de ses mains. Son épouse, entourée de Françoise et d'Angélique, était agenouillée au chevet de la défunte. Toutes trois priaient, leurs lèvres remuant silencieusement.

Charlotte les regarda intensément, les uns après les autres, en songeant à l'entrevue si différente qu'elle avait imaginée à peine quelques heures plus tôt. Elle aurait voulu leur dire la

189

joie qui lui gonflait encore le cœur en dépit des circonstances. En ce moment même, l'envie lui venait de crier : «Réjouissez-vous, c'est un jour de bonheur! Bientôt, je serai votre fille et votre sœur.»

À peine ces paroles eurent-elles effleuré sa pensée qu'elle se reprocha ce manque de générosité. Aussi baissa-t-elle les yeux afin de cacher l'ardeur de ses sentiments. Elle s'appliqua à calmer les mouvements désordonnés de son cœur et à se mettre dans une disposition d'esprit davantage en harmonie avec la situation.

La première personne à se présenter fut Guillemette Couillard. Elle se posta à l'entrée de la chambre et, d'un regard circulaire, s'assura que rien ne manquait en vue de cette soirée mortuaire. Puis elle gagna l'unique fauteuil de la pièce et s'y installa. Ayant aperçu Charlotte, elle la toisa longuement en grommelant : «Que fait-elle donc ici, celle-là?» Enfin, tirant un rosaire de sa poche, elle entama le premier chapelet de la veillée.

Au fil des heures, d'autres visiteurs vinrent se recueillir et offrir leur sympathie à la famille.

Après un certain temps, Charlotte trouva l'occasion de se glisser jusqu'à l'atelier. Joseph en était à sabler le bois afin d'obtenir une finition bien polie. À l'approche de la jeune fille, il arrêta son travail et, la prenant dans ses bras, il murmura :

— Je n'ai pas cessé de penser à toi. Je suis tellement heureux, que je devrais sûrement en avoir honte dans les circonstances.

— Je sais, répondit Charlotte. J'éprouve les mêmes sentiments. C'est bien naturel.

— Je t'aime si fort, Charlotte!

— Et crois-tu que ce soit différent pour moi?

Il lui sourit et scella leur amour par un baiser ardent.

Le triste événement obligea Charlotte et Joseph à attendre plusieurs jours avant de laisser éclater leur joie ouvertement.

Chez les Morin, la nouvelle remporta une approbation unanime. Quant à Justine Chicoine, elle ouvrit une bouche stupéfaite avant d'énoncer :

— Bien franchement, j'aime mieux ça qu'avec ton militaire!

Mais la plus étonnée fut sans doute Anne Bourdon. Elle venait d'inviter Charlotte en précisant qu'elle voulait lui présenter un jeune homme, quand celle-ci l'interrompit.

— Ne vous donnez plus cette peine. C'est inutile, puisque je suis déjà promise.

Dans sa stupéfaction, Anne Bourdon bégaya.

— Vous êtes promise! Mais à qui donc?

En apprenant l'identité du prétendant, elle resta bouche bée, regrettant de ne pas y avoir pensé elle-même.

— Un des nôtres! s'exclama-t-elle. Vous ne pouviez pas mieux choisir!

Et déjà des projets d'un nouveau genre se pressaient dans sa tête. S'étant renseignée sur la date du mariage, qui aurait lieu au printemps, elle enchaîna :

— Je connais une couturière aux doigts de fée. Elle vous ferait une superbe toilette pour la cérémonie et je serais très heureuse de vous l'offrir.

Charlotte voulut protester, mais Anne l'interrompit.

— Non, ne me privez pas de ce plaisir. Je n'ai plus de fille à choyer. Ma propre fille, Claire-Françoise, a choisi de retourner en France et les quatre filles de mon époux ont pris le voile. Permettez-moi de vous assister dans vos préparatifs. Ce serait pour moi un réel bonheur.

Charlotte redoutait que l'intervention de madame Bourdon l'empêche parfois d'agir à son gré, mais son aînée avait mis tant de conviction dans sa requête, qu'elle n'osa pas refuser.

Sans plus tarder, la jeune promise s'employa à la préparation de ses épousailles. Suivant l'exemple d'Angélique, elle se mit à coudre et même à broder, malgré sa maladresse dans ce domaine. Anne Bourdon lui rendait de nombreuses visites, la guidant, la conseillant. Elle lui offrait tantôt des draps, tantôt une nappe ornée de dentelle, ou encore un mouchoir à ses initiales. Elle y mettait tant d'amabilité que Charlotte se laissa gagner, et une affection sincère se tissa entre les deux femmes.

Pendant que Charlotte préparait son trousseau, Joseph entreprit de mettre de l'ordre dans sa maison, que son père avait pris soin de meubler avant sa mort. Malgré les protestations de Noémie, sa bonne à tout faire, il avait trop souvent négligé un rangement qu'il jugeait désormais nécessaire. Appelant cette dernière à son secours, il s'efforça de rendre sa demeure aussi agréable que possible.

Le mariage devait avoir lieu au mois de mai et les promis se réjouissaient en constatant les premiers signes du déclin de l'hiver. La température se radoucissait, puis une pluie chaude eut raison de la neige en quelques semaines. À son tour, le fleuve se débarrassa de ses glaces.

Le départ de Grégoire Couillard devenait imminent.

Joseph avait accepté de l'accompagner jusque sur la grève. Ce jour-là, le jeune homme se leva de bon matin avec un sentiment de nostalgie au creux de l'estomac. Il dut bien reconnaître que l'attrait des grands bois ne s'était pas encore éteint dans son cœur. La majesté des espaces illimités, la magie d'une liberté sans bornes l'avaient ensorcelé depuis longtemps.

Les courses en forêt l'avaient comblé. Il avait choisi pour guide un jeune Huron du nom d'Étienne Otsinonannhont. Celui-ci avait fait preuve de dévouement et l'avait assisté de ses conseils. Ensemble, ils avaient partagé joies et périls. Et Joseph avait conservé l'impression d'une amitié sincère.

Il revivait ces instants privilégiés tout en avalant un déjeuner rapide. Il prit pourtant soin de museler ces souvenirs encore sensibles. Il traversa son terrain puis celui du Sault-au-Matelot pour atteindre le bord du plateau qui dominait le Saint-Laurent.

Avant même d'entamer la descente, le jeune homme entendit les clameurs caractéristiques d'un grand départ. Ces cris émanant de vigoureux hommes des bois l'atteignirent en plein ventre, et dès lors il se sentit submergé par sa nostalgie matinale.

Il s'arrêta sur la falaise, le temps d'enregistrer la scène qui se déroulait au bord de l'eau. Les hommes s'affairaient autour de deux longs canots capables de porter plusieurs personnes ainsi qu'une importante cargaison. À distance, il constata la robustesse de leur construction et leur forme effilée, gage de la rapidité des embarcations.

Debout sur la grève, Guillemette Couillard surveillait les opérations. S'appuyant sur la canne qui ne la quittait plus depuis un accident survenu au cours de l'hiver, elle demeurait immobile et muette.

Joseph se décida à descendre le raidillon. Son arrivée fut saluée par de joyeuses exclamations. Oubliant alors les sentiments qui le tenaillaient, il se joignit à la bonne humeur ambiante et prêta main-forte au chargement. Il y avait là un attirail important dont le jeune homme reconnaissait tous les détails : les provisions de lard salé et de farine de blé d'Inde, toute la quincaillerie en vue des échanges avec les Indiens, des fusils, divers outils et un long rouleau d'écorce qui servirait tantôt d'abri, tantôt de matière à réparer les canots.

Lorsque le dernier colis eut trouvé sa place, Grégoire dévisagea Joseph.

— Alors, mon cousin, point de regret? Il est encore temps. Quoique dans ta situation, je n'y compte guère.

Joseph secoua la tête sans mot dire. Grégoire lui serra affectueusement la main, comprenant la dualité de sentiments qui l'habitait. Puis il embrassa sa mère.

On poussa les canots, qui s'éloignèrent de la grève. Les hommes entamèrent un chant joyeux au rythme des avirons qui heurtaient l'eau à une cadence régulière.

D'une voix forte, Joseph se joignit à eux, les accompagnant depuis la grève.

Le courant, fort en cette saison, emporta rapidement les embarcations qui bientôt doublèrent la pointe de l'île d'Orléans. Les paroles moururent sur les lèvres du jeune homme. Immobile, il garda les yeux fixés sur le point où venaient de disparaître les canots. Il les suivait par la pensée, les devançait même. Il volait d'étape en étape. Il sentait l'odeur du feu de campement, celle de l'humus des grands bois, tout un ensemble qui le fit frémir.

Il en avait oublié la présence de sa tante. Celle-ci l'observait, lisant ouvertement des sentiments qu'elle ne reconnaissait que trop aisément. Elle heurta violemment le sol de sa canne.

— Ah non! pas toi, Joseph, je te l'interdis!

Étonné, le jeune homme se tourna vers la doyenne, qui enchaîna sur un ton sans équivoque :

— Je ne prise guère la promise que tu t'es choisie, autant te le dire tout de go. Mais tu n'as plus le droit, maintenant, de regretter ton sort de terrien.

Joseph se laissa aller à rire.

— J'aurais mauvaise grâce à m'en plaindre. Rassure-toi, ma tante, je n'attends rien d'autre que le jour heureux de mes épousailles. Il ne viendra jamais assez tôt.

Guillemette émit un son qui tenait du grognement. Tout en remontant le raidillon, elle commenta :

— Tu es un Hébert.

Le simple ton de sa voix suffisait à indiquer tout ce que cet héritage impliquait, à ses yeux, de gloire et de responsabilité conjuguées. Elle enchaîna :

— En plus, tu es le seul mâle à porter le nom de mon père. Ne l'oublie jamais.

Joseph connaissait bien l'orgueil que sa tante attachait à ce nom, aussi n'y prêta-t-il qu'un intérêt mitigé. Mais la doyenne n'était pas au bout de ce qu'elle voulait dire.

Elle s'arrêta un instant au haut de la falaise pour reprendre son souffle, puis dit :

— Je vieillis, Joseph. Je sens que les forces me quittent. Le jour viendra où quelqu'un devra prendre la relève pour diriger notre famille et veiller au bien-être de cette Habitation.

Le jeune homme reprit sa marche, amusé par l'autorité que son aînée s'était octroyée sans prendre l'avis des siens.

— Ne ris pas, Joseph. Oh! je sais ce que l'on dit de moi! Je sais le tempérament qu'on me prête! Ce caractère, j'ai dû le façonner, comme un forgeron sur son enclume. Je le dois à la ténacité, à la volonté qu'il m'a fallu pour mener à bien le développement de cette colonie. En cet hiver de grande famine, lorsque les Anglais avaient intercepté les vivres venant de France, j'avais mes deux petites, et Louis qui allait naître. Pour les nourrir, je n'avais que quelques pois chiches que je n'ai pas hésité à partager avec ceux qui n'en avaient point. Et depuis, combien d'orphelins ai-je élevés en plus de mes dix enfants, le sais-tu seulement?

Son neveu, tout en admettant son dévouement pour la cause commune, estimait néanmoins qu'elle exagérait l'importance de son rôle, mais il préféra ne pas la contrarier.

— Personne ne peut douter de ton courage ni de ta générosité, dit-il.

Guillemette heurta de nouveau le sol, marquant son impatience.

— Mais non, Joseph, trancha-t-elle. Je ne recherche point de ces compliments. Je te dis ces choses afin que tu saches la femme que je suis. On ne dirige pas avec des sensibleries.

Elle s'arrêta encore une fois. Tournant sur elle-même, elle contempla chaque détail de son fief avec une satisfaction évidente.

— Tu vois ce terrain? lui demanda-t-elle avec fierté. Regarde ces pommiers, cette terre qui bientôt donnera généreusement des fruits, des légumes et des grains. Quand on voit la bonne ordonnance de ces cultures et cette ville qui nous entoure…

Elle avait prononcé le mot «ville» avec une emphase démesurée.

— … il est malaisé de comprendre la peine, les efforts qu'il a fallu pour obtenir ce résultat. Quand je suis arrivée avec mes parents, ma sœur Anne et mon frère Guillaume, en chaloupe depuis Tadoussac, rien de tout cela n'existait. Je me souviens de mon étonnement en voyant la forêt à perte de vue et ce seul petit fortin au bas de la falaise.

«Les hommes qui nous avaient précédés n'envisageaient pas autre chose que la traite des fourrures, malgré les encouragements de monsieur de Champlain. Seul mon père a accepté d'entreprendre la culture d'une terre.

«Il nous a fallu défricher avant de pouvoir construire notre premier logement. Puis défricher encore pour commencer les labours. Et, à cette époque, il n'y avait point de bœufs pour haler les souches ou la charrue. C'est à la force de nos bras que nous avons accompli ce travail.

«Et nous avons gagné! Tu entends bien, Joseph, gagné contre cette forêt, les bêtes sauvages et l'hiver!

«Puis, petit à petit, les autres ont suivi notre exemple. Le résultat est éclatant : cette ville pleine et remuante.

«Toujours les Hébert et les Couillard se sont montrés aux avant-postes, prêts à venir en aide à d'autres. Sans nous, rien n'existerait. Oui, j'en suis fière!»

Elle soupira profondément.

— J'ai fait ma part; mon rôle touche à sa fin. La place est libre. Toi seul, Joseph, pourra la remplir. Ce sera mon héritage pour toi.

Faisant une pause, elle dévisagea son neveu, cherchant à le convaincre.

— Ne te fie point aux seuls gouverneurs et autres dirigeants qui passent ici deux ans et s'en retournent en leur pays sans davantage se soucier de nous. Ils arrivent sans rien connaître de ces contrées. Il faut savoir les éclairer.

«Savoir diriger la famille, également. Oui, Joseph, même la famille. Plus on est nombreux et plus nombreux sont les problèmes. Chacun veut son morceau, chacun réclame ce qu'il croit être sa part. Sans une tête pour décider et imposer, je crois bien qu'ils s'entretueraient tous.

«Mais la récompense finale justifie bien tous les efforts. Nul mieux que moi ne connaît cet orgueilleux bonheur que je goûte en circulant dans les rues de Québec.

«Voilà ce que je désire te transmettre : ce bonheur-là. Si tu éprouves un jour un tel sentiment, tu sauras comme moi que ton œuvre était bonne.»

Joseph voulut intervenir, mais Guillemette l'arrêta.

— Non… Non, ne me dis rien maintenant. Retourne chez toi, laboure ton champ et réfléchis. Quand tu auras bien pesé tous les aspects du rôle que j'espère te voir assumer, alors seulement tu me donneras ta réponse.

Joseph regagna son terrain à pas lents. En vérité, il se sentait plus troublé qu'il ne voulait l'admettre. Le ton confidentiel qu'avait adopté sa tante ainsi que la confiance qu'elle lui accordait ne pouvaient le laisser indifférent. Pour la première fois, il lui semblait comprendre cette femme qui depuis son enfance s'était posée à lui en énigme. Encore maintenant, il se questionnait. Ce rôle qu'elle s'était imposé, était-il réellement nécessaire tel qu'elle le concevait? Par ailleurs, que serait devenue l'Habitation de Québec sans son intervention, même si elle fut souvent contestée? Il demeura sans réponse, mais en son for intérieur il la plaignit. Ne se devait-il pas de lui donner le repos qu'elle lui demandait? Mais l'idée même de diriger et de commander lui répugnait.

Il atteignit la lisière de son verger et, tout comme Guillemette quelques instants plus tôt, il s'y arrêta, inspectant les bourgeons qui se dessinaient. Il examina la terre de ses champs encore trop lourde, mais dont les labours ne sauraient tarder. Il remonta la pente douce en humant l'air, y trouvant une toute nouvelle saveur. D'un regard circulaire, il engloba son terrain, une belle terre dont seuls les derniers arpents se présentaient en coteaux dominant la vallée de la rivière Saint-Charles. Une bonne part restait encore boisée, mais le reste, le verger et les champs qu'il avait défrichés et labourés de ses mains, avait bonne allure; il s'agissait d'une terre riche et fertile qui ne demandait qu'à produire. Il fut soulevé par un sentiment de tendresse. Pour la première fois depuis qu'il avait quitté les bois, il sentit une fierté l'enraciner en ce lieu.

N'était-ce pas précisément le sens des paroles de sa tante? Pour le reste… Sans doute certains aspects de ses directives étaient-ils souhaitables, par exemple une parole bien placée pour éclairer les vues d'un gouverneur. Il voulait surtout retenir l'idée d'entraider, de guider et de conseiller. Mais il refusait la notion de commander. Au nom de quoi l'aurait-il fait? Parce qu'il était un Hébert? Non, il se sentait égal à tous les Habitants et n'acceptait pas l'idée de donner des ordres.

Plutôt que de s'imposer dans l'amertume, ne valait-il pas mieux se faire entendre dans l'amitié? Une bonne entente basée sur une confiance mutuelle permettait un conseil bien placé, et celui-ci serait sûrement mieux accepté qu'une quelconque sommation.

La réciprocité… L'entraide…

Il touchait la vérité du doigt, il le sentait. Le don de soi, le service rendu pourraient tisser une toile d'obligations morales. Voilà ce qu'il fallait obtenir.

Et pourquoi s'en tenir à l'unique clan familial? Il importait d'élargir le cercle et d'unifier la colonie.

Joseph se remit en marche, persuadé d'avoir trouvé la meilleure solution et décidé à appliquer ces bons principes sans plus attendre.

18

S<small>UR SA LANCÉE</small>, Joseph dépassa sa maison en pierres du pays sans s'arrêter et traversa la Grande Allée en direction du terrain de Jacques Maheust. Celui-ci réparait une clôture. À l'approche du jeune homme, il se retourna. Cette visite inhabituelle l'intrigua, mais il prit soin de n'en rien laisser voir.

— Bien le bonjour, monsieur Hébert, fit-il sans interrompre sa besogne.

Avec des gestes lents et précis, il replaça une longue perche entre les pieux fichés en terre. Celle-ci, s'appuyant en chevron sur d'autres perches semblables, formait l'essentiel de sa clôture. Ce travail terminé, il se redressa et sortit de sa poche une pipe et une blague à tabac.

— Qu'est-ce que je peux faire pour votre service? demanda-t-il tout en bourrant sa pipe.

— C'est en effet d'un service qu'il s'agit. Vous savez sans doute que mes parents vont construire une maison sur le coteau Sainte-Geneviève dès que la terre aura suffisamment séché.

Son voisin ayant opiné du bonnet, il continua.

— Leur terre est belle, mais il faudra la défricher, labourer, ensemencer, planter. Mes parents ne sont plus jeunes pour entreprendre une telle tâche. Mes frères sont fougueux mais sans expérience. Quant au fermier, il ne peut à lui seul mener à bien une telle entreprise.

Jacques Maheust se contenta de sucer sa pipe. Il se méfiait et se demandait au nom de quoi il irait défricher le terrain de Noël Morin.

— Vous possédez un bœuf remarquable, poursuivit Joseph, une bête d'une qualité rare dont j'ai maintes fois admiré le travail. Avec votre bœuf et le mien qui n'est pas mauvais…

Le vieil homme l'interrompit.

— Dites donc voir! Vos beaux-frères, ils ne peuvent pas vous aider, eux?

— J'y compte bien, affirma le jeune homme. Guillaume Fournier, Charles Cloutier et Nicolas Gaudry ne manqueront sûrement pas d'apporter leur aide. Peut-être Abraham Martin, aussi, auquel je demanderai le même service. À nous tous, cela fait au moins six bœufs. Mon idée est la suivante : dans ces conditions, nous aurions tôt fait de défricher et labourer un bout de terre suffisant pour semer quelques légumes et un peu de blé. Ce travail terminé, nous pourrions tous ensemble, en utilisant les mêmes moyens, labourer vos champs et ceux des autres, ce qui serait un gain de temps précieux pour chacun d'entre nous.

Le regard de Jacques Maheust s'éclaira, comprenant tout l'intérêt de l'opération.

— Je suis votre homme. À condition que les autres en fassent autant.

Un peu plus tard, le jeune homme fit la même démarche fructueuse auprès d'Abraham Martin, son voisin du dessous. Les plus ardus à convaincre furent ses propres beaux-frères. Mais à force d'arguments, il réussit à réunir le groupe désiré.

Tous se mirent à l'œuvre et le travail fut mené rondement, chacun y trouvant son avantage. Joseph se félicita du résultat. Non seulement le groupe termina le travail des champs largement avant les autres Habitants qui opéraient isolément, mais un esprit de solidarité se développa entre eux, ainsi que le jeune homme l'avait espéré. Désormais, il devenait possible de faire une observation sans qu'on la prenne pour un commandement.

L'ensemble des labours n'étaient pas encore terminés quand vint le jour des épousailles d'Angélique Hébert avec Louis Taschereau. Il n'était pas coutumier de se marier en cette saison où les terres réclamaient un travail de chaque jour. Aussi Guillemette s'en était-elle indignée; surtout en apprenant que non seulement Angélique, mais que son frère envisageait également de pratiquer une telle entorse aux coutumes coloniales.

Les invités vinrent pourtant nombreux. Parents et amis troquèrent leurs vêtements de travail contre ceux du dimanche et se bousculèrent à l'intérieur de l'église Notre-Dame pour trouver la meilleure place.

Les épousés rayonnaient d'un bonheur éclatant. Angélique, délicate et fragile sous sa coiffe de dentelle blanche, souriait sa joie à toutes ces personnes venues la voir. Serrant le bras de son époux, elle volait plus qu'elle ne marchait, vers le grand portail. Un pâle soleil printanier accueillit le nouveau couple sur le parvis tandis que la cloche de l'église sonnait à toute volée.

Joseph serra tendrement la main que Charlotte venait de poser sur son bras. Tous deux maîtrisaient mal leur émotion à l'idée que le prochain mariage serait le leur. Sans se quitter des yeux, ils atteignirent la sortie de l'église. Leur bonheur était si éclatant, qu'on aurait pu se demander lequel des deux couples formait les épousés.

À distance, Angélique et Louis répondaient à tous ceux qui se pressaient maintenant autour d'eux afin de les complimenter.

Joseph n'eut pas le temps d'embrasser sa sœur. Au moment même où il s'en approchait, il se sentit happé par une manche et tiré à l'écart. Se tournant, il reconnut Guillemette qui tout en le tirant de la sorte lui faisait des signes.

— Approche, lui dit-elle. Approche.

S'étant isolés, elle lui demanda :

— Alors mon neveu, as-tu réfléchi?

Un peu embarrassé, le jeune homme songea que sa tante n'approuverait pas des moyens qu'il voulait utiliser. Prenant soin de taire ces méthodes peu conformes à celles de son aînée, il répondit :

— Oui, j'ai réfléchi. Je suis prêt.

La doyenne ponctua sa satisfaction d'un mouvement de canne sur le sol.

— J'en étais sûre. Bon sang ne peut mentir.

S'approchant d'un pas, elle demanda encore :

— Et ta promise, crois-tu qu'elle saura te suivre et tenir son rôle?

— Mieux que toute autre, ma tante. N'en doute point.

Guillemette aurait volontiers continué cette conversation, mais le cortège se formait. Soulagé par cette interruption, Joseph rejoignit Charlotte et la noce s'ébranla en direction du fief Saint-Joseph.

Le repas fut joyeux. Chacun mit du sien pour chanter une mélodie ou conter une histoire.

Le meilleur conteur était de loin Claude Guyon, le frère de Jean et de François, qui était récemment revenu des bois. Il narrait ses aventures aussi bien drôles que dramatiques en les appuyant d'une succession de gestes et de mimiques qui gardait son auditoire suspendu à ses lèvres.

Claude Guyon avait pourtant moins de raisons de se réjouir que l'ensemble de cette assistance. Il venait en effet de vivre un épisode de sa vie particulièrement pénible. Revenant du haut de l'Outaouais où il avait effectué d'importantes traites de fourrures, il avait été surpris par le courant d'une rivière grossie à la suite d'un orage. Son canot s'était renversé et il n'avait dû la vie qu'à une branche d'arbre à fleur d'eau à laquelle il s'était accroché avant de réussir à gagner la rive. S'il avait échappé à la noyade, il avait perdu toutes ses possessions, à commencer par sa précieuse cargaison de fourrures. Il était revenu à Québec épuisé et sans un sou en poche.

Et comme un malheur n'arrive jamais seul, sa maison avait brûlé peu de temps après son retour. De sa grange, de sa demeure et de ses meubles, il ne restait qu'un amas de cendres. Il avait dû trouver refuge chez François, avec sa femme et ses trois jeunes enfants. Le logement ne convenait guère à tant de personnes et il était évident qu'il lui faudrait trouver une solution sous peu.

Après l'une de ses histoires divertissantes, son épouse Catherine, qui avait une jolie voix, prit la relève en chantant une romance. Jean Guyon en profita pour s'approcher de son frère. Il posa une main affectueuse sur son épaule.

— Quel dommage que tu ne puisses faire carrière de tes histoires, lui dit-il. Ton avenir serait largement assuré.

Claude eut un rire nerveux suivi d'un affaissement des épaules. Jean tira une chaise à lui et, s'asseyant près de son frère, l'interrogea sur ses projets d'avenir, qui restaient assez vagues.

— Il ne me reste plus que ma part du fief de notre père à Beaupré, dit-il en conclusion. C'est là mon unique richesse.

Jean n'était pas homme à laisser sa famille dans le besoin. Aussi son intention était déjà bien arrêtée.

— Et si je te cédais une terre? proposa-t-il.

— Une terre! s'étonna son cadet. Et d'où tiens-tu une terre à céder?

— Tu n'ignores pas que mon beau-père, Guillaume Couillard, m'avait légué une parcelle du Sault-au-Matelot. Cette terre est grande et mon travail d'arpenteur m'accapare au point de m'en rendre la gestion malaisée. Tu pourrais prendre une part de cette terre, y construire une maison et veiller à la bonne ordonnance de l'ensemble.

— Mais comment faire? Je n'ai point d'argent pour construire, tu le sais bien. Non, je ne peux pas accepter une pareille générosité.

— Il ne s'agit pas de générosité. Tu me rembourseras quand tu le pourras. En attendant, c'est un échange équitable. D'une part, un logement pour toi; d'autre part, ton assistance dans les travaux auxquels je ne peux pas participer. Alors, qu'est-ce que tu en penses?

— Je n'ai guère le choix, vint la réponse. Si j'arrive à vendre ma part du fief de Beaupré, je pourrai construire une habitation. C'est de loin le meilleur arrangement.

Satisfait, Jean s'éloigna. Comme il semblait trouver les réunions de famille favorables au règlement de ses affaires, il s'approcha de Joseph et de Charlotte. Il se pencha sur le couple en souriant.

— Mon cousin, dit-il, j'en connais plus d'un qui envie-rait ta place auprès de cette jeune fille.

Charlotte répondit gaiement :

— Mais cette jeune fille ne désire nullement voir cette place occupée par un autre!

Jean eut un rire bref.

— Tu as de la chance, Joseph!

Après l'échange de quelques propos anodins, Jean entra dans le vif du sujet.

— Je me suis laissé dire que tu as su réunir tes beaux-frères et deux de tes voisins afin d'effectuer vos labours plus rapi-dement. Pourquoi ne m'en as-tu point parlé? Je me serais volontiers joint à vous.

Enchanté par cette remarque qui semblait prouver que son idée faisait tache d'huile, Joseph se leva afin de mieux s'expli-quer avec le gendre de Guillemette.

— Pourquoi n'y ai-je pas pensé! Mais, s'il est désormais un peu tard pour les labours, tu pourrais faire partie de notre groupe au temps des moissons.

— Je n'en attendais pas moins de ta part, fit Jean en souriant.

Dès le lendemain de ce jour heureux, le printemps se manifesta avec une incroyable impétuosité. Les feuilles des arbres se déployaient et les herbes poussaient avec une rapidité que Charlotte n'aurait pas cru possible encore quelques jours plus tôt. Les fleurs s'épanouissaient, comme le prouvaient les branches de pommier apportées par Joseph. De jour en jour, le temps se réchauffait. Cette surprenante saison refusant d'en rester au printemps semblait décidée à passer directement à l'été.

Hommes et bêtes respiraient plus librement, ayant l'air de s'éveiller après un long sommeil. Tout avait changé, prenant un aspect plus léger, plus gai.

Charlotte prenait plaisir à observer cette transformation. Lorsqu'elle se rendait à l'Hôtel-Dieu, elle marchait à petits pas, tout en humant l'air chargé de parfums nuancés. Elle savourait cette nature. Cette nature qui se mettait à l'unisson de ses sentiments à l'approche de ses noces.

Pour l'heure, assise dans sa cuisine, elle s'occupait à une broderie qui lui donnait des difficultés. Elle examina le travail, un *P* et un *H* entrelacés, et fit la grimace devant les imperfections qu'elle y décela.

Jean-Baptiste, qui l'observait, se mit à sourire.

— Je ne t'ai pas souvent vue une aiguille à la main. Cela te ressemble si peu.

— Je regrette bien, dit-elle, de ne pas avoir prêté davantage attention aux cours de travaux d'aiguille lorsque j'étais enfant. J'aurais moins de mal et le résultat serait plus élégant.

Le jeune homme se pencha sur son épaule, examinant à son tour le travail fini.

— Cela me semble plutôt réussi, commenta-t-il.

— Si je la compare avec le travail d'Angélique, cette broderie fait piètre figure.

— Quelle importance? Crois-tu que cela pèsera très lourd dans la balance de ton bonheur?

— Sûrement pas! s'exclama-t-elle en riant.

Jean-Baptiste considéra sa sœur avec affection. Il se réjouissait de cet amour qu'il avait vu naître et grandir dans l'éclat de ses yeux et de son sourire. Pour rien au monde il n'aurait voulu ternir ce bonheur qu'il devinait dans chacun de ses gestes. Et pourtant, il le savait, la nouvelle qu'il se devait désormais de lui apprendre allait à coup sûr la chagriner. Il en avait reculé l'échéance aussi longtemps que possible. Aujourd'hui encore, il aurait préféré ne rien dire. Cependant, il lui devait la vérité qu'il n'avait que trop tardé à lui révéler.

— Charlotte, commença-t-il. J'ai à te parler.

Au ton de sa voix, la jeune fille sursauta.

— Qu'y a-t-il, Baptiste? dit-elle, redoutant déjà quelque catastrophe.

— Je dois t'informer que je changerai prochainement de fonction.

— Oh! Ce que tu m'as fait peur! s'exclama-t-elle. Et de quoi s'agit-il?

Jean-Baptiste tortilla sa moustache avant de répondre :

— Ce que l'on me propose est du plus haut intérêt. C'est l'équivalent d'une charge, l'une de ces charges que notre mère aurait tant voulu me voir prendre en main lorsque nous étions en France.

— J'en suis heureuse. Voilà une nouvelle des plus réjouissantes! Je ne vois pas en quoi cela te chagrine.

— C'est que tu ne connais pas encore tous les aspects de ce nouveau travail. Voilà : tirant partie de mes compétences dans les langues hollandaise et anglaise, monsieur le Gouverneur et les autres dirigeants visent à me confier une sorte d'ambassade. Ce n'est donc pas dans cette contrée que je pourrai jouer ce rôle. Tu l'as compris, il me faudra m'éloigner d'ici.

— Tu retournes en France, Baptiste?

— Non, pas en France. C'est à la Nouvelle-Amsterdam que je devrai séjourner pour quelque temps.

— À la Nouvelle-Amsterdam? s'étonna Charlotte. Quoi, chez nos ennemis?

— C'est bien pour cette raison qu'on m'y envoie. Tu n'ignores pas à quel point les Iroquois nous harcèlent. Nous avons tout lieu de croire que cette nation est excitée contre nous par les soins des Hollandais et des Anglais qui n'aimeraient rien tant que de nous voir quitter les lieux. Je m'y rendrai donc afin d'essayer de mettre ces colons en de meilleures dispositions et de trouver un terrain d'entente.

La jeune fille demeura momentanément muette devant cette nouvelle si surprenante. Pourtant, d'autres questions se pressaient à ses lèvres.

— C'est en effet une fonction de la plus haute importance, dit-elle à voix basse. Quand partiras-tu, Baptiste, et pour combien de temps?

— J'ignore le temps qu'il me faudra pour mener à bien ce travail. Peut-être quelques années. Quant à mon départ…

Il hésita, puis précisa :

— Charlotte, j'ai voulu attendre le jour de tes noces. Je partirai le lendemain.

— Le lendemain, balbutia-t-elle, soudain atterrée.

Au battement de ses cils noirs, son frère comprit le chagrin qu'elle cherchait à dissimuler. Elle fit mine de reprendre sa couture. Ses yeux se brouillèrent tandis que ses mains tremblaient. Elle n'arrivait plus à piquer l'aiguille dans le tissu. Une larme roula sur sa joue et tomba sur le *P* entre les volutes du *H*.

Le jeune homme se sentait tout aussi malheureux de cette séparation. Depuis toujours, leurs pas étaient liés, dans les jeux, les joies et les peines. Jusqu'à ce voyage en Nouvelle-France.

— Charlotte, commença-t-il.

Elle leva vers lui des yeux remplis de larmes qu'elle s'empressa de chasser du revers de la main.

— Non, Baptiste, ne dis rien. Je devrais me réjouir et te complimenter pour cette fonction si pleine de promesses. Seulement, je voyais les choses si différemment. Je me sentirai très seule sans toi.

— Allons, Charlotte, tu ne seras point seule…

— Non. J'aurai Joseph auprès de moi. Et je sais que je serai profondément heureuse à ses côtés. Aussi ne te fais aucun soucis, Baptiste. Pars sans crainte. Tu as ta destinée et j'ai la mienne. Nous ne pouvons en aucune façon vivre l'un pour l'autre. Le temps est venu de mener chacun notre vie. Espérons seulement que ces chemins si différents se retrouveront un jour.

Malgré tous ses efforts, Charlotte eut du mal à surmonter sa peine et à accepter le départ de ce frère qu'elle chérissait. Elle avait beau se répéter que sa belle-famille saurait remplacer celle qu'elle n'avait plus, elle ne pouvait nier le vide qu'elle sentait depuis qu'elle envisageait le départ de Jean-Baptiste.

Si seulement elle avait pu voir Joseph, lui expliquer, parler avec lui, combler cette brèche par sa présence. Cela lui aurait été d'un secours précieux. Mais Joseph, elle le savait, était retenu par le travail de ses champs.

Elle dut attendre plusieurs jours avant de pouvoir le rencontrer. L'occasion se présenta lorsque les Morin s'installèrent à la Côte-Saint-Jean.

La nouvelle maison bourdonnait d'activité tandis que les uns et les autres transportaient meubles et caisses ou vidaient les colis.

Charlotte se laissa emporter par l'activité fiévreuse de cette famille remuante. En un premier temps, elle dut consoler Marie-Madeleine qui s'était blessée en tombant. Puis ce fut Charles qui réclama son attention; il lui montra sa nouvelle chambre, expliquant de quelle manière il allait la partager avec ses deux frères aînés. Un peu plus tard, alors qu'elle disposait des assiettes dans le buffet, c'est Marie qui vint s'assurer qu'elle pourrait la voir fréquemment, même après son mariage.

Joseph, qui passait à cet instant, s'empara de sa main et l'entraîna vers l'extérieur.

— Ma famille t'accapare à un tel point, dit-il, que, pour un peu, je serais jaloux.

Il l'embrassa longuement avant de murmurer :

— Oh! comme tu me manques et comme le temps me semble long avant notre mariage!

À ce contact, Charlotte sentit les angoisses des derniers jours s'évanouir comme par enchantement. Elle leva vers lui ses yeux noirs bordés de longs cils soyeux.

— Il était grand temps que je te voie. J'avais le plus grand besoin de ta présence.

Il la serra contre lui en murmurant :

— Patience, mon aimée. Dans quelques jours, nous ne nous quitterons plus. Rien ne pourra jamais nous séparer.

19

En cette fin de mai 1660, le soleil se leva joyeux et chaud pour saluer ce jour qui allait unir Charlotte de Poitiers du Buisson et Joseph Hébert.

Tandis qu'on se rassemblait déjà sur le parvis de l'église Notre-Dame, la promise, encore dans sa chambre, achevait de se vêtir. Angélique l'assistait dans sa toilette et s'exclamait sur l'élégance de la robe qu'Anne Bourdon avait offerte à la mariée.

Charlotte avait revêtu une jupe ample et froncée à la taille, d'une soie blanche aux reflets nacrés, légèrement bleutés. Le corsage bleu roi, très ajusté, soulignait la taille fine sous laquelle il se terminait en pointe. Le décolleté, laissant paraître les épaules nues, était bordé d'un rang de fine dentelle, tandis qu'une semblable dentelle ornait les poignets des larges manches trois-quarts. Ses cheveux noirs ainsi que le buste se cachaient sous une mantille blanche nouée sur la poitrine. Pour compléter l'ensemble, elle portait à la main un livre de prières blanc orné de quelques narcisses odorants, d'où s'échappaient deux longs rubans de même couleur.

Ayant terminé un dernier ajustement, Angélique recula d'un pas pour admirer le résultat. Charlotte lui rendit un regard vibrant d'émotion. D'enthousiasme, Angélique joignit les mains.

— Tu es superbe! s'exclama-t-elle joyeusement. Jamais épousée n'aura été plus belle!

— Crois-tu que je plairai à Joseph? demanda la jeune fille.

Angélique éclata d'un rire argentin.

— Si tu lui plairas? Peux-tu en douter? Tel que je connais mon frère, il sera bouleversé en te voyant.

Pendant ce temps, Jean-Baptiste faisait les cent pas dans la salle commune, attendant la conclusion de cette toilette dont la durée lui semblait déraisonnable. N'y tenant plus, il lança :

— Hâtez-vous, de grâce! Nous serons à coup sûr les derniers arrivés.

Angélique rit de nouveau.

— Tout doux, Jean-Baptiste. Je peux t'assurer que ces épousailles-ci ne débuteront pas sans Charlotte.

Adressant un sourire complice à son amie, elle ouvrit la porte en disant :

— Vois plutôt le résultat.

Charlotte s'avança vers lui, rayonnante dans sa tenue de mariée. La voyant ainsi parée, son frère eut du mal à contenir son émotion.

— L'attente en valait bien la peine, reconnut-il. Ma chère sœur, si beauté est synonyme de bonheur, tu seras assurément très heureuse.

— Je t'apprendrai que je le suis déjà, dit-elle en lui offrant un délicieux sourire.

Elle glissa une main sous son bras et ajouta :

— Je suis prête, Baptiste.

Charlotte quitta le petit logement de la ville-basse sans même un regard pour ces murs qui avaient abrité ses premiers mois en Nouvelle-France.

Le trio s'engagea sur la côte de la Montagne et gagna l'église Notre-Dame. Il y avait foule sur le parvis et Charlotte chercha Joseph des yeux. Elle l'aperçut rapidement, debout, près de son beau-père. Il était vêtu d'un ensemble gris mettant en valeur un col carré et des poignets rabattus en toile blanche bordée d'un soupçon de dentelle. Un large chapeau en feutre noir paré d'une plume verte complétait cette tenue. La taille haute et les épaules fortes s'ajoutaient à l'ensemble pour lui donner une grande élégance.

En le voyant, Charlotte se sentit troublée. Elle porta une main à sa poitrine, cherchant à contrôler les battements de son cœur. Puis doucement, elle adressa un sourire lumineux à celui qui allait devenir son mari.

Joseph s'approcha d'elle. Luttant contre l'émotion qui le gagnait également, il ne put prononcer un seul mot. Profondément remué, il parvint enfin à murmurer :

– Comme tu es belle!

Il ne put rien dire d'autre. Seuls ses yeux laissaient percer la flamme qui l'habitait.

Cet intermède fut interrompu par Jean-Baptiste qui se chargea de les ramener à la raison.

– Je vous vois déjà très amoureux, dit-il, mais je me dois de vous rappeler que vous n'êtes pas encore mariés et que, pour en venir là, il vous faut d'abord entrer dans cette église.

Joseph laissa fuser un rire amusé, tandis que Charlotte, un peu confuse, passait sa main sous le bras de son frère. Le reste du cortège se forma derrière eux.

L'orgue lança ses premières notes et les mariés avancèrent jusqu'au pied de l'autel. Le cœur battant, ils prirent place, côte à côte. Germain, qui assistait le prêtre, leur sourit. Mais déjà la messe commençait. Joseph écouta le *Confiteor* comme dans un brouillard. Plus rien n'existait que cette femme près de lui, qui allait devenir son épouse.

Charlotte sentait monter en elle un bonheur si vif qu'elle aurait voulu en faire part à Joseph, mais aucune parole ne lui était possible. Au regard qu'elle lui adressa, celui-ci sentit sa gorge se nouer. Dès que les alliances furent glissées à leurs doigts, il posa une main frémissante sur la sienne. Ils échangèrent un sourire où se mêlaient l'émotion et la joie.

Joseph dut fournir un effort pour suivre la messe qui continuait et faire preuve d'un peu de piété.

Charlotte leva les yeux sur le Christ en croix au-dessus du maître-autel et formula une prière de reconnaissance. Dieu avait si bien su guider ses pas vers un bonheur inespéré.

Lorsque la dernière bénédiction leur fut donnée, le couple se leva. Charlotte posa sa main sur le bras de Joseph.

— Je t'aime, lui chuchota-t-il.

— Et moi, donc, répondit-elle sur le même ton.

La cloche de l'église les accueillit à la sortie. Le jeune couple ne se quittait plus des yeux, laissant enfin éclater l'euphorie du moment.

Mais les époux se virent rapidement entourés par un groupe de parents et d'amis venus les féliciter.

Anne Bourdon, prise d'un sentiment maternel, serra Charlotte contre sa poitrine.

— Tu es superbe, lui dit-elle. Je te remercie de ce plaisir que tu me donnes.

Béate d'admiration, Justine contemplait sa protégée, le cœur gonflé de fierté.

— Si j'avais une fille, déclara-t-elle, je ne voudrais pas qu'elle soit autrement que toi.

Émue, Charlotte l'embrassa tendrement.

Chacun ayant complimenté les mariés, le cortège se forma à nouveau et se dirigea cette fois vers le coteau Sainte-Geneviève.

Le repas fut tout aussi gai qu'à l'occasion des noces d'Angélique. Claude Guyon se surpassa en histoires de tous genres, tantôt captant l'attention en faisant frémir toute l'assistance, pour ensuite provoquer l'hilarité générale.

Seuls les adieux de Charlotte et de son frère jetèrent une ombre sur cette journée heureuse. Aussi Joseph prit-il soin d'écourter cette séparation en prenant congé de l'ensemble des invités.

Voyant que les époux allaient se retirer, les jeunes gens de la noce se regroupèrent, bien décidés à les accompagner jusqu'à leur demeure. Arrivée au terrain de Joseph, leur escorte les abandonna, non sans avoir lancé quelques plaisanteries un peu grivoises, et s'en retourna chez les Morin où la fête devait continuer encore fort tard.

Se retrouvant enfin seul, le jeune couple s'engagea sur le sentier qui conduisait à la maison. Charlotte mettait les pieds pour la première fois sur ce terrain, qui devenait également le sien, ce terrain que bien des fois elle avait observé en passant. Elle prit le temps de détailler l'ensemble. À droite, la petite rivière La Chevrotière ondulait en creusant un sillon profond. À gauche, et cachée derrière un bosquet d'arbres, se dressait la maison de Joseph. Il s'agissait d'une belle demeure en pierre, d'une bonne dimension, ornée de volets bleu outremer et coiffée d'un toit pointu couvert de bardeaux de cèdre. Au-delà, elle reconnut des champs et des arbres, sans arriver à discerner autre chose.

Joseph la conduisit jusqu'à la porte de la façade et l'introduisit dans un vestibule. Dès qu'il eut refermé la porte, il la serra passionnément contre lui.

— Enfin! murmura-t-il. Depuis l'instant où je t'ai vue sur le parvis de l'église, je mourais d'envie de te prendre dans mes bras.

Brûlant d'un désir qu'il ne cherchait pas à dissimuler, il ne se retint plus. Ses lèvres s'emparèrent de celles de Charlotte.

Puis, s'écartant légèrement, il déclara :

— Bienvenue chez toi, mon aimée!

— Chez moi! répondit la jeune femme avec effusion. Joseph, je crois rêver. Toute cette journée merveilleuse et maintenant... J'ai la tête qui tourne.

Il l'étreignit de nouveau.

— Dieu que je t'aime, fit-il dans un souffle. Mais viens que je te montre ta maison.

Charlotte suivit son époux, s'émerveillant de tout ce qu'elle découvrait. À droite se trouvait la grande salle, scrupuleusement fermée en attendant les jours de fête et qui n'avait encore jamais servie. Au fond, un salon à l'aspect confortable, où il ferait bon se retrouver les soirs d'hiver. À gauche, la cuisine, le point vers lequel convergeait la vie de toute maison, car on y mangeait, bien sûr, mais on y travaillait aussi, on s'y détendait, en un mot on y vivait.

La jeune femme admira la vaste cheminée avec sa crémaillère et sa broche ainsi que tous les ustensiles qui l'entouraient. Près de la porte se trouvait le banc aux seaux, tout à côté de la pierre d'évier. Plus loin, un buffet renfermait les assiettes, les verres, les plats. Au-dessus, sur une tablette, s'alignaient les derniers pots de confiture de l'année. Tout cet ensemble l'enchanta.

Charlotte caressa le bois lisse de la table au centre de la pièce. Prise de curiosité, elle ouvrit la porte qui donnait sur le jardin, un beau potager bien entretenu. Elle circula entre les plates-bandes, et identifia les légumes qui y poussaient.

Joseph l'observait, ravi et aussi amusé par ses réactions.

— Jusqu'où veux-tu aller comme ça? lui demanda-t-il en riant.

— Mais je veux tout voir! s'exclama-t-elle.

Joseph l'accompagna, lui indiquant chaque aspect de ses terres. Le jour baissait, enveloppant les bosquets d'un contour estompé et velouté. Le ciel s'était embrasé et se striait de larges bandes d'un mauve sombre contrastant avec le pourpre que lançaient les derniers rayons du soleil.

Ils marchèrent doucement tout en foulant du pied les clochettes blanches du muguet qui poussait à l'état sauvage. Ils contemplèrent longuement ce festival de couleurs dans un ciel qui semblait se mettre en fête afin de mieux s'unir à leur bonheur. Lorsqu'ils atteignirent la lisière du bois, le disque incandescent glissa partiellement derrière les montagnes au loin, avant de se noyer tout à fait dans les vagues sombres se profilant à l'horizon.

Charlotte laissa échapper un soupir de bien-être.

— Comme je serai heureuse ici!

Avant de lui répondre, Joseph se pencha et cueillit quelques brins de muguet et les offrit à son épouse.

— On dit que le muguet porte chance. Conserve donc celui-ci afin que notre bonheur soit toujours le même.

Charlotte se blottit contre lui.

— Jamais, j'en suis sûre, ce bonheur ne pourra dépasser celui d'aujourd'hui. Je ne croyais pas possible d'aimer à ce point.

Joseph lui sourit, attendri.

— Mon amour…, murmura-t-il.

Il glissa son bras sous la taille de sa femme et, tout doucement, le jeune couple regagna la maison.

20

CHARLOTTE se lança dans sa nouvelle vie avec enthousiasme. Au contact de Joseph, elle s'épanouit. Elle avait
trouvé en lui un mari prévenant, mais aussi un homme juste
et fort sur lequel elle savait pouvoir compter. Leur amour avait
pris un nouvel élan, plus profond, et il les unissait si
étroitement qu'ils ne pouvaient pas imaginer une autre
existence.

Sans hésiter, elle partagea les menues corvées de la ferme,
telles que nourrir les volailles ou sarcler le jardin, et y trouva
un plaisir inattendu. Lorsqu'elle ramassait un œuf encore
chaud, elle en caressait la coquille lisse. Et quand elle récolta
les premiers haricots, elle éprouva un sentiment de fierté.

Elle fit la connaissance de Béranger Crevier, le fermier, et
de sa femme Marine qui habitaient du côté des pâturages avec
leurs trois enfants. Avec eux, elle s'initia aux différents aspects
de l'élevage et de la culture, tout un ensemble qui lui plaisait.
Elle en vint à se reprocher son mépris pour le travail que son
propre frère Charles avait entrepris sur les terres du Buisson.

Mais le personnage le plus important de la maisonnée était
sans conteste Noémie, la cuisinière et bonne à tout faire. Plus
toute jeune, elle avait vu naître Joseph et s'était attachée à lui,
au point de le suivre quand il s'était établi sur cette concession.
Elle disait à son sujet : « Joseph, il n'est pas comme les autres. »

Et la rondeur de sa voix suffisait à exprimer tout l'amour qu'elle lui portait. Heureuse de voir son «petit» prendre épouse, elle avait chaleureusement accueilli la nouvelle madame Hébert.

Le soir, quand Charlotte revenait de l'Hôtel-Dieu où elle jouait autant le rôle d'infirmière que celui de sage-femme, elle marchait avec allégresse, mais ne manquait jamais de s'arrêter dans l'entrée de la propriété, la couvant des yeux, et chaque fois elle s'étonnait que cette terre puisse lui appartenir.

Quand vint le temps de la récolte du foin, elle était bien décidée à participer à l'opération. Le premier jour, elle se hâta dans ses visites, si bien qu'elle put regagner la maison avant midi. Dans la cuisine, elle trouva Noémie très affairée autour de ses chaudrons, la coiffe légèrement de travers, ce qui, chez elle, dénotait toujours une grande activité.

— Ils auront faim à midi, tous ces pauvres enfants, marmonna-t-elle sans réellement faire attention à la présence de sa maîtresse.

Celle-ci noua un tablier bleu autour de sa taille et ajusta une coiffe en toile blanche pour se protéger du soleil. D'un pas ferme, elle se dirigea vers le champ.

Un chaud soleil l'enveloppa. L'air frémissait du bourdonnement d'une belle journée d'été. Les herbes bruissaient sous ses pas tandis que des nuées de sauterelles et de grillons fuyaient devant elle et que des papillons blancs ou orangés voltigeaient autour d'elle. Au loin, elle vit le champ inondé de lumière et la charrette partiellement chargée se profilant contre le ciel d'un beau bleu profond. Marine et Jérôme, l'aîné des fils Crevier, ratissaient tandis que Joseph et Béranger remplissaient la charrette. Un peu plus loin, deux autres groupes évoluaient sous les directives de Jacques Maheust et de Claude Guyon.

La voyant venir, Joseph suspendit un instant le mouvement de sa fourche.

— Qu'est-ce que tu fais ici? s'étonna-t-il. Je te croyais auprès de tes malades.

Elle sourit, ravie de sa manœuvre.

— Ne t'avais-je pas dit que nous allions travailler ensemble?

Ils échangèrent un sourire complice. Posant sa fourche, Joseph lui tendit un large râteau et lui expliqua la marche à suivre. La jeune femme n'avait aucune expérience dans de tels travaux, mais elle avait suffisament observé les fermiers sur le domaine de son enfance pour s'en faire une idée. Le râteau lui sembla d'abord lourd et encombrant. Mais, refusant de se laisser abattre pour si peu, elle s'attela à la tâche.

Marine et Jérôme continuèrent de ratisser le foin de longues bandes. Charlotte les suivait, formant de petites meules que les hommes chargeaient sur la charrette. Lorsque Béranger partait pour engranger le foin, Joseph se joignait à elle. Il observait ses mouvements qui trahissaient une certaine maladresse, mais le cœur qu'elle y mettait laissait supposer qu'elle allait rapidement acquérir l'aisance qui lui faisait encore défaut.

L'air embaumait le foin coupé. Le soleil brûlait la nuque et les bras des travailleurs. Charlotte sentit la chaleur l'envahir. Même sa coiffe semblait insuffisante à la protéger. À tout moment, elle s'épongeait le front.

Chacun s'attachait à sa besogne sans mot dire. On n'entendait que le grattement des râteaux accompagné par le bruissement du foin et le souffle du bœuf tirant la charrette. De temps à autre, les hommes lançaient une exclamation pour contrôler l'attelage ou pour attirer l'attention sur un point délicat.

Charlotte se sentait de plus en plus incommodée par la chaleur. Ses jambes refusaient de la porter et un début de nausée s'emparait d'elle. La jeune femme s'appliqua à n'en rien laisser paraître, misant sur la pause du midi qui lui permettrait de reprendre son rythme du début.

La nausée augmentait pourtant, devenant obsédante. «Il faut que je tienne», se répétait-elle en serrant les dents.

Soudain elle fut prise de vertige et une sueur froide perla à son front. En un éclair, les couleurs qui l'entouraient prirent une intensité anormale. Comprenant enfin ce qui lui arrivait, elle voulut s'étendre à même le sol, mais n'en eut pas le temps. Elle s'effondra mollement au pied de la meule qu'elle venait de former.

Joseph se précipita, se penchant sur elle avec inquiétude. Marine le suivit de peu.

— Ce sera sûrement un coup de chaleur, affirma celle-ci. Il faudrait la mettre à l'ombre.

Le jeune homme la transporta sous les arbres qui bordaient le champ et la fermière courut chercher une cruche d'eau pour lui asperger les tempes. Quand Charlotte ouvrit les yeux, elle balbutia :

— Ce n'est rien, c'est la chaleur.

— Dieu! que tu m'as fait peur! s'exclama Joseph encore bouleversé.

Elle voulut se lever, mais n'en eut pas la force.

— Attends un peu, lui dit Joseph. Repose-toi! Tu ne vas quand même pas te remettre au travail dans ton état.

Malgré les protestations de la jeune femme, Joseph insista pour l'aider à regagner la maison où Noémie les accueillit en se tordant les mains.

— Mon Dieu, mon Dieu! s'écria-t-elle. J'aurais bien dû l'arrêter. Une petite dame comme ça, c'est point fait pour travailler aux champs. Va vite l'allonger sur votre lit, je vais lui faire respirer du vinaigre.

La brave femme la soigna avec une attention jalouse, lui préparant des compresses fraîches ou lui apportant un lait de poule que la malade ne pouvait pourtant pas avaler.

Les malaises se manifestèrent encore pendant les quelques jours suivants, accompagnés de vomissements.

— Sans doute une insolation, affirma Charlotte afin de calmer les appréhensions de son époux.

Mais celui-ci demeura inquiet et, quand elle retrouva ses forces, il lui interdit de participer aux travaux des champs.

Charlotte s'employa alors à des occupations domestiques dans l'intention de donner une touche féminine à cette maison qui en manquait singulièrement. Encouragée par Anne Bourdon qui continuait à lui rendre de fréquentes visites, elle confectionna des rideaux pour le salon et d'autres pour la grande salle. Elle distribua les meubles différemment, tria des livres et des paperasses encombrantes, et les rangea d'une façon plus appropriée.

Le résultat se montra des plus heureux. Le petit salon prit un aspect plus accueillant. La couleur vive des tentures et des carrés sur les chaises lui donna une apparence lumineuse. Enfin, quelques objets offerts par Anne Bourdon ou par Justine Chicoine – un bougeoir, une petite table, un pot en étain – achevèrent de donner une impression de confort douillet.

Joseph fut agréablement surpris par l'effet produit dans cette pièce. Pourtant, il n'arrivait pas à calmer son inquiétude. Loin de se reposer comme il l'aurait souhaité, Charlotte semblait bouillonner d'activité. Il se décida alors à prendre une bonne qui aiderait son épouse dans ses entreprises et soulagerait Noémie, qui vieillissait. Selon la coutume, il s'agissait d'une orpheline encore jeune. Celle-ci avait treize ans. Le couple devait s'engager à la loger, la nourrir, la vêtir et l'éduquer jusqu'à son mariage.

Jeannette, tel était son nom, avec ses grands yeux effarouchés, se montrait un peu godiche. Elle se révéla excellente à donner un coup de balai ou à nourrir les cochons, mais d'une désarmante maladresse pour exécuter des travaux plus délicats. Trébuchant dans ses chaussures auxquelles elle n'était pas habituée, elle multipliait les petites bêtises en tous genres. Elle était incapable de faire des courses, ne sachant pas compter pour recevoir la monnaie, oubliant ce qu'elle devait rapporter ou confondant un article avec un autre. Aussi Charlotte décida-t-elle d'effectuer ses achats elle-même.

Un matin, elle se rendit dans la ville-basse et gagna la place publique, où régnait une grande activité, comme tous les matins. Les agriculteurs venaient ici vendre les produits de leur ferme. C'était également l'endroit où l'on placardait les avis, et où le crieur commençait sa tournée. Elle prit plaisir à circuler entre les étalages, regardant ce que chacun avait à offrir.

Soudain, un cri retentit.

— Le voilà, il est arrivé!

Ces paroles se répandirent, provoquant un grand remous, tandis qu'on se ruait vers la rue Saint-Pierre.

— Que se passe-t-il? demanda Charlotte à une fermière.

— C'est un navire qui vient de France, répondit la brave femme sans cacher son excitation.

Un navire de France! Le sang de la jeune femme ne fit qu'un tour. Peut-être aurait-elle enfin quelques nouvelles de sa famille… Ou, à défaut, un contact avec ces gens qui arrivaient de la métropole.

Charlotte ne résista pas à l'attrait de cet événement et se mêla à la foule des badauds qui se pressaient sur le quai.

Le navire était là, grand, majestueux, déployant une imposante voilure blanche et manœuvrant gracieusement au large.

Un frisson d'excitation la parcourut. Autour d'elle, on poussait des cris de joie. Personne ne demeurait indifférent devant ce bâtiment que chacun avait attendu pendant tout l'hiver.

Charlotte ne se lassait pas de l'examiner, sentant grandir en elle un enthousiasme qu'elle contrôlait à peine. C'est dans un état de semi-conscience qu'elle entendit une voix à ses côtés lui dire :

— Eh bien, ma cousine. Je vois que tu es atteinte par la maladie des navires!

La jeune femme tourna la tête. Jean Guyon se tenait très droit, les yeux rivés sur le voilier qui venait de s'immobiliser.

— Rassure-toi, ajouta-t-il sans quitter le vaisseau des yeux. On ne guérit jamais de cette maladie-là. Tel que tu me vois, depuis bientôt trente ans que je suis ici, je ne peux pas résister à ce spectacle.

Elle éprouvait une grande sympathie pour ce cousin par alliance qui se montrait sobre et courtois. Mise en confiance par son attitude, elle n'hésita pas à manifester sa joie.

— Et tu espères sans doute des nouvelles des tiens, avança Jean.

— C'est précisément ce que j'attends depuis un an, reconnut-elle.

— Ne t'imagine pas avoir une lettre dans l'heure qui suit, prévint-il. Il faut d'abord décharger le navire, puis trier la marchandise; cela demande un certain temps.

— Quelle importance? s'exclama-t-elle. Quand bien même je n'aurais aucune lettre, il s'agit d'un navire de France; les gens qui sont à son bord arrivent de France.

Charlotte n'eut pas à attendre longtemps. Dès le lendemain, elle tenait entre ses mains les trois lettres qu'Antoinette lui avait écrites. Elle s'enferma dans sa chambre afin de s'abandonner à leur lecture.

La première, datée de l'année précédente, relatait la mort et l'enterrement de leur mère. La deuxième donnait des nouvelles d'ordre plus général : les récoltes médiocres malgré les efforts de Charles et de Jehan, un hiver difficile. La maisonnée étant trop nombreuse pour la nourrir dans les circonstances, il avait fallu trouver de nouvelles dispositions. Ainsi, Hortense avait épousé un riche commerçant, Catherine se trouvait dans un couvent où l'on recueillait les orphelines et Philippe avait joint l'armée. Des quatre plus jeunes membres de la famille, il ne restait plus qu'Anne à la maison. Celle-ci avait ajouté un mot au bas de la lettre, lui disant toute sa tendresse et sa hâte de la voir revenir parmi eux.

Malgré des nouvelles qui dans l'ensemble ne se montraient pas très heureuses, Charlotte se sentit réchauffée par ce contact, rompu depuis un an.

La troisième lettre était consacrée à la naissance du fils qu'Antoinette venait de mettre au monde. À la lire, cet enfant était le plus merveilleux qu'on ait jamais vu.

Charlotte relut les trois lettres avec avidité, puis une fois encore, doucement, les savourant et essayant de lire entre les lignes tout ce que sa sœur n'avait pas pu lui dire.

À son tour, elle sortit un parchemin, une plume et de l'encre, et entreprit une longue lettre. Elle décrivit son arrivée à Québec, les premiers mois qu'elle y avait vécus et enfin son mariage ainsi que le départ de Jean-Baptiste. Conservant un espace important pour une prochaine nouvelle, elle relut la lettre avec attention, plia le parchemin, puis le mit de côté.

Portant dans son cœur toutes ces nouvelles qu'elle venait de recevoir, elle descendit à la cuisine où Noémie et Jeannette étaient occupées à équeuter des fraises pour en faire des confitures. Elle enfila un tablier et attaqua sa part de corvée.

Noémie posa sur elle l'un de ses regards tendres.

– C'est bon, hein, d'avoir des nouvelles de chez nous, dit-elle. Je me souviens encore quand mes lettres arrivaient. Je ne sais point lire, mais il y avait toujours quelqu'un qui pouvait le faire pour moi. À c't'heure, je suis trop vieille. Il n'y a plus personne qui peut m'écrire.

225

— Et cela te manque sans doute, Noémie.

— Oh! vous savez, maintenant, ma famille, c'est ici qu'elle est.

Charlotte s'épongea le front. Il régnait dans la cuisine une chaleur étouffante. La jeune femme songea qu'il était difficile de se figurer la froidure de l'hiver passé. Elle but une gorgée d'eau fraîche et se remit à la besogne tout en songeant aux corvées à venir.

— J'ai remarqué, dit-elle, une grande quantité de framboisiers sauvages sur le coteau qui domine la rivière Saint-Charles. Il serait bon de cueillir les fruits lorsqu'ils seront mûrs et d'en faire également des confitures et du sirop de vinaigre[1].

Noémie opina, fière de voir sa maîtresse prendre de si bonnes décisions.

— Il y aura des bleuets aussi, renchérit-elle.

Charlotte se rappela ce fruit qu'elle avait dégusté pendant l'escale de Tadoussac et auquel François Guyon avait donné ce nom.

— Quand seront-ils mûrs?

— Oh… dans un mois ils devraient être bons, fit Noémie tout en donnant une tape rapide sur la main de Jeannette qui depuis le début mangeait un fruit sur deux.

— Si tu continues comme ça, dit la cuisinière, tu vas attraper la colique. Les fraises, elles sont pas là pour les manger, mais pour faire de la confiture. Tu seras bien contente d'en avoir cet hiver.

La coupable baissa le nez sans rien dire. Compatissante, Charlotte isola une petite pyramide de fruits.

— Voilà, dit-elle, celles-ci sont pour toi.

L'adolescente leva sur elle des yeux étonnés et s'empressa d'engloutir cette manne qui lui était offerte.

---

1. Sirop de vinaigre : composé à base de framboises, de sucre et de vinaigre, se buvant additionné d'eau.

La jeune femme sourit devant tant de frénésie, puis enchaîna :

— Il sera nécessaire de tuer un ou deux cochons pour saler du lard et fumer des jambons et des saucisses.

— On peut faire aussi des pâtés de foie, des cretons, des ragoûts, des fromages de tête, des tourtières…

Étonnée par une telle nomenclature, Charlotte coupa :

— Tout doux, Noémie. Comment conserver une telle quantité de plats?

— Dans le grenier. C'est tout simple, mon petit! Ça gèle pendant l'hiver, et quand on réchauffe un plat, il est aussi bon que si on venait de le cuisiner.

— Geler dans le grenier, s'exclama la jeune femme. Quelle ingénieuse idée! Mais alors, il faut préparer autant de plats que possible!

Noémie opina d'enthousiasme. Sa coiffe en fut toute remuée. Joseph avait toujours refusé qu'elle consacre du temps à ces cuissons d'automne et s'était trop souvent contenté d'un bout de lard avalé en vitesse, au grand regret de la cuisinière. Elle songea qu'il était grand temps qu'une femme mette bon ordre dans cette maisonnée, ce qu'elle manifesta en proclamant :

— Ah! Quel bonheur d'avoir une maîtresse dans cette maison!

L'équeutage terminé, Charlotte et Jeannette versèrent les fruits et du sucre dans une grande marmite en cuivre, qu'elles accrochèrent à la crémaillère. Noémie en remua le contenu. Bientôt une odeur douceâtre se répandit dans la cuisine.

Il fallait désormais attendre la fin de la cuisson avant de mettre en pot, ce qui laissait à Charlotte le temps d'aller voir Joseph. Celui-ci, elle le savait, était occupé à épierrer un champ avec l'aide de Béranger. Par la chaleur qu'il faisait, un rafraîchissement serait sûrement le bienvenu. Saisissant deux grandes cruches poreuses capables de conserver longtemps la fraîcheur, elle se rendit au puits pour les remplir.

Noémie l'observa d'un œil critique. La brave femme s'était fait une idée sur les causes du malaise de sa maîtresse et, si elle n'en avait rien dit jusque-là, elle n'en pensait pas moins.

— Laissez donc ça, vous allez vous fatiguer. C'est point un travail pour une dame, ça, surtout… dans votre état.

Un peu étonnée, Charlotte posa une cruche sur la margelle du puits et, se retournant, scruta la vieille femme. Elle ne put retenir un sourire.

— Noémie, gourmanda-t-elle affectueusement, je t'interdis d'arriver à des conclusions avant l'heure.

Les deux femmes échangèrent un regard entendu. Sûre de son fait, la cuisinière recommanda :

— Faites bien attention.

— N'aie crainte, Noémie, tout se passera très bien.

Elle saisit une jarre dans chaque main et se dirigea vers le champ.

À son approche, Joseph arrêta son travail. Il posa sa pioche et s'épongea le visage tout en regardant sa femme qui marchait légère et gracieuse entre les herbes hautes. Le jeune homme ne se lassait pas de la voir, de la sentir près de lui.

— Ah! Quel plaisir tu me fais! dit-il. Quand c'est toi qui m'apporte de l'eau, elle me semble meilleure.

Puis, s'asseyant sur une grosse pierre, il but à la régalade. Charlotte l'observa, légèrement amusée.

— Profites-en bien, mon époux, ça ne durera peut-être pas toujours.

Joseph leva vers elle un regard éberlué.

— Et pourquoi donc?

— Quelqu'un m'en empêchera bientôt.

— Quelqu'un? Mais qui ça?

— Celui que dans quelques mois tu appelleras ton fils.

— Un fils!

Il lança un hurlement de joie qui fit vibrer l'air, ensuite, se ravisant, il s'approcha de sa femme, adoptant une attitude un peu maladroite où perçait une forme de respect.

— Un enfant de toi, Charlotte, un tout-petit, murmura-t-il. Tu es merveilleuse!

Il l'embrassa avec émotion, puis se laissa choir sur la pierre. Il ressentait un mélange de stupeur et d'émerveillement. Se redressant, il répéta, cette fois avec une fierté manifeste :

— Un enfant!

Après avoir bu une dernière rasade, il bomba le torse et se remit à la tâche avec une force décuplée.

21

COMME CHAQUE ANNÉE, la reprise de la circulation mari-
time avait entraîné une affluence de malades à l'Hôtel-
Dieu. Le *Saint-Jean* et l'*Aigle-d'Or*, arrivés depuis peu, avaient
déchargé des passagers plus affligés les uns que les autres. Les
deux salles de l'hôpital s'étaient remplies et on envisageait
même d'utiliser la chapelle. Dans ces circonstances, Charlotte
ne se sentait pas le droit d'abandonner les soins qu'elle
donnait à l'hôpital.

Ce jour-là, après avoir pratiqué une saignée, elle observa
le jeune homme atteint de fièvre pourpre qui était allongé
devant elle. Les yeux profondément enfoncés dans leurs
orbites ainsi que la bouche entrouverte ne présageaient rien
de bon. Il se nommait Jacques Duban. Mais c'était l'unique
renseignement que l'on possédait sur lui. Il demeurait dans
un état de semi-conscience depuis le jour de son arrivée, et
aucune parole n'avait encore franchi ses lèvres. Le regardant,
Charlotte songea qu'elle n'en saurait sans doute jamais
davantage à son sujet.

Levant la tête, elle reconnut la silhouette de monsieur
Madry de l'autre côté de l'allée. Attirant son attention, elle
lui indiqua le jeune homme d'un air inquiet. Comprenant
l'appel qui lui était adressé, le chirurgien-chef s'approcha et
se pencha à son tour sur le malade. L'ayant ausculté, il se

redressa en hochant tristement la tête. Ce simple geste suffisait à révéler le peu d'espoir qu'il accordait à une quelconque guérison. Il allait s'éloigner, quand la jeune femme l'arrêta.

— Monsieur Madry, commença-t-elle. Depuis plusieurs jours déjà, je désire vous entretenir d'un sujet me concernant. Le moment n'est pas des plus opportuns, j'en conviens, mais avec tous ces malades qui vous accaparent, je risque de ne point vous trouver disponible à quelque autre moment.

Jean Madry coupa court à son entrée en matière.

— Quelle est votre requête?

— Elle est des plus simples. Je désire vous apprendre que d'ici peu, il me faudra faire appel à vos soins, ou à défaut, à ceux d'une sage-femme.

— D'une sage-femme, fit le chirurgien en se tapotant le menton d'un air amusé. Si j'en juge par votre mine, la maternité vous sied à merveille et vous n'aurez pas besoin de mes soins dans les jours prochains.

Il s'arrêta, ayant soudain pris conscience de la situation. Troquant son air enjoué contre une expression sévère, il reprit sur un ton courroucé :

— Dans ce cas, que signifie votre présence en ces lieux? Quelle imprudence! Mon premier soin à votre endroit sera de vous en chasser. Vous n'avez pas le droit de mettre en péril la vie de votre enfant. Fuyez. Fuyez immédiatement. Pratiquez, si vous le désirez, votre métier de sage-femme à Québec ou dans les environs, et pendant autant de temps que vous le pourrez, mais je vous interdis de remettre les pieds dans cet établissement tant que dureront les épidémies.

Voyant la jeune femme hésiter, il insista :

— Mais qu'est-ce que vous attendez? Partez sur-le-champ. Je vous l'ordonne.

— Il faut que je prévienne mère Jeanne Agnès, protesta-t-elle.

– C'est tout à fait inutile. Je la préviendrai moi-même.

Vaincue, Charlotte posa les instruments qu'elle tenait encore à la main et s'apprêta à gagner la sortie. Mère Louise de la Sainte-Croix, qui se trouvait à portée de voix, s'approcha vivement.

– Madame Hébert, dit-elle sur un ton de respect qui amusa la jeune femme, soyez bénie et puisse la Sainte Mère de Dieu veiller sur vous. Prenez grand soin d'en remercier son Fils et de le prier, lui qui connaît notre destinée.

Depuis son arrivée près d'un an plus tôt, Charlotte avait eu toute latitude de s'accoutumer à la forme de langage très particulière de la religieuse. Aussi, elle ne s'étonna pas de ses commentaires et la remercia de ses conseils. Elle lança un dernier regard vers la grande salle. Son cœur se serra à la vue de tous ces malades. Elle savait que les hospitalières suffisaient à peine à la tâche malgré un dévouement exemplaire. À regret, elle poussa la porte et s'engagea dans le couloir.

Charlotte se retrouva sur le chemin de l'Hôpital, marchant tête basse, décontenancée par le vide qui se creusait devant elle après tant de mois consacrés à cet établissement. La simple idée de ne plus participer à cette vie qu'elle avait appris à aimer la désolait.

Refusant de se laisser abattre, elle releva la tête dans un geste volontaire et se gourmanda silencieusement. «Au nom de quoi, ces tristes pensées? Charlotte, tu me fais honte, ressaisis-toi. Ton sort est des plus heureux. Tu manges chaque jour à ta faim alors que ceux de ta propre famille affrontent la famine. Tu es bien logée. Tu ne manques de rien. Et surtout, tu as le plus tendre des époux. Et avec ça, bientôt un enfant! Mère Louise a raison : tu devrais être reconnaissante et heureuse.»

Malgré cette réprimande, elle n'arrivait pas à se défaire d'une certaine nostalgie et décida d'aller se confier à Angélique.

Lorsque Charlotte eut mis sa belle-sœur au courant de son départ de l'Hôtel-Dieu, celle-ci hocha la tête.

— Monsieur Madry a raison, dit-elle. Ça me semble évident. Ce qui m'étonne, c'est que ni Joseph ni toi n'en soyez venus à cette conclusion.

— Tu ne comprends pas, reprit Charlotte. Sans ce travail à l'hôpital, je me sens les mains vides. Je ne sais pas de quel côté me tourner.

Cette fois, Angélique éclata d'un rire cristallin.

— Charlotte, tu ne cesseras jamais de m'étonner! Tu ne peux pas toujours rester la jeune fille indépendante que tu étais! Réfléchis. Tu es l'épouse d'un Habitant, à la veille des moissons, et tu es sur le point d'être mère. Et tu ignores comment employer ton temps? Ne sais-tu pas qu'il faut préparer cette naissance? Pauvre petit! À t'entendre, je crains de voir cet enfant nu et démuni de l'essentiel. Tu n'as donc pas pensé à tout ce qui est nécessaire à un bébé? Tu devras fabriquer un matelas, des draps, une couverture, des langes, des bonnets, tous ses vêtements… C'est un programme assez rempli, il me semble!

— Je sais. Je ne peux que me rendre à tes arguments. Mais je hais la couture au point de toujours remettre la corvée à plus tard.

— Au risque de te trouver dépourvue!

Le sourire aux lèvres, Angélique ajouta :

— Sais-tu que, pour ma part, j'ai déjà commencé?

— Commencé quoi?

— Ce travail de couture, dit-elle d'une voix douce.

Charlotte demeura bouche bée, se demandant si elle avait bien saisi.

— Angélique…

— Mais oui, tu as bien compris. Votre enfant aura un petit cousin peu après sa naissance.

Charlotte bondit de joie, puis se ravisa. La sage-femme qu'elle était ne pouvait pas ignorer le danger d'une grossesse chez une personne aussi fragile qu'Angélique.

— Prends grand soin de toi, lui recommanda-t-elle.

— Ah non! Pas toi aussi, se rebiffa la jeune femme. Laisse-moi à mon bonheur. Quoi qu'il arrive, je désire profiter de l'instant qui passe. Je refuse d'être sage. Je veux cueillir chaque joie, chaque plaisir… J'entends vivre aussi normalement que possible.

Charlotte ne répondit pas. Elle respectait le courage de son amie et se promit de prendre exemple sur elle.

Cependant, elle était loin de supposer la vaillance qu'il lui faudrait dans les jours à venir. En effet, une rumeur des plus alarmantes circulait dans la ville. Le bruit courait que les Hurons de l'île d'Orléans avaient appris, de la bouche d'un Iroquois qu'ils avaient capturé, qu'un grand nombre de guerriers de sa nation se regroupaient à la Roche-Fendue près de Ville-Marie dans le dessein d'attaquer et de faire disparaître la colonie.

Les Hurons ayant prévenu le gouverneur, la nouvelle avait rapidement fait le tour de la bourgade, semant la terreur parmi les colons. Certains d'entre eux, pris d'épouvante, abandonnèrent leurs maisons dans la campagne pour se réfugier dans la ville fortifiée. D'autres, au contraire, prétendirent qu'on ne pouvait porter foi aux paroles d'un indigène en captivité. Tout au plus s'agirait-il d'escarmouches comme on en avait déjà tant vus. Quoi qu'il en soit, chacun demeurait sur le qui-vive.

Cette situation durait depuis près de deux semaines quand Nicolas Gaudry se présenta chez les Hébert. Il expliqua brièvement à Charlotte que son épouse Agnès était sur le point d'enfanter et lui demanda de l'assister dans sa délivrance. En entendant cette requête, la jeune femme fut prise d'angoisse à l'idée de parcourir plus d'une lieue sur le plateau de Sillery pour se rendre à la demeure des Gaudry. Mais Nicolas insistait, et comme il s'agissait de sa belle-sœur et d'un enfant dont elle devait être la marraine, Charlotte ne se sentit pas le droit de refuser. Dominant sa peur, elle accepta de le suivre.

Préférant ne pas inquiéter Joseph, elle évita de le prévenir. Il travaillait dans les champs de Jacques Maheust et ne serait pas de retour avant le soir, ce qui lui laissait le temps de revenir avant qu'il puisse se rendre compte de son absence.

Dès son arrivée chez les Gaudry, Charlotte se rendit au chevet de sa belle-sœur. Agnès était une femme robuste, l'accouchement était déjà bien engagé et la délivrance ne prit que peu de temps. Au bout d'une heure à peine, la sage-femme put recueillir dans ses bras une fillette qui saluait le monde par des cris retentissants. La petite Christine-Charlotte promettait d'être aussi vigoureuse que sa mère.

Charlotte la coucha dans le berceau et s'approcha d'Agnès. Seuls la pâleur et les cernes sous les yeux témoignaient de sa fatigue. Frappée par la force de cette nature, Charlotte s'exclama :

— Si toutes les mères avaient ta santé, mon métier serait un divertissement!

Agnès sourit.

— Tu oublies que c'est mon troisième enfant. Et je te l'accorde, celle-ci était pressée de voir à quoi ressemble le monde.

— Malgré tout, il faut te reposer, maintenant.

Charlotte lui proposa de préparer un repas pour sa famille, mais Agnès refusa.

— Non, dit-elle. Tu en as assez fait en venant de si loin pour m'assister. Ne t'attarde point. Retourne vite chez toi avant la nuit.

Charlotte jugea bon de suivre ce conseil et s'engagea sur la route du retour.

Elle longea la châtellenie de Coulonges, puis la terre de Saint-Denys. La vaste étendue de ces deux terres laissait planer une impression de solitude qui lui fit presser le pas. Elle regretta de ne pas avoir demandé à Nicolas de l'accompagner. La peur au ventre, elle avançait rapidement, osant à peine regarder aux alentours, quand un bruit de branche cassée l'arrêta net. Serrant les mains contre sa poitrine, elle se raidit, s'attendant à voir surgir des fourrés un indigène se jetant sur elle le toma-hawk à la main. Ne voyant rien venir, elle risqua un œil du côté d'où le craquement lui était parvenu. Debout, à l'orée de la forêt, une biche la fixait de ses larges yeux inquiets.

Charlotte laissa échapper un soupir de soulagement qui eut pour effet de faire fuir la bête dont la peur égalait la sienne. La jeune femme reprit sa marche, mais ne se détendit tout à fait qu'en reconnaissant au loin les terres de Jacques Maheust.

Sa sérénité retrouvée, elle envisagea joyeusement d'y re-joindre son époux afin de lui apprendre la bonne nouvelle. Mais, en approchant du champ qu'elle voyait depuis la Grande Allée, elle constata que le lieu était désert et le travail, inachevé. Intriguée, elle pénétra sur ses propres terres, et fut frappée par un calme étrange. On aurait pu croire l'endroit abandonné.

Elle gagna la maison. À peine eut-elle le temps de refermer la porte que Joseph se précipita sur elle.

— Dieu soit loué, tu es revenue!

Il l'entoura de ses bras et la serra contre lui, n'arrivant pas à cacher son émotion.

— Au nom du ciel, où étais-tu? lui lança-t-il.

Charlotte l'informa de la naissance de leur petite nièce, mais cette nouvelle n'eut pas l'effet escompté.

— Tu étais à Sillery! s'exclama-t-il. As-tu perdu la tête? Mais quand comprendras-tu que tu n'es plus en France et que nous pouvons être attaqués à tout moment?

Étonnée par cette explosion de colère, elle sonda le regard de son mari. Jamais il ne lui avait parlé avec une telle brutalité.

— Que se passe-t-il, Joseph? lui demanda-t-elle.

Il s'en voulut aussitôt, mais il ne pouvait pas cacher son inquiétude.

— Il se passe que non seulement l'offensive des Iroquois est confirmée, mais qu'elle semble imminente. Nous tenons l'information de cinq d'entre eux qui ont été capturés du côté de Sainte-Anne-du-Petit-Cap et qui se rendaient à la Roche-Fendue. Ils ont affirmé que neuf cents guerriers se regroupent effectivement à la Roche-Fendue. Et ils se sont même étonnés de ne pas avoir rencontré cette armée devant Québec. D'après eux, elle devrait y être en ce moment même. Il n'y a plus de doute possible : les Iroquois sont prêts à attaquer.

Il gagna le petit salon et se laissa lourdement tomber dans un fauteuil.

— Neuf cents hommes, reprit-il d'une voix altérée. Alors que cette Habitation compte moins de cinq cents personnes, femmes et enfants compris. Le moment est grave. Nous vivons peut-être les derniers instants de cette colonie, les dernières heures de nos vies…

Charlotte frissonna en repensant à son long retour de Sillery.

D'une main tremblante, Joseph alluma une pipe.

— Dès que nous avons appris la nouvelle, nous sommes tous rentrés, chacun chez soi, afin de prendre les précautions qui s'imposent. Et tu n'étais pas là! Je t'en prie, ne pars jamais plus sans me dire où tu vas. Je t'ai cherchée… J'étais mort d'inquiétude.

Il montra à Charlotte les volets qu'il avait fortifiés à l'aide de solides planches clouées en travers.

— C'est peu de chose contre des haches, dit-il. Mais nous nous défendrons autant que nous pourrons.

Charlotte demeura muette. Depuis le début, elle redoutait les autochtones, et voilà que toutes ses appréhensions la reprenaient.

Joseph lui tendit un fusil.

— Celui-ci est pour toi. Ne t'en sépare jamais, sous aucun prétexte.

— Mais, Joseph, balbutia-t-elle, j'ignore totalement comment m'en servir.

— Je vais te l'apprendre immédiatement.

Joignant le geste à la parole, il l'entraîna dans le jardin où il ficha un pieu en terre, qu'il surmonta d'un bonnet.

À son premier essai, Charlotte tremblait si fort qu'elle rata totalement la cible. Elle fit un effort pour se maîtriser et, au deuxième coup, la frange du bonnet fut agitée par le passage de la balle. Les tentatives suivantes furent plus encourageantes. Si le résultat ne se montra pas pleinement satisfaisant à la fin de la séance, Charlotte put tout de même se glorifier de quelques trous dans le bonnet.

Jugeant l'exercice suffisant, Joseph y mit un terme. Lorsqu'ils furent revenus à l'intérieur, il barricada soigneusement la porte.

— Et maintenant, dit-il, je t'interdis de sortir de cette maison, quoi qu'il arrive.

22

L'HABITATION de Québec vivait dans un état de terreur et d'angoisse depuis plus d'une semaine. Négligeant leurs terres au moment même où auraient dû commencer les moissons, les Habitants s'enfermaient dans leurs maisons aux volets clos et solidement barrés.

Le gouverneur d'Argenson avait pris les dispositions nécessaires en vue d'une défense militaire. Il avait également ordonné aux hospitalières et aux ursulines de passer chaque nuit chez les jésuites, dont la maison était en pierre.

La colonie faisait le gros dos. Même Étienne Otsinonannhont, l'ami huron de Joseph, avait décidé de s'éloigner. Il avait choisi de s'installer dans la famille de son épouse Tikanoa, au nord des Trois-Rivières, dans un endroit qu'il estimait sans danger. Avant de partir, il était venu faire ses adieux à son ancien compagnon de route.

Le jeune ménage Hébert et les Crevier, qui s'étaient joints à eux, vivaient tant bien que mal dans une attente angoissée, l'oreille tendue et prêts à intervenir à la moindre alerte.

Ils s'étaient regroupés dans la cuisine, pour une brève collation, quand un cri venant de l'extérieur les fit sursauter. Joseph fit signe de se taire et chacun demeura aux aguets.

On marchait près de la maison. Charlotte saisit son fusil, tout en se demandant comment elle arriverait à tenir tête à un Iroquois. Noémie, blanche de terreur, serrait son tablier contre sa bouche tandis que Jeannette pleurait en hoquetant.

Les pas se rapprochèrent et bientôt des coups résonnèrent contre la porte.

— Qui est là? demanda Joseph.

— C'est moi, Jean.

Joseph débarra la porte et Jean Guyon pénétra dans la cuisine en arborant un sourire étonnant.

— Voilà un accueil à faire peur, dit-il en plaisantant. Vous pouvez poser vos fusils. C'est fini.

— C'est fini? s'étonna son cousin. Que veux-tu dire? Les Iroquois renonceraient à leur attaque?

Jean hocha la tête.

— La nouvelle nous arrive de Ville-Marie. Leur plan a été déjoué.

Jean expliqua alors que dix-sept jeunes gens, sous la conduite d'un certain Dollard Des Ormeaux, avaient voulu tendre une embuscade à des chasseurs iroquois, dans l'espoir de s'emparer de leurs peaux. Ils s'étaient installés dans un vilain fortin à un endroit où la force du courant exige une grande attention et oblige les canots à passer à la file en longeant la rive. C'était le lieu rêvé pour une embuscade. Mais plutôt que d'avoir affaire à des chasseurs, ils s'étaient trouvés devant une quinzaine de guerriers en route pour la Roche-Fendue.

Dans un premier temps, les Français avaient eu gain de cause, tuant treize Iroquois. Mais les deux survivants, partis chercher du renfort, étaient bientôt revenus, accompagnés de plusieurs centaines des leurs. Ils n'avaient eu aucun mal à massacrer le petit groupe qui se trouvait encore dans le fortin.

— Ces dix-sept jeunes hommes, sans le savoir, ont sauvé la colonie, conclut Jean.

Joseph le regarda, incrédule.

— Je n'en crois pas un mot. Qu'est-ce qui permet de supposer que cette unique bataille a suffi à ruiner les projets des Cinq-Nations?

— Les Iroquois auraient été surpris par la violence du combat mené par si peu d'ennemis et ils croient que nous les attendons de pied ferme avec des militaires bien supérieurs en qualité à leurs guerriers. D'où l'abandon de l'idée d'une invasion de la colonie.

Joseph avait écouté l'explication avec attention, mais demeura sceptique.

— Ça m'étonne, dit-il. Les Iroquois n'abandonnent pas si facilement. Ils reviendront sûrement avant longtemps.

Peu de personnes partageaient cet avis. Dans toute la colonie, ce fut une explosion de joie, dans laquelle perçaient aussi bien un profond soulagement qu'un furieux désir de vivre après ces heures d'angoisse. On sortait à l'air libre, un peu hébété comme l'ours au bord de sa tanière au début du printemps. On se reconnaissait, étonné de se retrouver toujours vivant.

Un *Te Deum* réunit toute l'Habitation dans l'église Notre-Dame. Jamais prière ne fut récitée avec tant de ferveur.

Puis chacun retourna à ses occupations, qui sur ses terres, qui dans sa boutique. Dans les champs, on reprit les moissons, là où on les avait abandonnées.

En soupirant, Charlotte s'attaqua à ses travaux d'aiguille qu'elle avait négligés jusque-là. Elle commença par des langes, plus faciles à réaliser que le reste.

Justine lui enseigna l'art de couper une chemise ou un bonnet. Elle débordait de joie depuis qu'elle savait qu'un bébé allait naître et elle multipliait les recommandations.

— Surtout, n'oublie pas de bien te nourrir, répétait elle sans cesse. Tu manges pour deux maintenant.

Charlotte la rassurait en souriant, consciente que la brave femme la considérait comme sa propre fille.

Tout en cousant, Charlotte surveillait le déclin de la lumière, attendant le retour de Joseph. Dès que les ombres s'allongeaient sur le sol, elle tendait l'oreille. Le mouvement de son aiguille se faisait plus lent.

Au son du pas aimé, elle courait vers le puits où Joseph aimait faire sa toilette après le travail. Elle se lovait dans ses bras et répondait à ses baisers.

Ce jour-là, leurs ébats furent interrompus par la visite de Françoise Fournier. La jeune femme franchit la rivière La Chevrotière qui marquait la séparation entre leurs terres et s'avança vivement vers eux. Elle prit à peine le temps de les saluer avant de formuler son désir de s'entretenir avec Joseph.

Reconnaissant à son regard sombre que sa sœur était dans un de ses mauvais jours, il l'invita à gagner l'intimité du petit salon. Charlotte s'empressa de ranger fil, aiguilles et ciseaux, et servit du sirop de vinaigre fabriqué quelques semaines plus tôt. Françoise trempa ses lèvres dans le liquide rouge, puis déclara :

— Joseph, je viens solliciter ton assistance dans une action que Guillaume et moi nous apprêtons à entreprendre. Nous désirons réclamer le fief Saint-Joseph.

Surpris, son frère eut un haut-le-corps.

— Le fief Saint-Joseph! Mais quelle idée! Qu'est-ce qui te prend?

— Qu'est-ce qui me prend! Je n'accepte pas que notre tante Guillemette ait chassé notre mère comme elle l'a fait et je ne vois pas pourquoi nous devrions être déshérités.

À cet instant, Joseph comprit les raisons qui conduisaient Guillemette à se poser en arbitre au sein de sa famille. Combien de fois avait-elle été obligée de calmer les aigreurs résultant d'une trop grande avidité?

Par ailleurs, il n'était pas loin de considérer en effet que sa tante se réservait une part trop importante de la succession.

Cependant, il désirait surtout éviter l'une de ces querelles toujours regrettables.

En vain, il essaya de dénouer la situation. Mais le ton se dégrada jusqu'au moment où, fort courroucée, Françoise lança :

— C'est donc ainsi que tu l'entends, et je ne peux point compter sur ton assistance!

— En effet, ne compte pas sur moi, Françoise. Et même, je ferai tout pour t'empêcher de poursuivre dans cette voie.

Elle se leva brusquement, renversant le verre de sirop qui se cassa sur le sol.

— M'empêcher! s'exclama-t-elle. Ne t'avise pas de le tenter. Que cela te plaise ou non, Joseph Hébert, j'aurai cette terre. Ni toi ni personne ne pourra m'en empêcher!

Sans attendre de réplique, elle tourna les talons et sortit en claquant la porte.

Déconcerté, Joseph alla à la fenêtre et appuya son front contre la vitre. Ses yeux regardaient l'extérieur sans rien voir. Un profond sentiment de tristesse s'emparait de lui devant ce qu'il considérait comme un échec. À quoi bon tisser des liens avec ses voisins alors que le ver se trouvait dans le fruit, au sein même de sa propre famille.

Lisant dans ses pensées, Charlotte s'approcha de lui et glissa sa main dans la sienne.

— Ne te sens pas coupable, Joseph. Que pouvais-tu faire d'autre?

Il hocha tristement la tête.

— Je l'ignore. Un autre aurait peut-être su la convaincre.

— Sûrement pas, dit-elle. Je ne croyais pas Françoise capable de tant de violence. Mais il ne faut pas désespérer. Peut-être, avec le temps, se rendra-t-elle à tes raisons.

— J'en doute. Tu ne connais pas comme moi la détermination de Françoise.

— Et si tu parlais à Guillaume? Ne saurait-il pas se montrer plus raisonnable? À nous deux, nous saurons bien trouver un moyen.

Joseph releva la tête. Guillaume… Bien sûr. Que n'y avait-il pensé lui-même? Encouragé par cette idée, il entoura les épaules de son épouse.

— Tu as raison, Guillaume est plus pondéré que ma sœur. Tu es merveilleuse, Charlotte! Sans toi, j'allais tout abandonner. Ton aide me sera précieuse. Il nous faudra beaucoup d'efforts pour arriver à détourner Françoise de son dessein, mais nous y arriverons.

* * *

On atteignait le milieu de l'été quand arriva la nouvelle que le roi s'était marié au mois de juin. Il avait pris pour épouse une infante du nom de Marie-Thérèse, et ce mariage marquait la fin de la guerre d'Espagne.

Charlotte et Joseph profitèrent de cette occasion pour organiser une réception. La coutume voulait que les nouveaux époux reçoivent leurs proches pour les remercier d'avoir participé à la noce. Afin de remplir cette obligation, le jeune couple choisit la date du 15 août, jour chômé, en faisant valoir leur intention de célébrer également le récent mariage royal ainsi que la paix franco-espagnole.

En ce jour de l'Assomption 1660, Charlotte achevait les préparatifs. Elle posa le bougeoir en bronze doré au centre de la table et s'éloigna d'un pas afin de mieux voir l'ensemble.

La grande salle, qui n'avait jamais été ouverte jusqu'à ce jour, se montrait à la hauteur de la situation. Un mobilier lourd, fabriqué en Nouvelle-France éclairait la pièce par son bois couleur de miel. Contre le mur du fond, deux armoires flanquaient une crédence sur laquelle trônaient deux aiguières aux lignes harmonieuses et un large bouquet où le jaune d'or des marguerites sauvages contrastait agréablement avec le rose sombre des épilobes. Au-dessus de ce meuble, le mur était tendu d'une tapisserie de Beauvais, somptueux cadeau de mariage offert par les Bourdon. De part et d'autre, les deux fenêtres s'habillaient d'indienne à l'imprimé grenat, et au plafond pendait un lustre chargé de bougies.

La longue table dressée pour l'occasion et couverte d'une nappe blanche scintillait de ses verres et de ses assiettes en étain encadrées de fourchettes et de cuillères.

Le résultat final lui sembla si réussi que Charlotte eut envie de battre des mains.

La jeune femme rit joyeusement en songeant à l'étonnement de sa mère si elle avait pu la voir en ce jour. Même ses vêtements étaient le reflet d'une aisance réelle, bien que relative. Elle était habillée d'une robe vert céladon, importée de France, parée d'un col et de manchettes en dentelle. La jupe, bordée d'un galon foncé, tombait en plis souples. Les boucles noires de ses cheveux auréolaient son visage, mettant en évidence la finesse de sa peau. Le chignon remonté haut sur la tête dégageait la nuque, soulignant la grâce et la souplesse du cou. Sous l'ombre des cils foncés, ses yeux noirs pétillaient de malice.

Après un dernier coup d'œil pour s'assurer que rien ne faisait défaut, elle passa à la cuisine où Noémie, la coiffe sur l'oreille, s'affairait autour de ses chaudrons avec une ardeur propre à décourager toute intrusion. Marine et Jeannette, toutes deux en longs tabliers blancs, s'apprêtaient à assurer le service. Cette dernière, rouge et toute tremblante à la perspective d'une telle responsabilité, avalait à la hâte une tartine. Elle portait un dernier morceau à sa bouche lorsqu'un peu de confiture glissa du pain et tomba malencontreusement sur son ventre, formant une tache d'un rouge vif sur la blancheur du tablier. L'adolescente fixa d'un œil contrit le fruit de sa bévue et se mit à pleurer.

Promptement, Charlotte retira le tablier souillé et en présenta un nouveau à la maladroite, non sans lui avoir recommandé de se laver les mains.

— Voilà, dit-elle. Ne pleure plus, le mal est réparé.

Elle donna ses dernières consignes et répéta à l'adresse de Jeannette la marche à suivre. L'adolescente hocha plusieurs fois la tête tout en reniflant bruyamment et assura qu'elle avait bien compris.

Justine Chicoine, arrivée longtemps avant les autres invités, engloba l'ensemble des préparatifs avec une admiration non dissimulée.

— C'est beau, que c'est pas croyable! s'exclama-t-elle. Quand je pense que c'est à toi, tout ça!

Mais elle n'alla pas jusqu'à avouer son émotion à côtoyer «tout ce beau monde».

Parmi les premiers invités se trouvaient Hélène et Noël Morin ainsi que Guillemette Couillard. Si la mère de Joseph se montra aimable, Guillemette se contenta de pincer les lèvres en regardant obstinément par la fenêtre. À l'approche de Joseph, elle se retourna d'un bloc.

— Ah! te voilà, mon neveu, dit-elle d'un ton cassant. Je n'ai pas à te féliciter. Sais-tu que Jean Guyon vient d'autoriser son frère Claude à construire une maison sur mes terres? Comme si cela ne suffisait pas, j'ai appris une rumeur selon laquelle Françoise voudrait me réclamer le fief Saint-Joseph. Alors, mon neveu, quelle explication peux-tu me fournir devant un tel désordre?

Joseph se sentit pris en défaut et chercha le moyen de calmer sa tante.

— En ce qui concerne Jean, commença-t-il, je ne vois guère le moyen d'intervenir. Ces terres, bien que faisant partie du Sault-au-Matelot, lui appartiennent. Quant à Françoise…

Mais le jeune homme laissa sa phrase en suspens, car il venait de voir sa sœur pénétrer dans la grande salle. Celle-ci s'approcha vivement.

— Je vois que j'arrive à point, constata-t-elle. Et que dit-on de Françoise?

— Je dis, ma nièce, que tu n'as pas à me réclamer le fief Saint-Joseph ou quelque autre terre que ce soit!

Un éclair rageur traversa les prunelles de la jeune femme.

— Ce qui reste à voir, répliqua-t-elle. Si je n'arrive pas à faire valoir mes droits…

Redoutant une nouvelle explosion de colère, Charlotte réagit rapidement. Interrompant sa belle-sœur, elle lui dit :

— Pardonnez-moi, ma tante, et toi aussi, Françoise. Le moment ne me semble guère choisi pour régler des querelles de famille. Je veux bien croire que vous saurez, l'une et l'autre, faire honneur à cette fête.

Les deux femmes demeurèrent muettes de surprise, Guillemette surtout, qui n'avait pas l'habitude d'être réprimandée de la sorte. Elle se retourna d'un air boudeur tandis que Françoise s'éloignait en ravalant sa rancœur.

À distance, Hélène Morin admira le cran de sa bru, ne connaissant que trop bien le courage qu'il fallait pour faire face à la doyenne.

Aussi sec, Justine entraîna Charlotte à l'écart et lui chuchota :

— La famille Hébert, c'est pas toujours commode, ce monde-là. Tu as raison, laisse-toi pas faire.

La jeune femme eut un tendre sourire et posa un baiser sur la joue fripée en pensant qu'il était bon de se sentir soutenue face à cette famille qui la laissait parfois désemparée.

Cependant, d'autres invités arrivaient, dont François Guyon, Angélique et Louis, puis Charles Aubert. Elle accueillit ce dernier avec empressement, et, sur un ton de confidence, elle lui demanda de bien vouloir se montrer particulièrement aimable envers la personne qu'elle lui indiquerait. Comprenant qu'il s'agissait là d'une mission autant que d'un service, il acquiesça et la suivit auprès de… Guillemette Couillard.

Charles ne ménagea pas ses efforts. Bel homme et vêtu avec goût, il fit preuve d'un savoir-faire irréprochable émanant de la haute société. Charmée par la compagnie d'un jeune homme aussi élégant et aux manières si raffinées, la doyenne se détendit, allant même jusqu'à retrouver une bonne humeur inespérée. Charles ne diminua en rien sa courtoisie, bien au contraire. À la vérité, cette amabilité était moins destinée à la veuve Couillard qu'à sa fille Madeleine, présente à ses côtés. Cette jeune personne au regard doux avait su capter l'intérêt du jeune homme dès les premières paroles. En homme du monde, il savait qu'il faut d'abord séduire la mère pour obtenir le droit de courtiser la fille.

Les convives passèrent à table. Parmi ceux-ci se trouvaient monsieur et madame Bourdon. Cette dernière, vêtue de gris clair, se montrait aimable et prévenante, distribuant des sourires pleins de sollicitude, écoutant celui-ci, répondant à celle-là. Son mari, par contre, affublé de canons de dentelle, de rubans et de colifichets, pérorait tel un coq dressé sur ses ergots.

Les conversations eurent comme premier sujet le jeune roi, que l'on disait fort bien de sa personne. On émit le vœu de le voir écarter un Mazarin vieillissant pour mieux régner lui-même. Se targuant d'avoir rencontré le monarque en personne, monsieur Bourdon s'empressa de le dépeindre.

Toujours aux côtés de Guillemette, Charles l'entretenait sur les sujets tenant le plus à cœur à cette dernière. De temps à autre, son regard glissait en direction de Madeleine, et il ébauchait un sourire avenant. Rougissante, la jeune fille lui rendait un semblable sourire, établissant un langage muet entre eux. Ainsi encouragé, le jeune homme redoubla d'attentions auprès de la doyenne.

On parla aussi longuement de la dernière alerte iroquoise, chacun tenant à décrire ses propres frayeurs au cours de ces événements. Le dénouement heureux de cette guerre avortée déliait les langues.

Satisfait du bon déroulement de ce repas malgré un début délicat, Joseph adressa à Charlotte un sourire chaleureux, lui exprimant sa joie devant cette réussite qu'il lui devait.

Après les concombres sucrés et largement arrosés de crème, les hommes se retirèrent au petit salon afin d'y fumer leurs pipes et de boire de l'eau-de-vie. Les femmes, restées seules, burent de la tisane tout en devisant sur des sujets variés.

On aurait pu craindre que Guillemette, privée de son cavalier, ne perde sa belle humeur miraculeusement retrouvée, mais il n'en fut rien. Subjuguée, elle demeurait sous le charme. Se penchant vers sa fille, elle lui murmura :

— Il semble que ce jeune homme te porte quelque intérêt.

Madeleine se contenta de sourire.

— Ne sois pas si godiche, gourmanda sa mère. Tâche au moins de répondre à ses gentillesses par un peu d'amabilité.

Malgré le qualificatif, la jeune fille ne sourcilla pas. Elle ne jugea pas utile, non plus, d'informer sa mère qu'elle était beaucoup moins sotte que celle-ci semblait le croire.

Lorsque les convives eurent pris congé de leurs hôtes, Joseph enlaça son épouse et lui murmura :

— Je ne sais ce que vaut cette infante d'Espagne, mais je sais qu'en aucun cas je n'échangerais ma petite reine contre une autre.

Charlotte lui sourit dans la pénombre.

— C'est heureux, car je refuserais tout net de céder ma place à quelque femme que ce soit, même une reine.

Joseph resserra un peu son étreinte et le jeune couple gravit l'escalier vers l'étage supérieur.

23

L A GUERRE AVORTÉE des Iroquois avait laissé des traces de plus d'une façon. À la joie des premiers jours avait succédé la méfiance, et rares étaient les Habitants qui sortaient de chez eux sans la protection d'une arme. Les moissons s'étaient terminées le fusil en bandoulière.

Même les Hurons et les Algonquins s'étaient inquiétés, au point de modifier la route qu'ils prenaient habituellement à leur retour de la chasse aux fourrures. Au lieu de s'arrêter d'abord à Ville-Marie, ils avaient contourné la ville et emprunté des rivières à l'intérieur des terres afin de se tenir loin du danger d'une attaque. Si bien que les pelleteries des Montréalistes étaient venues grossir le butin non seulement de la Compagnie des Cent-Associés, mais aussi celui de plusieurs bourgeois de la ville de Québec.

Parmi ceux-ci, Jean Bourdon se réjouissait du nombre de peaux qu'il avait pu emmagasiner. Pour une fois, le comportement des Iroquois avait joué en sa faveur. Car cette surabondance lui avait permis de jeter de la poudre aux yeux des Cent-Associés en ajoutant un nombre intéressant de fourrures à leur bénéfice tout en conservant pour lui-même et ses amis une quantité à faire pâlir de jalousie ces commerçants dont le monopole lui semblait depuis toujours injuste.

Son associé et transporteur clandestin Toussaint Guénet venait tout juste de lever l'ancre, avec dans ses flancs le plus joli butin jamais amassé pour la métropole. Un butin qui se traduisait en écus bien sonnants. Jean Bourdon se frotta les mains avec allégresse. Il se félicita de cette entreprise qui depuis tant d'années lui avait construit une solide fortune. D'un coup d'œil satisfait, il admira son cabinet de travail, une belle pièce comprenant de nombreux rayons chargés de livres et des armoires cossues.

Il regarda une dernière fois la colonne de chiffres qu'il venait de tracer et se cala dans son fauteuil avec satisfaction. Jamais la recette des pelleteries ne s'était révélée aussi fructueuse. «Le malheur des uns fait le bonheur des autres, songea le procureur dont les yeux s'allumèrent d'une lueur avide. Voilà ce qu'il en coûte à ces habitants assez fous pour aller s'établir dans la gueule du loup, sur le territoire même des Cinq-Nations.»

À ce moment de ses réflexions, il fut interrompu par l'arrivée inopinée de Denys-Joseph de Ruette d'Auteuil, qu'il qualifiait de gendre, bien qu'il fût en réalité celui de sa femme. Il méprisait ce gendre par alliance, lui reprochant de ne pas avoir su retenir son épouse auprès de lui. Mais Denys-Joseph était un entremetteur fin et rusé, si bien que Jean préférait fermer les yeux sur sa vie personnelle et conserver auprès de lui cet associé dont il ne pouvait plus se dispenser.

Rouge et hors d'haleine, Denys-Joseph se laissa choir dans un fauteuil en s'épongeant le cou.

— Eh bien, mon ami, fit Jean en constatant son agitation. Que t'arrive-t-il?

Celui-ci déglutit péniblement.

— Un enquêteur vient de nous échoir, lâcha-t-il tout à trac.

La nouvelle frappa le procureur de plein fouet.

— Un enquêteur? s'étonna-t-il. Quelle est cette histoire?

Faisant un effort pour contrôler sa respiration désordonnée, Denys-Joseph expliqua :

— Il s'agit d'un dénommé Jean Péronne du Mesnil, avocat au parlement de Paris. Il est débarqué du *Prince Guillaume* le 7 septembre dernier. Et voilà qu'il vient de faire placarder de par la ville ses commissions de contrôleur général, d'intendant et de juge souverain ayant pour mission une enquête sur l'administration de l'Habitation en remontant jusqu'en 1645!

Jean Bourdon encaissa le coup. Il serra les poings, cherchant à contenir ses propres émotions. Cette nouvelle était chargée de menaces, d'une sorte que jamais il n'avait connue depuis son arrivée au pays vingt-six ans plus tôt. Une enquête trop approfondie risquait de compromettre l'œuvre de toute sa vie. Il importait d'endiguer ces recherches. Prenant soin de mettre ses idées en ordre, le procureur réfléchit, cherchant une solution heureuse.

Un détail le frappa soudain et le fit sourire malicieusement.

— Je n'ai aucun souvenir, dit-il, d'une notification nous apprenant l'arrivée d'un enquêteur muni d'un mandat royal. Si tel était le cas, nous le saurions à coup sûr! Il faut donc conclure que ce Péronne du Mesnil est envoyé par la seule Compagnie des Cent-Associés et n'agit donc pas sous autorité royale. Si bien qu'il entre en conflit avec la constitution du Conseil. Nous le tenons, Denys-Joseph! Il ne peut aucunement accéder au greffe du Conseil sans notre consentement. Or cet accord, je me fais fort de ne jamais le lui donner.

Triomphant, il dévisagea son gendre.

— La partie est quasi gagnée! s'exclama-t-il.

Denys-Joseph demeurait cependant préoccupé.

— S'il n'a pas accès au greffe, dit-il d'une voix étranglée, cela ne l'empêchera pas de perquisitionner chez chacun d'entre nous.

— Tu as raison, admit Jean. Il n'y a qu'une solution, il faut brûler tous les papiers en notre possession.

Anne Bourdon s'étonna que son mari allume la cheminée, la saison fraîchissait, certes, mais pas au point de faire du feu. Elle haussa les épaules devant ce qu'elle considérait comme une bizarrerie, et ne s'y arrêta point.

Son esprit était occupé ailleurs. Elle venait de trouver des époux pour l'ensemble des filles à marier nouvellement arrivées, et s'apprêtait à se donner à une nouvelle fonction qu'elle envisageait gaiement. Elle entendait jouer le rôle d'une mère auprès de Charlotte et participer à la préparation de la naissance à venir. Le sourire aux lèvres, elle sortit un bout de tissu et coupa de quoi fabriquer un bonnet.

L'arrivée du sieur Péronne du Mesnil ne laissait personne indifférent à Québec. Si les uns s'inquiétaient qu'on ne découvre quelque indice compromettant, les autres se réjouissaient que l'on mette bon ordre aux finances de la communauté en déjouant les intrigues d'une coterie dont les entreprises allaient à l'encontre des intérêts de l'Habitation.

En apprenant cette nouvelle, Joseph grimaça d'un air entendu. «Cela devait arriver tôt ou tard», pensa-t-il. Mais il était loin de supposer que sa propre famille risquait d'être incommodée par cet événement et n'en aurait sans doute rien su s'il n'avait pas rendu visite à son beau-frère Guillaume Fournier.

Depuis la requête orageuse de Françoise, il se préparait à une entrevue avec son mari. Les moissons étant terminées, il choisit un moment où, sachant sa sœur absente, il pourrait discuter en tête à tête avec celui-ci.

Guillaume Fournier était un homme grand et fortement charpenté, mais au tempérament mou, se laissant facilement dominer par sa femme. Il accueillit son visiteur en souriant.

— Cela fait plus d'un mois que j'attends ta visite, lui dit-il. Tu viens sans doute m'entretenir au sujet du fief Saint-Joseph.

Le jeune homme acquiesça tout en s'étonnant de l'accueil de son beau-frère. Les deux hommes s'installèrent dans la cuisine, de part et d'autre de la table.

— Ne te fais point trop de soucis, commença Guillaume. À la vérité, Françoise a désormais un tout autre sujet de préoccupation qui remplit son esprit bien davantage que cette histoire du fief Saint-Joseph.

Guillaume hésita avant de continuer.

— Tu n'ignores pas l'arrivée d'un enquêteur, n'est-ce pas?

— Non, mais en quoi cela vous concerne-t-il?

— Cela nous inquiète, justement.

Joseph sonda le regard de son beau-frère.

— Vous avez fourni des peaux à monsieur Bourdon? questionna-t-il.

Guillaume hocha la tête d'un air contrit.

— J'ai voulu dissuader Françoise, mais elle refusait de m'écouter. Elle m'a répondu qu'elle en avait assez de voir certains s'enrichir aux dépens des autres et qu'elle désirait s'unir aux premiers plutôt que d'être leur victime.

— Et vous avez fait confiance à monsieur Bourdon! s'exclama Joseph, cédant aux premières impulsions de la colère. Vous voilà bien avancés maintenant! Comment vous sortir de ce faux pas?

— Doucement, Joseph, ne t'alarme pas trop vite. Il n'y a ici aucune trace de cette transaction, et de son côté monsieur Bourdon a certainement déjà fait disparaître toute note compromettante. Et puis, il ne s'agit que d'une petite somme. Je doute que nous soyons ennuyés. Mais j'ai pris grand soin de ne pas calmer les angoisses de Françoise.

Il se pencha sur la table, s'approchant de son visiteur comme pour se confier à lui.

— Je ne te cache pas que ta sœur n'est pas toujours commode à mener. Elle ne veut faire qu'à sa tête. À dire vrai, je ne suis pas mécontent que cette dernière action, qu'elle a entreprise malgré moi, lui procure quelques soucis. Sans compter que ces nouvelles préoccupations la détournent de l'acquisition d'une terre dont je ne veux point.

Étonné, Joseph eut un haut-le-corps.

— Dont tu ne veux point?

Guillaume haussa les épaules.

— Que veux-tu que je fasse d'une terre aussi grande et si éloignée? Le travail sur celle-ci suffit largement à la force de mes deux bras. Et puis, il y autre chose.

De sa main, il se mit à caresser le dessus de la table comme s'il avait voulu aplanir la surface pourtant déjà lisse. La tête penchée d'un côté et les yeux baissés indiquaient qu'il était sur le point de se confier à nouveau.

— Une nouvelle occupation ne manquera pas de remplir son temps dans les mois à venir, se décida-t-il à énoncer.

— Quelle occupation? demanda Joseph, méfiant.

Son beau-frère émit un rire bref.

— Non, ne t'inquiète pas. Il ne s'agit pas d'un nouveau tracas, mais plutôt du quatrième enfant que nous aurons bientôt.

Joseph prit le temps de bien enregistrer cette nouvelle avant d'éclater d'un rire sonore.

— Voilà bien la plus saine activité qu'on puisse lui souhaiter, décréta-t-il. Et puisse ce nouvel enfant l'accaparer le plus longtemps possible!

Guillaume se laissa aller à rire avec son beau-frère.

— Alors, tu vois, elle ne pense déjà plus à un quelconque procès concernant ce fief. Du moins… pas pour l'instant.

Ainsi débarrassé d'une mission qui risquait de devenir épineuse, Joseph prit congé de son beau-frère, et tout en s'éloignant, il marqua son soulagement d'un hochement de tête désabusé. Il ne se faisait aucune illusion. Dès que Françoise se sentirait libérée à la fois de ses inquiétudes et de ses obligations maternelles, elle reviendrait à ses chimères. Au moins était-il assuré de la collaboration de son beau-frère.

Au moment de franchir la rivière La Chevrotière, il s'arrêta sur la passerelle en humant l'air. Il aurait dû se mettre à défricher, car les Habitants étaient tenus de pourvoir à cette tâche afin de dégager chaque année une nouvelle parcelle de terre. Il chercha la direction du vent en connaisseur. Le temps encore beau et sec ne laissait pas entrevoir une intempérie. Aussi, plutôt qu'un travail agraire, Joseph Hébert choisit-il une tout autre besogne qu'il lui tardait de réaliser. D'un pas léger, il se dirigea vers le bâtiment qui lui servait d'atelier.

Charlotte, qui surveillait son mari par la fenêtre, s'étonna de la direction qu'il prenait. Elle avait pris un peu d'embonpoint et se voyait tenue désormais de garder la maison. Elle aurait difficilement accepté cette situation, si une nouvelle impression ne s'était pas imposée, un sentiment de tendresse pour ce petit être qui croissait en elle et qui déjà manifestait sa présence par quelques coups de pied. Laissant libre cours à l'amour qu'elle portait dès à présent à cet enfant, il lui arrivait de lui parler tout doucement comme s'il était déjà parmi eux.

Au début, elle avait occupé ses loisirs forcés en tentant d'instruire Jeannette. Si la petite bonne avait assez bien appris à compter, il en était tout autrement de l'apprentissage de la lecture. Tenant à prononcer chaque lettre, l'adolescente donnait une intonation surprenante à ce qu'elle déchiffrait. La phrase «Jean lança des flèches, tant et si bien qu'il s'imposa à l'entrée du fortin» devenait dans sa bouche : «Jeanne lança des flèquehe, tannete et si bienne qu'ile s'immeposa à l'ennetrée du foretine.»

Un peu déconcertée par ce résultat qui ne semblait pas devoir s'améliorer, Charlotte entreprit alors de donner à Jeannette des notions de couture, estimant que cela lui serait aussi utile, sinon davantage, que la lecture. Sans compter que cet apprentissage avait pour effet secondaire d'aider sa maîtresse en l'avançant dans la préparation d'un trousseau pour l'enfant à naître. Marquant son application en tirant une langue rose, l'adolescente avait fait de rapides progrès et arrivait désormais à exécuter des ourlets tout à fait acceptables.

Mais ces occupations auprès de sa petite bonne n'auraient pas su remplir le temps de Charlotte. Heureusement, il y avait les visites des parents et des amis. Parmi ceux-ci, Justine et Anne Bourdon rivalisaient de tendresse envers la jeune femme. La première multipliait les recommandations et lui offrait tantôt un biberon, tantôt un bavoir de sa confection. La seconde lui apportait de la gelée royale et, récemment, lui avait fait cadeau d'un ravissant bonnet brodé et orné d'une bordure de dentelle tuyautée d'où s'échappait deux longs rubans soyeux.

Charlotte les recevait l'une et l'autre avec un égal plaisir, se disant qu'elle n'avait pas une mère, mais deux.

D'autres visiteurs venaient à l'occasion distraire Charlotte. Ainsi, Madeleine Couillard lui en avait fait la surprise, quelques jours plus tôt. Sous un prétexte à peine dissimulé, elle avait interrogé sa cousine sur le rôle de Charles Aubert au sein de la Compagnie de Rouen. Souriant devant les raisons de cette question par trop évidente, Charlotte lui avait donné satisfaction. Et en apprenant qu'il était agent général de cette compagnie et que son père était intendant général des fortifications d'Amiens, Madeleine avait rougi de plaisir, laissant percer des sentiments qui ne faisaient plus aucun doute.

Mais la plus assidue était encore Marie Morin. Elle se joignait volontiers à la couture de Charlotte. Elle savait appliquer avec dextérité les leçons de travaux d'aiguille apprises chez les ursulines, arrivant même à broder avec une maîtrise dont la jeune femme se sentait assez éloignée. Tout en cousant, Marie parlait des divers sujets qui l'intéressaient, dont certains assez puérils, mais qui toujours divertissaient Charlotte.

Ce jour-là, l'adolescente lui avait demandé si elle croyait que l'on puisse parler avec les morts. Étonnée par cette question, la jeune femme avait fixé l'adolescente d'un air médusé.

— Au nom de quoi voudrais-tu que ce soit possible ? s'était-elle exclamée.

— Je ne veux point parler d'une conversation normale comme nous en avons une en ce moment, avait repris Marie, mais d'une forme d'échange entre les âmes.

Dans son embarras, Charlotte avait enroulé une mèche de cheveux sur ses doigts. C'était là un sujet délicat. N'avait-elle pas senti elle-même, à plus d'une reprise, l'impression d'un contact avec sa mère ? À quoi attribuer ces sensations étranges et sans fondement ? S'agissait-il d'un désir si profond qu'il prenait figure de mirage ? De leur côté, les religieux oscillaient entre la certitude d'un dialogue avec l'au-delà et une mise en garde contre l'action de démons qui savaient prendre les formes même les plus aimables. La jeune femme avait du mal à s'attacher à cette dernière version, mais reconnaissait qu'à tout le moins il s'agissait d'un terrain glissant sur lequel il convenait de s'engager avec prudence.

— Certains le prétendent, avait-elle dit de façon évasive. Cependant, je me méfie de ce qui peut n'être qu'un leurre.

Marie avait levé sur elle un regard serein.

— Je suis persuadée du contraire. Vois-tu, si Marie-Hélène avait vécu, elle serait aujourd'hui chez les hospitalières. Et quand elle me parle, car je suis convaincue qu'elle le fait, elle me demande de la remplacer auprès de ces religieuses.

Stupéfaite, Charlotte avait laissé tomber son travail.

— Enfin, Marie, tu ne peux pas porter un jugement sur une simple impression !

— J'aimerais donner cette dernière satisfaction à ma sœur, avait-elle ajouté avec un tel calme que Charlotte en fut saisie.

— Personne ne peut t'imposer une semblable décision. Dis-moi, Marie, désires-tu toi-même mener cette vie?

— Je le crois. Mais je ne suis pas encore arrivée à une conclusion.

— Réfléchis bien avant de faire un choix aussi important.

Après son départ, Charlotte avait conservé un sentiment de malaise. Debout, face à la fenêtre, elle revivait cette conversation. Elle redoutait que sa petite belle-sœur ne donne à sa vie une orientation sans fondement réel.

Tout en réfléchissant, elle suivit des yeux un oiseau qui volait bas et qui attira son regard vers l'extérieur. Un soleil encore chaud avivait les couleurs d'automne. Le jaune doré des ormes éclairait le vert sombre des sapins au premier plan et rivalisait avec le rouge flamboyant des érables. Au loin, un rose orangé ponctuait la bordure le long de la Grande Allée. La jeune femme se laissa absorber par cette riche nature et n'entendit pas son mari approcher.

— Ma petite reine, appela-t-il de ce nom tendre qu'il lui donnait depuis le jour de leur réception.

Charlotte se retourna en souriant.

— J'ai là un travail, dit-il, sur lequel j'aimerais avoir ton avis.

Disparaissant un instant, il revint presque aussitôt et déposa au centre du petit salon le berceau qu'il venait de terminer.

Charlotte se sentit émue par ce travail que son époux avait effectué sans qu'elle ait eu à lui en parler. Elle se pencha sur l'ouvrage pour mieux le regarder et en caressa le bois.

Il s'agissait d'un ber de faible hauteur, orné de pieds joliment tournés et conçu de façon à pouvoir être balancé en appuyant le pied sur l'extrémité de l'un des larges berceaux.

— Joseph, je ne te connaissais pas ce talent! Il est superbe. C'est tout à fait ce qu'il nous faut.

Le jeune homme se pencha à son tour. Il posa sa main sur celle de sa femme. Leurs yeux se rencontrèrent, se disant tout leur amour et leur bonheur devant ce symbole de l'enfant qui allait leur naître.

24

Novembre était venu, apportant ses pluies et son temps maussade. Puis l'hiver avait fait son entrée en scène, brutalement, distribuant neiges et frimas.

Dès les premiers froids, on avait entrepris les grandes boucheries. On nommait ainsi la période au cours de laquelle les hommes se regroupaient pour abattre et dépecer vaches, cochons et volailles. Les femmes les transformaient ensuite en plats les plus variés, allant des pâtés de tête aux ragoûts de pattes en passant par les crépinettes et les tourtières. Tous ces plats étaient appelés à être gelés afin de nourrir la famille pendant tout l'hiver.

Noémie s'était attaquée avec enthousiasme à cette tâche qui devait l'accaparer pendant une grande partie du mois de décembre. Car, afin de venir à bout de toutes ces cuissons, les voisins s'entraidaient, les femmes allant de cuisine en cuisine selon l'exigence des abattages.

Aussi la cuisine Hébert avait-elle réuni Élisabeth et Catherine, épouses de Jean et de Claude Guyon, ainsi que Marine Crevier, la femme du fermier, et aussi Anne Maheust et Denise Neupveu, les voisines de l'autre côté de la Grande Allée.

Noémie avait allègrement mené les opérations culinaires, surveillant les autres cuisinières et bousculant la jeune bonne, qui n'allait pas assez vite à son gré.

Charlotte aurait voulu faire sa part, mais elle avait rapidement dû abandonner. Les cuissons provoquaient chez elle de fortes nausées, allant jusqu'à lui interdire l'accès à la cuisine. Préférant s'installer à l'extérieur, loin de cet endroit dont son estomac lui refusait les bonnes odeurs, elle avait recueilli les graisses et s'était occupée à la fabrication des chandelles et du savon.

À peine ces corvées furent-elles accomplies que déjà étaient arrivées les fêtes de fin d'année. Boudant la réunion familiale, Joseph avait décidé de célébrer Noël avec son épouse en un tête-à-tête dont l'intimité chaleureuse avait pris figure de réjouissance.

Le Nouvel An avait amené son cortège de visites renforcées de vœux et de cadeaux. S'inspirant de cette coutume, Jean Bourdon s'était rendu chez monseigneur de Laval et, profitant de l'occasion, lui avait fait don d'une somme considérable pour ses œuvres. Impressionné par une offrande aussi substantielle, l'évêque de Québec s'était empressé de témoigner sa gratitude. Pas un instant ne lui était venu à l'idée que, par cette offrande, le procureur cherchait à le gagner à sa cause. Monseigneur de Laval jouait un rôle dominant au Conseil de la colonie. Jean Bourdon, qui entendait se protéger par tous les moyens, espérait influencer le prélat et l'amener vers une politique qui l'accommodait.

À la suite des festivités, on se contenta de veillées, se rendant tantôt chez l'un, tantôt chez l'autre. On se regroupait autour du feu en se racontant les derniers potins ou en chantant des airs du pays. Charlotte aimait surtout les visites de Catherine et Claude Guyon. Celui-ci savait animer les soirées mieux que quiconque.

Dans la journée, le travail de la ferme étant limité aux soins des animaux, les hommes en profitaient pour aller à la chasse. Ainsi Joseph se retrouva-t-il un jour dans les bois en compagnie de son beau-frère Nicolas Gaudry. Fervent chasseur, celui-ci n'avait eu aucun mal à convaincre son beau-frère de l'accompagner.

Joseph ne fut pas long à retrouver ses réflexes d'ancien coureur des bois et messager du gouverneur, et pas davantage à subir la séduction des grands espaces.

Partis avant l'aube et chaussés de raquettes, les deux hommes avaient marché d'un pas rapide. Joseph avait dès le départ remarqué l'adresse et l'aisance de son beau-frère. Il l'avait aussitôt considéré comme un compagnon digne des plus grandes sorties en forêt. Malgré la vive allure de leur déplacement, l'un et l'autre savaient donner à leurs mouvements une souplesse qui feutrait leurs pas, les étouffant afin de ne pas effaroucher le gibier à leur approche.

Joseph tirait derrière lui une traîne sauvage sur laquelle ils déposeraient le fruit de leur chasse. Il avait attaché les deux lanières à sa ceinture, ce qui lui permettait de tirer la traîne tout en conservant une totale liberté d'action.

C'est avec joie qu'il avait retrouvé ces accessoires d'un temps passé et qu'il avait repris les gestes et les attitudes qu'il n'avait pas oubliés. Jouant des muscles qui n'avaient rien perdu de leur force ni de leur agilité, Joseph avançait tout en relevant instinctivement les repères qui lui permettraient de s'orienter pour le retour.

Humant l'air, il reconnaissait les odeurs familières et petit à petit se laissait glisser vers une forme d'envoûtement.

Au lever du jour, la neige s'irisa de rose, dont le ton se fit profond selon les ondulations du sol, allant jusqu'à atteindre un mauve foncé dans les zones d'ombre plus épaisse. La masse sombre des arbres s'éclaira, découpant des formes allongées, et la surface de la neige s'anima de paillettes dorées. Les fourrés prenaient vie. Progressivement, un rideau se levait sur ce monde étrange.

Après ce premier éclat, le soleil se voila pudiquement, estompant les couleurs et les formes, les enveloppant de douceur.

Sensible à cette beauté mouvante, Joseph ralentit le pas, enregistrant chaque aspect de la nature qui l'entourait. Il se sentit aspiré par cette grandeur, en venant à oublier la raison de sa présence en ce lieu. Nicolas le ramena à la réalité en tirant sur le premier lièvre de la journée.

Un peu plus tard, Joseph s'empressa d'abattre un carcajou en murmurant : «Quelle sale bête!» Car le carcajou ou glouton était l'ennemi des hommes des bois. D'une grande habileté, il savait vider les pièges des trappeurs, de leurs appâts tout comme de leurs prises. En outre, faisant preuve de férocité, il réussissait malgré sa petite taille à se faire respecter de l'ours et même du loup. Il n'était jamais bon de croiser cet animal sur sa route et il valait mieux l'éliminer rapidement.

Malgré cette rencontre de mauvais augure, la chasse se poursuivit sans problème et la traîne se garnit de plusieurs pièces de gibier, sans compter deux loutres et un raton laveur dont les peaux pourraient être vendues à la Compagnie.

Vers le haut du jour, les deux beaux-frères repérèrent un chevreuil qui se trouvait au-delà d'un fourré. Il s'agissait d'un mâle d'une belle taille. Joseph tira le premier, atteignant en plein front la bête qui s'écroula aussitôt.

S'étant rapprochés, les deux hommes constatèrent qu'un profond ravin les séparait de leur proie, trop large pour être enjambé. Ils auraient pu envisager de descendre au fond du gouffre pour escalader le côté opposé, si la neige et les parois verglacées n'avaient offert un obstacle interdisant cette solution.

Nicolas eut un geste d'impuissance, mais Joseph, enthousiasmé par le défi, chercha le moyen d'arriver à ses fins. Il remarqua le tronc d'un arbre couché sur le sol et s'en approcha. Il en vérifia la robustesse, puis entreprit de le traîner jusqu'au ravin.

— C'est inutile, lui dit Nicolas. Tu ne pourras pas davantage mettre cet arbre en place que tu n'arriveras à ramener ce chevreuil.

Mais c'était sans compter la vigueur et la détermination du jeune homme. Ayant atteint le bord du ravin, il fit glisser le tronc jusqu'au point de bascule. Il ne manquait plus alors que quelques pouces pour atteindre l'autre côté. S'arcboutant de toutes ses forces, il souleva l'arbre, le projetant en avant. En retombant, le tronc trouva l'appui désiré et Joseph continua à le pousser jusqu'à ce qu'il lui semble suffisamment stable. Il en éprouva la solidité, puis, retirant ses raquettes, prit place sur ce pont improvisé.

Admiratif mais aussi inquiété par cette entreprise, Nicolas chercha à l'arrêter.

— Tu ne vas quand même pas t'aventurer au-dessus de ce gouffre pour si peu!

Joseph ne broncha pas, se contentant de répondre :

— Suis-moi.

Impuissant devant l'opiniâtreté de son compagnon, Nicolas retira ses raquettes et suivit l'exemple donné.

L'un après l'autre, les deux hommes franchirent le ravin à califourchon sur le tronc. Lorsqu'ils prirent pied de l'autre côté, n'ayant plus leurs raquettes, ils enfoncèrent dans la neige fraîche jusqu'au haut des cuisses. Le chevreuil gisait tout près et Joseph le tira à lui.

— Tu es bien avancé maintenant, fit Nicolas. Comment ramener de l'autre côté cette bête qui doit peser dans les deux cents livres?

Joseph lui lança un coup d'œil intense. Ce regard ardent eut raison des appréhensions de son beau-frère.

— Aide-moi à placer le chevreuil sur mes épaules, lui dit-il.

Les deux hommes s'employèrent à la tâche. Puis Joseph lia les pattes de l'animal à l'aide d'une solide lanière qu'il noua ensuite autour de sa taille.

Nicolas traversa le premier. Puis Joseph s'engagea à son tour. Sa charge pesant lourdement sur ses épaules, il avança lentement, veillant à conserver un équilibre devenu instable. Bandant ses muscles sous l'effort, il réussit à gagner le milieu du tronc.

Un craquement sonore retentit. L'arbre cédait sous la surcharge. Imperturbable, Joseph continua sa lente progression. Puis la neige, accusant la charge à son tour, se tassa brusquement. D'un seul coup, la passerelle improvisée baissa de plusieurs pouces. Surpris, Joseph vacilla. Il se cramponna de toutes ses forces et, par une puissante torsion du corps, retrouva son équilibre précaire.

Enfin le jeune homme atteignit le bord du ravin. Il se laissa choir la face dans la neige, puis, roulant sur le dos, se dégagea.

Soulagé, Nicolas laissa échapper :

– C'est de la folie!

Joseph ne répondit pas. Comment faire comprendre à son beau-frère qu'une telle aventure correspondait à une part importante de sa passion pour les bois, à l'excitation du défi affronté et vaincu? Elle lui avait fourni l'occasion de se dépasser, de prouver sa faculté à se tirer de toute situation difficile.

Sans mot dire, il se redressa et, prenant un couteau, entreprit de dépecer l'animal avant qu'il ne durcisse sous l'action du gel. Ensemble, Nicolas et lui retirèrent la peau qu'ils nettoyèrent soigneusement avec de la neige, puis ils coupèrent les quartiers de viande qu'ils entassèrent sur la traîne.

Cet ouvrage les accapara un long moment, si bien que le point du jour était déjà dépassé quand ils décidèrent, avant de prendre le chemin du retour, d'assouvir la faim qui les tenaillait l'un et l'autre. Choisissant une congère à la neige durcie, ils en creusèrent une partie, conservant une paroi verticale et légèrement concave. Ils coupèrent quelques branches de sapin et les piquèrent au sommet de ce muret, formant un abri rudimentaire. D'autres branches de ce même arbre furent répandues sur le sol afin de les isoler de la neige. Enfin, ramassant un peu de bois mort, Joseph alluma un feu à la mode indienne. Ainsi les deux hommes purent trouver protection et chaleur.

Joseph coupa un morceau de lard salé et une large tranche de pain qu'il mastiqua lentement. L'épisode du chevreuil lui avait fait renouer avec un passé qu'il n'arrivait pas à oublier. À cette époque, pour l'homme des bois qu'il avait été, la nécessité de s'alimenter aurait donné à son action une importance allant jusqu'à prendre figure de vie ou de mort. Aussi, aujourd'hui, avait-il agi sans vraiment réfléchir, et plutôt sous l'effet d'un certain envoûtement.

La lumière du jour s'était affaiblie, diminuant la visibilité et aplanissant tout relief. Quelques légers flocons de neige flottaient dans l'air ici et là. Le sous-bois devenu sombre s'habillait de mystère. Joseph sentait la forêt l'appeler. Tout son être se tendait vers cette invitation, vers le désir irrésistible de s'enfoncer dans cet univers touffu.

Silencieux, Nicolas l'observait, reconnaissant, en vieux colon qu'il était, toute l'émotion qui habitait son beau-frère.

– Les bois…, soupira-t-il après un moment. Il n'est pas aisé de s'en guérir. Cependant, n'oublie pas, Joseph, que tu as une femme et un enfant sur le point de naître.

Le jeune homme cilla à peine, conservant une expression d'extase. Nicolas voulait le tirer de cette ivresse. Se rompant un deuxième morceau de lard, il se mit tout doucement à parler comme pour lui-même.

— Certains n'hésitent pas à partir après leur mariage. Pour ma part, j'ai choisi de rester. Sans la présence d'Agnès et de nos enfants, ma vie n'aurait aucun sens. Rien n'est plus doux que de voir ses enfants grandir et se développer. Je ne connais pas de plus grand bonheur que les premières paroles balbutiées par ma fille ou les premiers pas exécutés par mon fils. Par leur amour et leur tendresse, ils me procurent une joie de chaque jour dont je ne saurais me priver désormais. Le plaisir des grandes courses dans les bois, je l'ai remplacé par celui des journées de chasse. Et avec le temps, je m'y suis accoutumé.

Cette fois, Joseph baissa les yeux et courba la tête. «Charlotte, songea-t-il. Quel égoïste je suis.»

Nicolas soupira profondément, comprenant qu'il avait rompu l'ensorcellement, du moins en partie.

En effet, Joseph demeura encore sous le charme de cette sortie pendant toute la journée du lendemain. Assis dans le petit salon auprès du feu, en compagnie de Charlotte, il vivait par la pensée une existence très éloignée de la réalité. Par intermittence cependant, il s'interrogeait sur ses sentiments et se répétait les paroles de Nicolas.

Inconsciente des dispositions d'esprit de son époux, Charlotte cousait fébrilement, voulant terminer le trousseau du bébé.

Joseph posa les yeux sur elle. La taille alourdie et le visage émacié n'enlevaient rien à la beauté de son regard ni au charme de son sourire. D'ailleurs, la modification même de son corps suffisait à l'émouvoir. Mais bien plus encore, sa simple présence à ses côtés lui procurait un bonheur sans cesse renouvelé. Il aimait son tempérament riche et généreux. Il ne pouvait nier l'importance de la place qu'elle occupait dans son cœur comme dans sa vie.

Charlotte émit une sorte de gémissement qui le fit sursauter.

— Mon pauvre ami, dit-elle, tu t'es choisi une bien mauvaise épouse. Jamais tu ne pourras te glorifier d'un travail d'aiguille de ma part.

Le jeune homme ébaucha un sourire. Cette légère faiblesse de son épouse l'attendrissait. En raison du sentiment d'infériorité qu'elle y attachait, cette lacune la rendait vulnérable à ses yeux. À ce moment de ses réflexions, il dut reconnaître tout l'amour qu'il portait à cette femme. Il réalisa qu'en aucun cas il ne pourrait vivre éloigné d'elle. Il comprit que l'attirance qu'elle exerçait sur lui dépassait de beaucoup celle des bois. Encore sous le coup de l'émotion que lui procura cette révélation, il murmura :

— Tu es belle!

Elle leva sur lui un visage ébahi.

— Belle? fit-elle en posant une main sur ses flancs arrondis. Ton aveuglement m'étonne. Attends encore quelques semaines avant de me répéter un tel compliment. Autrement je risquerais de ne pas te croire.

Il lui sourit tendrement.

— C'est précisément pour cette raison que je te trouve belle.

S'approchant d'elle, il s'agenouilla et prit sa main dans la sienne.

— Je t'aime, ma petite reine.

Puis, posant la tête sur ses genoux, il ajouta :

— Je te remercie de faire de moi un honnête citoyen.

25

MALGRÉ LES VEILLÉES et la tendresse de ses «deux mères», l'hiver semblait interminable à Charlotte. Confinée à la maison comme elle l'était depuis les premiers froids, le temps lui pesait. Les visites de Marie tout comme celles de sa belle-famille suffisaient à peine à la distraire. Plus encore, l'absence d'activités lui coûtait. Elle regrettait son rôle de sage-femme et de soignante qui l'avait parfois conduite à couvrir de longues distances. Son activité de cet hiver, toute cette couture, lui laissait une impression de vide.

Charlotte leva les yeux vers la fenêtre du petit salon. La neige tombait drue et serrée, obscurcissant la pièce. Tantôt entraînée dans un tourbillon endiablé, elle tombait ensuite poussée d'un côté ou de l'autre. Le vent hurlait entre les arbres, dont les branches dénudées fouettaient l'air.

Cette tempête durait depuis près de vingt-quatre heures, constituant des congères et amassant la neige sur le rebord de la fenêtre, qu'elle masquait partiellement et où se formaient des pointes plus hautes sur les croisillons.

La jeune femme reprit son travail d'aiguille, encore un lange qu'elle ourlait pour le petit. Depuis midi, des douleurs inhabituelles lui causaient une sensation désagréable.

Assise au bord du feu, Jeannette, un livre à la main, ânonnait :

— Pommeponne le chatonne ronneronnait sur les genouxe de Marionne.

Cette psalmodie avait pour effet d'épuiser Charlotte encore davantage. Les mots déformés dansaient dans sa tête en une folle farandole.

Elle l'interrompit.

— Ça ira pour aujourd'hui. Tu peux ranger ton livre. Mais ne t'éloigne pas, je pourrais avoir besoin de toi.

Une douleur diffuse la tenaillait. Elle regarda de nouveau par la fenêtre. Le vent poussait la neige en une ligne oblique s'approchant de l'horizontale. La visibilité s'arrêtait à quelques pieds au-delà de la paroi vitrée. L'inquiétude s'ajouta au malaise physique. Que pouvait faire Joseph par un temps pareil? Sans doute soignait-il les bêtes et il ne saurait tarder.

Tout était prêt désormais. Le berceau attendait dans leur chambre tout à côté du lit. Charlotte l'avait habillé d'indienne et garni d'une catalogne recouverte d'une fourrure. Dans l'armoire, les petits vêtements et les langes étaient précieusement rangés.

Une nouvelle crampe douloureuse l'obligea à changer de position. Elle abandonna son travail, incapable de se concentrer.

«Si c'est un garçon, se dit-elle, il se nommera Joseph. Si c'est une fille, ce sera Hélène en souvenir de ma mère et en l'honneur de celle de mon mari.»

Elle songea à l'hiver précédent, au logement ouvert à tous les vents qu'elle avait partagé avec son frère, et se sentit reconnaissante du feu qui pétillait dans la cheminée.

Ses pensées s'enchaînaient sans aucune cohérence.

Une autre crampe se manifesta, et cette fois la souffrance la fit grimacer et porter une main à ses reins.

Ses yeux tombèrent sur une lettre que Jean-Baptiste avait pu lui faire parvenir et qu'elle avait déjà lue à plusieurs reprises. Elle s'interrogea sur le rôle de son frère. Ouvrant la lettre, elle chercha à s'attacher à cette lecture, qu'elle dut néanmoins bientôt abandonner. N'arrivant pas à fixer son esprit sur ce qu'elle lisait, les mots valsaient sans suite devant ses yeux.

Une douleur se précisa, plus violente que les précédentes, lui coupant le souffle. Charlotte appela Jeannette.

— Va trouver mon mari, lui dit-elle, et demande-lui d'aller chercher monsieur Madry. Le moment est venu.

L'adolescente sursauta, puis la mine effarée, elle disparut en courant.

Joseph se tenait dans la porte de la grange quand il distingua dans la tourmente une forme qui s'avançait vers lui. Il s'étonna en reconnaissant Jeannette, hors d'haleine et retenant sur sa poitrine un châle couvert de neige. Sans reprendre son souffle, l'étrange apparition débita quelques mots dans un désordre incompréhensible :

— Madame Hébert… Monsieur Madry… C'est l'heure…

Joseph posa le seau qu'il tenait à la main et considéra l'adolescente en se grattant le menton. Il renonça cependant à trouver un sens à ces paroles.

— Reprends-toi, Jeannette, et exprime-toi clairement.

L'excitation de la petite bonne allait grandissant. Elle fit pourtant un effort pour se dominer.

— Il faut aller chercher monsieur Madry. Madame est mal. C'est le bébé.

Joseph tressaillit. Il savait que la naissance était imminente et pourtant il n'avait pas réalisé que ce serait si tôt. En homme qui ne s'affole pas facilement, il analysa le temps. Aucun mode de déplacement ne serait aisé. En raquettes, il risquait de s'égarer. Les chiens sauraient trouver leur chemin, mais la traîne se renverserait sur les congères et les patins enfonceraient dans la neige fraîche. Il songea à sa mère qui avait été sage-femme. Mais le coteau Sainte-Geneviève était plus éloigné et le chemin pour s'y rendre, plus risqué que celui conduisant à la ville toute proche.

Il prit encore le temps de rassurer Jeannette :

— Retourne auprès de ma femme. Préviens Noémie et faites le nécessaire. Je vous enverrai madame Fournier chez qui je m'arrêterai en route pour la ville.

Il retourna lui-même à la maison et monta à leur chambre, où il trouva Charlotte allongée sur le lit.

— Ne t'inquiète pas, dit-elle. Tout se passe nor…

Elle ne put finir sa phrase. Une contraction la secoua de la tête aux pieds.

Joseph ne s'attarda pas davantage. En hâte, il laça des mitasses de fourrure sur ses chevilles et ses mollets, enfila une chaude pelisse, enfonça une tuque sur ses oreilles et enroula un cache-col autour de son cou. Puis, chaussant ses raquettes, il partit à longues enjambées.

Après un arrêt chez les Fournier où, mise au courant, Françoise accepta de se rendre au chevet de sa belle-sœur, Joseph s'enfonça sous la neige et la nuit tombante.

Monsieur Madry habitait rue Sainte-Anne à l'angle de la rue des Jardins. En temps normal, il aurait suffi de quelques minutes pour atteindre son domicile. Mais l'intempérie ne permettait pas une avance rapide. Malgré les raquettes, il se fraya difficilement un chemin dans une neige profonde de plus de deux pieds. Un vent violent cinglait de côté et la visibilité se trouvait réduite à néant. À intervalles réguliers, il heurtait des congères qu'il n'avait pas vues. Perdant l'équilibre, il tomba à plusieurs reprises, se débattant pour reprendre pied tandis que le vent mugissait autour de lui.

Dès qu'il atteignit la ville, sa progression fut facilitée et son avance, d'autant plus rapide. Il arriva enfin rue Sainte-Anne et frappa à la porte du chirurgien.

Trouvant devant lui Joseph couvert de neige, Jean Madry comprit la situation en un instant et il émit un grognement.

– Entre tous les jours, c'est celui-ci qu'elle a choisi. Ta femme ne fait décidément rien comme les autres!

Il jeta un regard à l'extérieur et ajouta :

– C'est de la folie, Joseph! Noémie a vu naître quinze enfants. Ne crois-tu pas qu'elle saura s'en tirer?

Le jeune Hébert n'eut cependant que peu d'efforts à fournir pour convaincre le chirurgien-chef. Celui-ci éprouvait une réelle affection envers la sage-femme qui si souvent avait collaboré avec lui. Il se couvrit soigneusement et suivit le jeune homme.

Le retour se révéla plus ardu encore que l'aller. Dès qu'ils franchirent le mur de circonvallation, le chirurgien et le futur père furent accueillis par une bourrasque qui les frappa de plein fouet, accompagnée de giclées de neige dans le visage. Luttant contre le vent, ils avancèrent péniblement, fréquemment déséquilibrés par un accident du sol qu'ils n'avaient pas aperçu. Les aveuglant, la neige fouettait et brûlait les yeux que les deux hommes ne tenaient ouverts qu'au prix de grands efforts.

Jean Madry était moins habitué à cet exercice que ne l'était Joseph. Aussi, ce dernier se retournait constamment afin de s'assurer que son compagnon le suivait toujours.

Subitement, Joseph se trouva face à un bosquet d'arbres lui barrant la route. Il comprit alors qu'il s'était égaré. Sans le réaliser, il avait assurément quitté le chemin de la Grande Allée pour s'introduire sur l'une des concessions bordant cette voie. Mais de quel côté s'était-il laissé emporter, vers le Saint-Laurent, ou au contraire vers la rivière Saint-Charles?

Plus d'un avant lui, il le savait, s'était ainsi égaré dans la bourrasque. On avait trouvé les corps le lendemain, raidis par la mort et le gel.

Sans s'interroger davantage, Joseph fit demi-tour en espérant repérer un indice qui lui permettrait de déterminer la direction à suivre.

Ils avançaient péniblement en aveugles, cherchant leur route, les pieds lourds et le souffle court, quand la raquette du jeune homme heurta un objet dur. Se penchant, il tâtonna pour en identifier la nature. Il reconnut le pieu d'une clôture et s'y accrocha un instant, rempli de reconnaissance. Cette clôture marquait son salut. Fouillant la neige plus avant, il trouva la perche qui devait être reliée à un autre pieu un peu plus loin. Il suivit la direction que prenait cette perche, vérifia bientôt qu'il ne s'en était pas écarté et reprit sa marche. Les deux hommes progressèrent lentement, Joseph s'arrêtant régulièrement pour sonder la neige afin d'y trouver un pieu ou une perche et confirmer ainsi qu'il avançait toujours dans la bonne direction.

Enfin, il trouva le pieu d'angle lui prouvant qu'ils avaient rejoint la Grande Allée. Il hâta alors le pas, tout habité par la crainte d'arriver trop tard. Il fallut encore quelques minutes avant d'atteindre son terrain, où il distingua le halo doré d'une lumière. Françoise avait eu l'heureuse idée d'accrocher une lanterne à l'extérieur afin de guider son frère dans la tempête.

Jean Madry monta directement auprès de Charlotte. Joseph commença par étendre les vêtements du chirurgien devant le feu dans la cuisine afin qu'ils puissent sécher. Puis il grimpa l'escalier quatre à quatre et s'arrêta devant la porte de la chambre, subitement désemparé.

Il s'appuya le dos au mur et se laissa glisser jusqu'au sol, la tête basculée en arrière, les yeux clos. Il sentait pleinement, maintenant, la fatigue de ces deux courses et ses membres endoloris. Il s'abandonna un court instant, oubliant ce qui se déroulait tout à côté.

Soudain, un cri retentit dans la chambre voisine. Un cri de douleur tel que Joseph n'en avait jamais entendu. Ainsi rappelé à l'ordre, il dressa la tête, tous les muscles tendus, en proie à l'inquiétude qui s'emparait de lui.

— Mon Dieu, pria-t-il. Si vous devez prendre l'un de ces deux êtres, reprenez l'enfant, mais de grâce épargnez la femme que j'aime entre toutes.

Un second cri fendit l'air, plus horrible encore. Joseph se remit sur ses pieds, prêt à s'élancer au chevet de son épouse. Il s'arrêta, tremblant, devant la porte close.

— Prenez-moi, chuchota-t-il. Prenez-moi, prenez l'enfant, mais épargnez Charlotte.

C'est alors qu'il entendit un cri d'une nouvelle sorte. Ce n'était plus celui d'un adulte, mais celui d'un nouveau-né.

Joseph se détendit. Des larmes remplirent ses yeux déjà rougis par le vent et la neige.

— Un enfant, murmura-t-il. Nous avons un enfant!

Aux cris succéda le calme. Le jeune homme se raidit à nouveau, s'attendant au pire. Que pouvait cacher ce silence? Il aurait voulu se ruer dans la chambre, mais il dut se résigner à attendre un long moment qui lui sembla interminable.

C'est Françoise qui, la première, vint lui parler.

— Tu as un fils, Joseph, dit-elle en souriant. Un beau garçon!

— Et Charlotte?

— Elle va bien. Monsieur Madry est arrivé à point. Il s'en est fallu de peu.

Bientôt, le chirurgien aussi sortit de la chambre, s'essuyant les mains sur un chiffon.

— Tu as un beau tocson, mon garçon. Un bel enfant robuste. La mère et l'enfant se portent bien, ajouta-t-il en réponse à la question muette du nouveau père.

Joseph se relâcha enfin. Sous l'effet de l'émotion, il balbutia quelques paroles incohérentes.

Jean Madry posa une main affectueuse sur son épaule.

— Ressaisis-toi, imbécile, gourmanda-t-il gentiment. Va plutôt auprès d'elle. Elle t'attend.

Il pénétra dans la chambre en douceur. Sur la pointe des pieds, il s'approcha du lit. Charlotte gisait, pâle, les traits défaits, les cheveux plaqués par la sueur. Il s'agenouilla à ses côtés et, glissant les mains sous l'oreiller, lui souleva la tête.

— Ma petite reine, dit-il dans un souffle.

Leurs yeux s'accrochèrent et elle lui sourit faiblement. Joseph déglutit, essayant de contenir son émotion.

À son tour, Charlotte murmura :

— Nous avons un fils, Joseph.

— Je sais, dit-il. Je t'aime, Charlotte. Tu es merveilleuse!

Fortement ému, il ne savait plus très bien ce qu'il disait. Il prit l'une de ses mains et la pressa fortement contre ses lèvres.

— Va le voir, insista-t-elle.

Joseph se pencha sur le berceau. Sous les couvertures, il découvrit une petite tête ronde au visage fripé, à la lèvre gloutonne et à l'œil imprécis.

Avec des gestes d'une extrême délicatesse, il prit l'enfant. Il le souleva à bout de bras et éclata d'un rire sonore, rempli de fierté.

— Joseph, lança-t-il d'une voix forte, je ferai de toi un homme, un vrai!

26

O<small>N AVAIT BAPTISÉ</small> le petit Joseph dès que l'état des routes l'avait permis. Après une hésitation, Charlotte avait demandé à Anne Bourdon d'être la marraine. Celle-ci avait accepté, les larmes aux yeux, et avait fièrement tenu le bébé sur les fonts baptismaux. Puis, selon la coutume, le cortège avait fait le tour des parents et amis, pour leur présenter le nouveau-né.

De retour chez les Hébert où une collation les attendait, la famille Morin s'était trouvée réunie au grand complet. Et c'est dans l'allégresse qu'on avait célébré la naissance du petit Joseph.

Anne s'était rendue au chevet de la maman.

— Je te rends ton fils, lui dit-elle en lui tendant le nourrisson hurlant de colère. Il a été très sage jusqu'à maintenant, mais je crois qu'il a faim.

Charlotte ouvrit les bras avec empressement.

— Ce qu'il m'a manqué! s'exclama-t-elle.

Elle dégrafa sa chemise et installa l'enfant pour la tétée.

— Voyez-vous ce petit glouton, fit-elle, attendrie.

Levant la tête, elle continua :

— J'ai pourtant vu plus d'un nouveau-né, mais celui-ci, quoi qu'il fasse, je le trouve merveilleux.

Anne l'embrassa.

— Mais, ma chère fille, dit-elle, c'est bien naturel! C'est le contraire qui serait regrettable.

Elle bavarda encore un peu, puis lui confia que depuis quelque temps elle trouvait à son mari un comportement qu'elle n'arrivait pas à comprendre.

— Il réunit fréquemment tous les membres du Conseil, lui expliqua-t-elle. Ils s'enferment dans son bureau et, au lieu de parler à haute voix comme ils le faisaient jusqu'à présent, ce sont des chuchotements à n'en plus finir. Si au moins Jean me donnait les raisons de ce nouveau comportement, mais il refuse de me dire quoi que ce soit.

C'est que le procureur et ses amis cherchaient le moyen de se défaire de l'enquêteur arrivé à l'automne. Jean Péronne du Mesnil les irritait. Avec un mépris manifeste, il n'hésitait pas à perquisitionner, retournant le moindre indice et semant le trouble chez ceux qui n'avaient pas la conscience tranquille.

Le rappel de cet individu en France était sans aucun doute la meilleure issue possible. Mais pour en arriver là, il fallait trouver la personne capable de décrire en haut lieu un comportement néfaste de la part de l'enquêteur.

Une occasion inespérée se présenta au cours d'un souper qui regroupait monseigneur de Laval ainsi que Charlotte et Joseph à la table des Bourdon.

Depuis quelques mois, l'évêque de Québec s'était lancé dans une campagne contre la vente de l'eau-de-vie aux indigènes, et, au cours de ce repas, il avait orienté la conversation sur ce sujet qui lui tenait à cœur.

Personne n'ignorait l'effet désastreux de l'alcool sur certains autochtones. Depuis toujours, les gouverneurs en interdisaient officiellement l'échange contre des fourrures. Mais comme de leur côté les Hollandais fournissaient largement de l'alcool aux chasseurs de peaux, il fallait trouver un compromis pour protéger ce marché, unique source de revenus de la colonie, si bien que certaines pratiques étaient tolérées.

Or, par son fanatisme religieux, monseigneur de Laval risquait de compromettre cet équilibre. Méprisant les besoins économiques du pays, il s'attaquait à l'autorité du gouverneur.

— Je ne vous cache pas, dit-il à son hôte, que j'éprouve une très vive déception devant les agissements de notre gouverneur, monsieur d'Argenson.

Voyant critiquer le seul homme auprès duquel l'enquêteur risquait de trouver audience, Jean Bourdon énonça d'une voix doucereuse :

— Monsieur d'Argenson ne sait s'occuper que de ses propres intérêts.

Joseph s'étonna de cette critique qui ne lui semblait pas méritée. Mais en entendant le procureur susurrer : «On murmure que non content de soutenir ces fraudeurs à l'eau-de-vie, monsieur d'Argenson en serait un lui-même», il sursauta, outré qu'on puisse accuser le gouverneur ainsi, sans preuve.

Un éclair traversa les yeux de l'évêque.

— Ce qui expliquerait ses agissements, dit-il.

Le procureur jubilait d'avoir fait valoir ce qui n'était que pure invention de sa part. Joseph n'eut aucun mal à détecter cette réaction. Indigné par l'attitude de cet homme qu'il savait malhonnête, il décida d'intervenir.

— Vous m'étonnez, dit-il. C'est la première fois que je l'entends dire. Le gouverneur m'a toujours fait l'impression d'un parfait honnête homme.

Jean Bourdon le toisa, regrettant que sa femme ait eu le mauvais goût de l'inviter à sa table.

Il choisit de l'ignorer et, se tournant vers l'évêque, il s'exclama :

— Ah! monseigneur! Le grand malheur de cette colonie est d'être si éloignée du royaume que le roi ne peut en aucune façon en comprendre le fonctionnement. Il me semblerait des plus opportuns qu'une personnalité d'envergure se rende en France afin d'y éclairer les responsables.

— Ce qui sera fait prochainement, remarqua l'évêque, puisque monsieur Pierre Boucher s'apprête à entreprendre un tel voyage pour les raisons mêmes que vous avez citées.

— Monsieur Boucher, fit le procureur. Le gouverneur des Trois-Rivières…

Cette nouvelle ne lui plaisait guère. Il ne connaissait que trop bien l'honnêteté et la redoutable perspicacité de ce jeune gouverneur. Et il craignait quelque révélation qui lui serait défavorable.

— À vrai dire, reprit-il, j'aurais préféré un personnage davantage au fait des événements se déroulant à Québec. Nul ne me semble mieux indiqué que Votre Éminence. Vous pourriez par la même occasion décrire les agissements de ce Péronne du Mesnil qui croit devoir fourrer son nez partout. Croirez-vous que cet individu s'est permis de fouiller de fond en comble la demeure de notre commis général, qui compte parmi nos compatriotes les plus respectables? Cela devient intolérable!

— Et le greffe du Conseil? questionna Joseph, conscient que l'étude des documents s'y trouvant révélerait des faits accablants. L'examen des dossiers ne l'éloignerait-il pas de ces recherches chez des particuliers?

Jean Bourdon aspira bruyamment. Agacé par cette intrusion, il trancha :

— Il n'y a pas droit, n'enquêtant pas sous autorité royale. Et je n'ai nullement l'intention de faciliter la tâche de cet imposteur.

— Y aurait-il quelque coupable au sein du Conseil? demanda encore Joseph d'un air innocent.

— Pas du tout, lâcha-t-il entre les dents.

Jean avait du mal à contenir son irritation. Décidément, ce jeune homme lui déplaisait. Considérant qu'il représentait une menace potentielle, il se promit de le neutraliser à la première occasion.

En attendant, il se tourna vers le prélat et reprit la conversation interrompue de façon si fâcheuse. Et à l'issue de cet entretien, monseigneur de Laval s'engagea à étudier l'éventualité d'un voyage en France, ce qui permit au procureur de retrouver sa sérénité.

Sur le chemin du retour, Joseph se confia à Charlotte.

— Cet homme est non seulement malhonnête, mais dangereux. Il a acquis la confiance de notre évêque dans le seul but de le manipuler. La preuve de son escroquerie existe sûrement en quelque endroit et il tremble qu'on la découvre.

— C'est donc ça, dit-elle. Je peux t'assurer que madame Bourdon n'en sait rien. Elle m'a encore fait part, ce soir, de son étonnement devant le comportement de son mari.

L'air songeur, Joseph hocha la tête. Cette situation l'embêtait. En pareil cas, sa tante serait sûrement intervenue. Mais il se voyait mal accusant un homme aussi haut placé que le procureur et n'avait nulle envie de se lancer dans une entreprise d'une telle envergure. Malgré la répugnance qu'il éprouvait, il choisit d'oublier cette conversation et de se concentrer sur la culture de ses champs.

La neige commençait à fondre et la terre ne tarderait pas à le réclamer. C'était là une occupation davantage à sa mesure.

Joseph avait déjà commencé la taille des pommiers quand s'annonça la délivrance d'Angélique. En entendant Louis lui demander d'assister sa femme, Charlotte se sentit embarrassée. Connaissant la faible constitution de son amie, elle craignit d'entreprendre cette tâche. Aussi demanda-t-elle :

— Ne crois-tu pas qu'il serait préférable de faire appel à monsieur Madry?

— Mais c'est toi qu'elle réclame, affirma le futur père.

Il précisa que, si son épouse accusait une certaine fatigue, elle se portait bien, par ailleurs, et que sa grossesse s'était déroulée normalement. Malgré les complications qu'elle redoutait, la jeune femme accepta donc.

Joseph, se souvenant de ses propres réactions au moment de la naissance de son fils, offrit de se joindre à eux et de tenir compagnie à Louis.

Dès son arrivée, Charlotte s'empressa d'examiner Angélique qu'elle trouva fatiguée, comme son beau-frère le lui avait dit, mais ne présentant aucun signe alarmant. Elle prit cependant des précautions pour donner les soins.

L'accouchement se déroula sans difficulté majeure. Mais quand la sage-femme voulut montrer à la nouvelle mère le fils qu'elle venait de mettre au monde, celle-ci conserva les yeux clos et le souffle court dans une attitude qui angoissa sa belle-sœur.

Charlotte confia le bébé à la bonne qui l'avait secondée et, revenant près du lit, appela :

— Angélique.

Celle-ci leva les paupières sur des yeux dont le bleu semblait délavé.

— Je suis si lasse, dit-elle dans un souffle.

Charlotte prit son pouls et constata un état de grande faiblesse. Elle lui fit absorber une potion à base de sainfoin et la frictionna avec de l'alcool.

Très lentement, la jeune femme reprit un peu de vie en même temps que son pouls remontait. La sage-femme continua les soins pendant quelques minutes, puis, constatant une amélioration, elle demanda :

— Te sens-tu disposée à voir ton fils et ton époux?

Angélique fit signe que oui de la tête et la jeune femme déposa le bébé à côté d'elle. La mère tourna les yeux vers ce fils qu'elle voyait pour la première fois. Un pâle sourire anima ses lèvres, après quoi elle s'abandonna de nouveau au creux du lit.

Charlotte observa son amie qui gisait pâle et défaite. À la voir, il serait assurément difficile de rassurer Louis sur son état. Elle prit encore le temps de rafraîchir son visage avec de l'eau et de rattacher quelques-unes des mèches éparses qui inondaient l'oreiller. Elle la couvrit d'un drap joliment brodé et d'une catalogne, puis l'embrassa tendrement.

— Repose-toi, lui dit-elle avant de s'éloigner.

La jeune femme s'arrêta devant la porte. Elle se sentait soulagée par l'amélioration qu'elle avait réussi à obtenir, mais la faiblesse persistante de sa belle-sœur la préoccupait. Et elle se demandait comment transmettre l'information sans alarmer son beau-frère outre mesure.

Elle ouvrit enfin la porte sur les deux hommes dont l'anxiété ne faisait aucun doute. Elle leur offrit un sourire rassurant.

— Louis, commença-t-elle, vous êtes comblés. Vous avez le petit que vous désiriez.

Le nouveau père eut un bref sourire, puis formula une question :

— Et Angélique?

— Rassure-toi, elle est tirée d'affaire. Mais elle est encore très faible. Elle aura besoin du plus grand repos. Je ne peux assez te conseiller de faire appel à monsieur Madry dans les vingt-quatre heures qui viennent. Tu peux la voir. Mais veille à ne point trop la fatiguer.

Il pénétra dans la chambre et, le regardant, Charlotte eut l'impression de revoir Joseph dans le même rôle, quelques semaines plus tôt. Elle tourna les yeux vers lui et ils échangèrent un regard complice. Le jeune homme entoura la taille de son épouse et tous deux quittèrent silencieusement la maison Taschereau.

En atteignant leur propre domicile, Charlotte s'empressa de se rendre auprès de son fils. Tendrement, elle se pencha sur le berceau. Le petit Joseph grimaça, lui donnant l'impression d'un premier sourire.

Elle ne résista pas davantage au plaisir de le tenir dans ses bras. Elle aimait sentir ce petit corps contre le sien; le poids de la tête au creux de son bras l'attendrissait. D'une voix douce, elle lui chanta une berceuse.

Le bébé prenait régulièrement de la force, ce qui n'empêchait pas les veillées de se passer sur la pointe des pieds par crainte de le réveiller.

Quand, après une tétée, Charlotte présentait le nourrisson à l'assemblée, chacun se relâchait. Élisabeth, la femme de Jean Guyon, racontait la dernière espièglerie de l'un de ses sept enfants, Claude se lançait dans une de ses histoires préférées et Catherine, son épouse, chantait des airs du pays. Chacun y trouvait son plaisir.

Malgré la distance, il arrivait à Agnès de se joindre au groupe. On couchait les enfants à l'étage, en travers du lit, afin de pouvoir les allonger tous. Louise, l'aînée des Gaudry, se plaignait régulièrement que son frère Jacques prenait trop de place et, pour éviter qu'ils se chamaillent, il fallait prendre soin de les éloigner l'un de l'autre.

Au cours de l'une de ces soirées, Justine, qui avait accompagné François, se glissa à l'étage et se pencha sur le berceau.

– Oh! Quel beau bébé! s'exclama-t-elle.

Sans hésiter, Charlotte, qui l'avait suivie, plaça le petit Joseph dans ses bras. Un large sourire plissa le vieux visage. Justine s'installa dans une chaise berceuse avec son précieux fardeau et on ne la vit plus de la soirée. Ce petit, elle en faisait le sien, se considérant comme sa grand-mère.

Tout au plaisir de cajoler le nourrisson, elle n'eut pas conscience de l'arrivée de Madeleine Couillard et de Charles Aubert, venus annoncer leurs prochaines épousailles.

Ce fut l'occasion de nouvelles réjouissances.

Sa sœur aînée, Élisabeth, fut la première à le féliciter :

— Ah! quel bonheur! Viens dans mes bras, que je t'embrasse!

Chacun y alla de son compliment et on but à la santé des promis.

Au moment de la collation, on attaqua le sujet brûlant du jour. Le matin même, en pleine église, monseigneur de Laval avait nommément excommunié un certain Pierre Lamothe pour cause de vente d'alcool aux Indiens et de récidive.

— Je crains que monseigneur n'ait outrepassé ses droits, remarqua Madeleine.

— C'est également mon avis, répondit Charles. Et je le regrette d'autant plus que cette malheureuse affaire d'eau-de-vie amène monsieur d'Argenson à nous quitter.

— De qui tiens-tu cette nouvelle? demanda Joseph.

— Du gouverneur en personne, répondit-il. Il semblerait que des personnes haut placées se soient liguées contre lui, répandant de fausses rumeurs sur sa conduite. Ces gens sont allés jusqu'à déposer des plaintes que je juge répugnantes pour qui connaît la valeur de ce gouverneur. Déjà brouillé avec monseigneur de Laval et les Jésuites, il ne trouve aucun appui auprès des premières puissances de ce pays. Devant ces manœuvres d'une part et l'absence de coopération de l'autre, monsieur d'Argenson a l'intention de demander son remplacement dès qu'il le pourra, sous prétexte de rhumatismes qui le font souffrir.

Joseph échangea un regard entendu avec Charlotte. Ainsi, monsieur Bourdon avait eu gain de cause.

— Monsieur d'Argenson sera assurément très regretté, observa François.

— Il faut surtout espérer, dit Madeleine, que son remplaçant saura nous aider à lutter contre les Iroquois.

La jeune fille avait raison de s'inquiéter. L'ensemble de la Confédération des Cinq-Nations s'était ébranlé et l'on n'allait pas tarder à subir de multiples attaques sanglantes, depuis Ville-Marie jusqu'à Tadoussac.

27

ENCORE UNE FOIS, la Nouvelle-France était inquiétée par de nombreuses attaques des Iroquois. On comptait déjà la disparition de vingt-trois Montréalistes et de quatorze colons des Trois-Rivières. Courageusement, les habitants de la colonie ne changèrent en rien leurs modes de vie et de travail, se contentant de reprendre des précautions qu'ils n'avaient guère eu le temps d'oublier.

C'est le fusil en bandoulière qu'on entreprit de couper et d'engranger le foin. Cette fois, Charlotte prit une part active à cette opération. Gênée par le fusil qui meurtrissait ses côtes à chacun de ses mouvements, elle n'en continua pas moins sa tâche jusqu'au soir.

Le ciel d'un bleu pur éclairait un paysage aux couleurs claires. On s'activait, faisant preuve d'une allégresse destinée à cacher son angoisse. Claude multipliait les traits d'humour, Joseph fredonnait des airs entraînants que Catherine reprenait d'une voix forte, invitant les autres à chanter en chœur.

La journée se déroula, heureuse. Une journée que rien n'aurait dû entacher.

Mais, avant le crépuscule, alors que l'on attendait les cloches de l'angélus, c'est le son du glas qui se fit entendre.

Les ouvriers se figèrent, échangeant des regards consternés. Animés d'une même pensée, tous se demandaient de quel côté les Iroquois avaient frappé.

Laissant à ses compagnons le soin de terminer le travail, Joseph partit pour se renseigner.

En le voyant revenir, Charlotte comprit d'un seul coup d'œil que ce nouvel événement les touchait de très près.

En effet, cet après-midi même, les Iroquois avaient attaqué à Beaupré et à l'île d'Orléans, massacrant quinze personnes. Parmi ceux-ci, Nicolas et Madeleine Couillard. On avait ramené leurs corps ensanglantés, le crâne défoncé par le tomahawk.

Charles pleura la disparition de sa promise et Guillemette Couillard cacha sa douleur au fond du Sault-au-Matelot qu'elle refusa de quitter, même le jour des obsèques.

D'une façon générale, on s'alarma de la fréquence de ces incursions. Les dirigeants du pays se sentaient impuissants à endiguer ces raids meurtriers. Pierre Boucher était déjà parti pour la France, mais on pouvait se demander s'il obtiendrait le secours nécessaire, et si ce renfort arriverait à temps.

Alors qu'on s'y attendait le moins, Garakontié, un des chefs iroquois, vint offrir son aide. Il avait rendu la liberté à quatre captifs français et s'était engagé à obtenir celle de vingt autres Français retenus dans diverses tribus, en échange de huit des siens se trouvant prisonniers à Ville-Marie. Il réclamait un missionnaire et se prétendait disposé à négocier une paix concernant deux des cinq nations de la confédération iroquoise. Il avait ajouté que si ces conditions n'étaient pas remplies, il ne pouvait pas répondre de la vie des vingt Français en question et pas davantage de l'éventualité d'une paix.

À Québec, monsieur d'Argenson, toujours en fonction, s'empressa de réunir le Conseil de la colonie, ainsi que monseigneur de Laval et le père Lalemant, supérieur des Jésuites.

La question était épineuse, comme le prouva le débat des dirigeants. Ne s'agissait-il pas d'une ruse? Pouvait-on faire confiance à quelques Iroquois venus demander la paix, l'arme au poing? Sans oublier que, même obtenue, cette paix ne concernerait que deux tribus.

En contrepartie, on ne pouvait pas négliger la possibilité d'une paix, même partielle, et surtout le salut des captifs.

En dernier lieu, monseigneur de Laval remporta un avis favorable lorsqu'il déclara :

— La proposition constitue peut-être une ruse. Cependant, nous ne pouvons mettre en danger la vie de vingt personnes simplement pour pouvoir affirmer que nous n'avons pas été possédés par quelques indigènes.

Le Conseil s'inclina et le père Lalemant enfonça le clou en déclarant que le père Le Moyne acceptait de jouer le rôle du missionnaire réclamé.

Il ne restait plus qu'à trouver les hommes capables d'accompagner le jésuite jusqu'à Ville-Marie.

— Il faut, dit d'Argenson, des colons robustes et sûrs, possédant une parfaite connaissance des bois et des indigènes. Les foins étant terminés et les moissons ne commençant pas avant un mois, il pourrait s'agir d'Habitants.

Saisissant l'occasion qu'il attendait, Jean Bourdon prit la parole.

— Je connais un tel homme. Il se nomme Joseph Hébert.

Chacun approuva et le gouverneur convoqua le jeune homme.

Joseph avait déjà participé à de semblables missions et ne s'étonna pas de la requête. En homme des bois averti, il en connaissait bien les dangers. Néanmoins, il ne se sentit pas le droit de refuser. Mais lorsqu'il voulut s'en expliquer avec Charlotte, il éprouva de la difficulté à s'exprimer.

— J'ai à te parler de choses graves, commença-t-il. Écoute-moi attentivement, Charlotte.

Frappée par l'expression de son époux, celle-ci demanda :

— Que se passe-t-il, Joseph ? Tu m'inquiètes.

— J'arrive de chez monsieur le gouverneur, déclara-t-il. Il s'y passe des événements d'importance.

Il résuma la requête de Garakontié, la décision du Conseil et enfin la mission qu'on venait de lui confier.

Charlotte demeura muette, sentant son cœur se glacer.

— Ne pars pas, dit-elle dans un souffle.

Il posa la main sur la sienne.

— Je ne vois guère le moyen de refuser.

Elle reprit vivement :

— Je t'en prie, Joseph, songe à notre enfant.

— Tu ne seras pas seule, répondit-il. Noémie et Jeannette sont auprès de toi. Et Béranger veillera sur ta sécurité.

— Il ne s'agit pas de moi ! s'exclama-t-elle. C'est pour toi que j'ai peur ! Je te supplie de bien considérer le danger de cette mission.

— Je n'en ai pas le droit, Charlotte. Songe à ces vingt Français en captivité et aux vies qu'une paix partielle pourra épargner. Pouvons-nous ne songer qu'à notre confort ?

Il serra la main qui se trouvait dans la sienne.

— Courage, ma petite reine. Tu es désormais la femme d'un colon en Nouvelle-France. Il faut accepter tous les aspects de cette réalité avec bravoure. D'ailleurs, rassure-toi, je ne serai pas seul, moi non plus. Je voyagerai en compagnie de trois hommes parmi les plus sûrs, à commencer par François Hertel, un trifluvien dont la réputation n'est plus à faire. Son père, déjà, possédait une grande connaissance des bois ainsi que la faculté de se tirer des situations les plus critiques. Le fils tient du père, avec plus de compétence encore. L'équipe que l'on me propose est des plus fiables.

Vaincue, Charlotte ne put retenir ses larmes.

Joseph l'entoura de son bras.

— Courage, mon aimée, je ne serai pas absent longtemps. Je serai de retour avant le début des moissons.

Joseph eut tôt fait de rassembler les provisions et les effets nécessaires à cette course. Il prévoyait une semaine pour se rendre à Ville-Marie et autant pour en revenir, plus une ou deux autres semaines chez les Montréalistes afin de négocier la suite du voyage du père Le Moyne.

En dépit des circonstances, il dut bien admettre qu'il ne lui déplaisait pas de reprendre la vie dans les bois qu'il n'avait jamais totalement chassée de son esprit. Il lui coûtait de se séparer de Charlotte, mais, persuadé que ce ne serait que pour peu de temps, il se laissa emporter par la joie qu'il éprouvait à la perspective de l'aventure à venir.

Il choisit avec soin son canot et les différents accessoires. Il consulta François Hertel et vérifia avec lui chaque détail du voyage. Au bout d'une semaine, il put se considérer prêt à partir.

Le matin du départ, le jour se leva sur un ciel clément.

Joseph se pencha sur son fils qui le gratifia de quelques gazouillis. Il chatouilla la petite paume de son index que le bébé saisit aussitôt.

— Quelle force! s'exclama-t-il avec fierté. Nous ferons de toi un champion!

Il retira son doigt et leva la tête vers Charlotte. Depuis qu'il lui avait appris ce départ, ses yeux s'étaient creusés et ses narines se pinçaient sur un visage qui avait perdu sa couleur.

L'émotion le gagna devant ce chagrin qu'il lui causait. Il se leva et l'enlaça.

— Ce ne sera qu'une brève interruption dans notre vie, murmura-t-il tout contre sa tempe. Tu verras, dans un an ou deux, nous donnerons un petit frère à Joseph.

— Reviens-nous d'abord sain et sauf, dit-elle. Le reste n'a que si peu d'importance.

— Pour les moissons, Charlotte. Je serai de retour pour les moissons. Tu auras à peine le temps de te rendre compte de mon absence.

Charlotte préféra ne pas répondre. Son époux conserva son bras autour de sa taille et tous deux gagnèrent la porte de leur demeure.

Joseph avait demandé à Charlotte de ne pas l'accompagner jusqu'à la grève, craignant que la séparation n'y soit trop pénible. C'est donc devant leur maison qu'ils devaient se quitter.

Sans mot dire, il la serra tout contre lui.

— Je t'en prie, Joseph, ne pars pas, murmura-t-elle d'une voix brisée.

— Ne me rends pas cette séparation plus douloureuse. Pour me séparer de toi, il me faut du courage, à moi aussi.

Il l'embrassa tendrement, puis ajouta :

— Prends grand soin de notre fils. Et n'oublie pas que je t'aime, ma petite reine.

Il l'étreignit encore une fois et s'éloigna, pour s'arrêter à une courte distance. Se retournant, il la regarda longuement, comme pour bien se mettre ses traits en mémoire. Après quoi, d'un pas ferme, il emprunta le chemin conduisant à la grève.

Demeurée seule, la jeune femme le suivit des yeux jusqu'au moment où il disparut derrière un bosquet. Alors seulement, elle avança et atteignit la Grande Allée. Le canot, elle le savait, devrait contourner le cap aux Diamants pour passer sous les terres de Jacques Maheust. Sans hésiter, elle traversa le terrain de ce voisin.

Elle longea le bord de la falaise et s'arrêta sur un point culminant. De cette position, elle englobait une large surface du fleuve. Sur sa droite, elle voyait la pointe à Puiseaux et, tout en bas, le léger renfoncement de l'anse au Foulon. En face, la seigneurie de Lauzon s'allongeait en ondulant, et, sur sa gauche, elle apercevait la pointe de l'île d'Orléans.

Elle dut attendre près d'une heure.

Enfin, le canot se profila au loin. Il passa tout près de la grève à ses pieds. Elle vit les cinq hommes qu'il transportait et reconnut son époux dont la haute stature dominait celle des autres. Puis l'embarcation s'éloigna vers l'amont et disparut derrière une pointe.

Charlotte laissa échapper un cri angoissé. Elle voulait croire au retour de son mari, mais l'inquiétude la rongeait déjà.

— Mon amour, murmura-t-elle. Mon tendre amour…, reviens-moi vite.

Anne Maheust, qui l'observait par la fenêtre de sa cuisine, chuchota à l'oreille de son époux :

— Je me demande comment elle va s'en tirer, toute seule sans son mari. Il ne faudrait pas qu'il reste parti trop long-temps…

Jacques Maheust hocha la tête, car il partageait l'in-quiétude de sa femme. Il mesurait le danger d'un tel voyage au cœur du pays iroquois.

Une mission généreuse, un risque certain.

Principaux personnages

PERSONNAGES ayant réellement existé

Les premières dates (entre paranthèses) correspondent au baptême qui généralement avait lieu le lendemain de la naissance.

AUBERT, sieur de La Chesnaye, Charles : ami d'enfance de Charlotte de Poitiers. Arrivé à Québec en 1655, commis général de la Compagnie de Rouen.

BOURDON, Jean : Procureur au Conseil, compromis dans la traite des pelleteries.
    épouse : Anne.

COUILLARD (famille)
Guillaume, arrivé à Québec en 1613, anobli en 1654.
    épouse : Guillemette Hébert.

10 enfants dont :
Élisabeth (1631), épouse de Jean Guyon.
Grégoire (1635), coureur des bois.
Madeleine (1639), décédée avant 1666.
Nicolas (1641), décédé à l'île d'Orléans en1661.

d'ARGENSON, Pierre de Voyer, vicomte : gouverneur de la Nouvelle-France de juillet 1658 à 1661.

FOURNIER (famille)
Guillaume, né à Coulmer, arrondissement d'Argentan, dans le Perche.
    épouse : Françoise Hébert.

leurs enfants :
1 – Marie, dite Mimi dans le texte (1655).
2 – Adèle (1657).

3 – Jacquette (1659).
4 – Joseph (1661), filleul de Charlotte de Poitiers.

GAUDRY (famille)
Nicolas né à Deings, arrondissement de Mortagne dans le Perche.
    épouse : Agnès Morin

leurs enfants :
1 – Agathe (1656).
2 – Jacques (1658).
3 – Christine-Charlotte (1660), filleule de Charlotte de Poitiers.

GARAKONTIÉ : un des chefs des Iroquois.

GUYON (famille)
Jean, de St-Aubin de Tourouvre, ar. de Mortagne, arrivé à Beauport en
1634, engagé par Robert Giffard.
    épouse : Mathurine Robin.

7 enfants dont :
Jean (1619), arpenteur royal, épouse Élisabeth Couillard. Possède des
terres sur le Sault-au-Matelot.
Claude (1629), épouse Catherine Collin. Vend ses parts du fief paternel
à Beaupré et s'installe sur les terres de son frère Jean.
François (1639), commerçant. Ami de Jean-Baptiste et Charlotte de
Poitiers.

HÉBERT (famille)
PREMIÈRE GÉNÉRATION :
Louis émigré en 1617.
    épouse : Marie Rollet.

leurs enfants :
1 – Anne décédée vers 1619.
2 – Guillemette, épouse de Guillaume Couillard.
3 – Guillaume décédé en 1639.

DEUXIÈME GÉNÉRATION :
Guillaume décédé en 1639.
   épouse : Hélène Desportes, en 1634.

leurs enfants :
1 – Joseph (1636).
2 – Françoise (1638), épouse Guillaume Fournier.
3 – Angélique (1639) [dans le texte, épouse Louis Taschereau].

TROISIÈME GÉNÉRATION :
Joseph 1636
   épouse : Charlotte de Poitiers en 1660.
   un enfant : Joseph (1661).

MAHEUST, Jacques : dont la concession se trouvait en face de celle de Joseph Hébert.
   épouse : Anne.

MANCE, Jeanne : fondatrice de l'Hôtel-Dieu de Ville-Marie (Montréal).

MORIN (famille)
Noël, sieur de Saint-Luc.
   épouse en 1639 : Hélène Desportes, (veuve de Guillaume Hébert).

leurs enfants :
   1 – Agnès (1641), épouse Nicolas Gaudry.
   2 – Germain (1642), prêtre.
   3 – Louise (1643).
   4 – Claude (1644).
   5 – Jean-François (1645).
   6 – Marguerite (1646), décédée en 1646.
   7 – Marie-Hélène (1647), décédée en 1661.
   8 – Marie (1649).
   9 – Alphonse (1650).
   10 – Augustin (1652).
   11 – Charles (1654).
   12 – Marie-Madeleine (1656).

PÉRONNE du Mesnil, Jean : avocat au parlement de Paris, enquêteur pour le compte de la Compagnie des Cent-Associés.

POITIERS (famille de)
Pierre-Charles, sieur du Buisson, capitaine d'infanterie.
      épouse : Hélène de Belleau.

leurs enfants :
1 – Jean-Baptiste
2 – Charlotte née vers 1640
(Les autres enfants, Charles, Antoinette, Philippe, Hortense, Catherine et Anne, sont fictifs)

RUETTE d'Auteuil (de) Denys-Joseph : gendre de Jean et Anne Bourdon, membre du Conseil, compromis dans la traite des pelleteries.
      épouse : Claire-Françoise, fille de madame Bourdon, repartie en France.

CLERGÉ

LALEMANT, père : supérieur des Jésuites.
LAVAL, François de Montmorency, évêque de Pétré : premier évêque de Québec, arrivé en 1659.
LE MOYNE, père : Jésuite qui partit en mission chez les Iroquois.
MARIE de Saint-Boniface, mère : religieuse hospitalière, supérieure de cet ordre jusqu'en 1660, puis de nouveau à l'automne 1663.
JEANNE AGNÈS de Saint-Paul, mère : religieuse hospitalière, supérieure de cet ordre de 1660 à 1663.

PERSONNAGES fictifs

CHICOINE, Justine : associée de François Guyon.

CREVIER, Béranger : fermier de Joseph et Charlotte Hébert.
      épouse : Marine.
      Jérôme : leur fils.

JEANNETTE : domestique de Charlotte Hébert.

GOURGUENCHON, Jehan : époux d'Antoinette de Poitiers.
Charles-Henri, leur fils décédé en bas âge.

LIERCOURT, Henri de : capitaine du *Saint-Louis.*

LOUISE de la Sainte-Croix, Mère : religieuse hospitalière.

NOÉMIE : cuisinière de Joseph et Charlotte Hébert.

OTSINONANNHONT, Étienne : Huron ami de Joseph Hébert.

TASCHEREAU, Louis : époux de Angélique Hébert.

TASCHEREAU, Louis-Guillaume : fils des précédents.

Bibliographie

ACERRA, Martine et MEYER, Jean, *La grande époque de la marine à voile*, Ouest France Université, Rennes, 1987.

COSTAIN, Thomas B., *Blanc et Or, Le Régime français au Canada*, traduit par Charles-Marie Boissonnault, Doubleday Canada Limited, T. H. Best Printing Company Limited, Canada, 1959.

DELAGE, Denys, *Le Pays renversé*, Boréal, Montréal, 1991.

DOUVILLE, Raymond et CASANOVA, Jacques-Donat, *La Vie quotidienne en Nouvelle-France*, Hachette, Paris, 1964.

DROUIN, Institut généalogique, *Armoiries de l'honorable Thibaudeau Rinfret*.

DUCHESNAY, Saint-Denys et DUMAIS, Rolland, *Les Mammifères de mon pays*, Éditions de l'Homme, Montréal, 1969.

FERLAND, Jean-Baptiste Antoine, *Cours d'Histoire du Canada*, S.R. Publishers Ltd, Johnson Reprint Corporation, Mouton & Co, N.V., 1969.

HAMELIN, Jean, œuvre collective sous la direction de, *Histoire du Québec*, Édition France-Amérique, 1976.

HARALD Hansen, Henry, *Histoire du Costume*, Éditions Flammarion, Paris, 1956.

JETTÉ, René, *Dictionnaire généalogique des familles du Québec*, Les Presses de l'Université de Montréal, Montréal, 1983.

LANCTÔT, Gustave, *Histoire du Canada*, vol. 1 et 2, Librairie Beauchemin Limitée, Montréal, 1964.

MOQUIN, Yves, œuvre collective sous la direction de, *Nos Racines, l'histoire vivante des Québécois*, Livre-Loisirs Ltée, 1983.

Relations des Jésuites 1647-1655, Tome 4, *de 1656-1665*, Tome 5, Éditions du Jour, Montréal, 1972.

TRUDEL, Marcel, *Catalogue des immigrants 1632-1662*, Hurtibise HMH, Cahiers du Québec, collection Histoire, Montréal, 1983.

TRUDEL, Marcel, *Histoire de la Nouvelle-France, III, La Seigneurie des Cent-Associés 1. – Les Événements*, Fides, Montréal, 1979.

TRUDEL, Marcel, *Le Terrier du Saint-Laurent,* Éditions de l'Université d'Ottawa, Ottawa, 1973, (Cahiers du Centre de recherche en civilisation canadienne-française (n° 6).

VACHON, André, œuvre collective écrite sous la direction de, *Dictionnaire biographique du Canada,* Volume II (de 1701 à 1740), General Editor : David M. Hayne, Les Presses de l'Université Laval, University of Toronto Press, Québec, 1969.

Au Perche des Canadiens Français, œuvre collective sous la Direction Régionale des Affaires Culturelles de Normandie, édition : Pays d'Accueil du Perche, 1991.

Registres de paroisses, Archives de la ville de Montréal.

Remerciements

Je remercie ma sœur, Lucie Vallerand, sans qui ce roman n'aurait pas été possible. Je remercie aussi ma mère, mon mari pour sa collaboration et sa patience, ainsi que Colette, Catherine et tous ceux qui m'ont soutenue et encouragée.

Ce volume a été achevé d'imprimer
sur les presses de l'imprimerie L'Éclaireur
à Beauceville
en septembre 2000

Imprimé au Canada